大方
sight

拾贝人

The Shell Collector

Anthony Doerr

［美］安东尼·多尔 著 张锷 等 译

中信出版集团·北京

图书在版编目(CIP)数据

拾贝人 / (美) 安东尼·多尔著;张锷等译. --北京:中信出版社,2018.9

书名原文:The Shell Collector

ISBN 978-7-5086-9088-9

Ⅰ.①拾… Ⅱ.①安… ②张… Ⅲ.①短篇小说一小说集一美国一现代 Ⅳ.①I712.45

中国版本图书馆 CIP 数据核字(2018)第 124603 号

The Shell Collector

拾贝人

著　者: [美] 安东尼·多尔
译　者: 张锷 等
出版发行: 中信出版集团股份有限公司
(北京市朝阳区惠新东街甲 4 号富盛大厦 2 座　邮编　100029)
(CITIC Publishing Group)
承 印 者: 浙江新华数码印务有限公司

开　本: 130 mm×185 mm　1/32　印　张: 11.25　字　数: 120 千字
版　次: 2018 年 9 月第 1 版　印　次: 2018 年 9 月第 1 次印刷
京权图字: 01-2015-0491　广告经营许可证: 京朝工商广字第 8087 号
书　号: ISBN 978-7-5086-9088-9
定　价: 48.00 元

目录

中文版序

亲爱的中国读者和朋友：

《拾贝人》包含了八个故事，均源自我二十多岁时经历的几次旅行。我在肯尼亚海边和渔民们待过一段时间；在立陶宛的森林里和老师们一起共事过；还在落基山脉熬过了一个严寒的冬天。一路走下来，我深深爱上了地球的美丽与丰富多彩：蔚为大观的风景，各色各样的人物，波诡云谲的奥秘。

我在写作过程中，一直想要提醒自己、更想要提醒我的读者，地球是如此的雄伟壮丽——贝壳、种子、冬眠、鲸鱼、云层、窗户上结的霜，是如此美丽，难以言表——我们是何等幸运，能生活在这样一个妙趣横生的星球上。

我认为，任何一本书，如果能让我们从中体会到生命的博大与奇妙，那就是一本好书。我最爱的那些书无时无刻不在提醒我，我们在地球上度过的每一天都是一个奇迹——每天我们守住自己的智慧，留住脑海中的回忆。

在美国，写作老师经常让学生“写他们熟悉的东西”。但在我看来，写些不熟悉的东西反而更好：去探索那些未知的奥秘，那些我们说不清、道不明，却始终坚信并真实感受到其存在的事物。如若不然，我们就无法学到新的东西。倘若我们什么都学不到，那又何必如此劳神费心？

因此，我在创作这些故事的时候，选择的题材与人物常常和我的生活千差万别，至少表面看起来风马牛不相及：因为阅读本身就是某种旅行，通过阅读你能跳出自己的生活，在短短的时间内体会别样的人生。

祝大家旅途愉快。

敬上

拾贝人

拾贝人正在自家的水槽里刷洗帽贝，突然屋外传来水上的士刮过礁石的声音。那声音使他坐立不安——他听着船身碾过手指珊瑚的花萼，蹂躏着笙珊瑚身上细小的吸管，撕裂了海鸡冠的花冠，其蕨类般姣好的身材也被压变了形。还不止这些，船身还压坏了很多很多的海螺：榧螺、骨螺、嵘螺、密纹泡螺，以及巴比伦卷管螺，在它们身上留下千疮百孔。这已经不是第一次有人来找他了。

拾贝人听见有人哗啦哗啦蹚着水上了岸，水上的士嘟嘟嘟地开走了，该是返回拉姆镇去了，紧接着传来了轻轻的单调的敲门声。听到这声音，蜷缩在床板下的德国牧羊犬“希望”① 发出一声低沉的呜呜声。拾贝人把手中的帽贝放回水池，擦了擦手，很不情愿地去给来人开门。

来的两人是纽约一家小报的记者，他们都叫吉姆，而且都是大胖子。他们握手的动作既娴熟又热情。拾贝人给他们端上了印度茶，两个胖子的到来使得厨房一下子变得拥挤起来。他们向主人表明了来意——想要采访他，并承诺只在这里打扰两晚，还会给拾贝人一笔丰厚的酬金。一

① 希望：原文为 Tumaini，斯瓦希里语，意为“希望”。——译者注

万美金，真是大手笔啊！拾贝人从衬衫的口袋里掏出一枚蟹守螺，在指间不安地转来转去。两位吉姆问起了他童年的往事：他小时候真的杀死过一头北美驯鹿？那得要多好的眼力才行啊！

或许是一时的心血来潮，拾贝人一五一十地回答了他们的问题。可他的故事，听上去是那么的虚幻，那么的不真实。两位胖吉姆坐在桌边，浑身不自在，他们一边问着问题，一边抱怨着死掉的贝壳散发出的腥臭。最后，他们还问到了鸡心螺，问了它的毒液的危害性，还问到了访客的数量。可是对于他那可怜的儿子，他们始终只字未提。

一整晚天气都闷热难当，闪电划过礁石的上方，把天空划出了一道道裂痕。躺在自己的小床上，拾贝人听到蚂蚁叮咬着那两位胖记者，他们躺在睡袋里挠着痒痒。拂晓起床后，他让那两个人抖一抖自己的鞋子，以防有蝎子躲在里面。没想到，抖着抖着，还真抖出一只蝎子来，那蝎子嗖嗖地就钻到冰箱底下去了。

拾贝人拿上装贝壳用的水桶，给“希望”套上狗链，“希望”领着他们一路走向礁石。空气中仿佛还弥漫着闪电的气息，两个胖记者气喘吁吁地紧跟在他身后，对他走得这么快感到十分震惊。

“怎么了?”他不解地问。

他们低声嘟囔:“你眼睛看不见,这条路又不好走,荆棘从生。”

远远地,拾贝人听到拉姆镇上传来了穆安津[1]高亢洪亮的声音,他正在清真寺的宣礼塔上呼唤着信徒们做祷告。“现在是斋月[2],”他解释道,“当太阳升起后,人们就会停止进食,在日落之前都只能喝茶,他们现在应该正在吃东西。你们要是想看的话,今晚我们可以去看看,他们会在街上烤肉。”

到中午的时候,他们已经蹚进了海里,距离岸边有一公里远,他们爬上了那块呈脊状高高隆起的礁石的石背。在他们身后,环礁湖的水静静地拍打着礁石,在他们面前,浅浅的海水泛起一阵阵涟漪,开始涨潮了。“希望”脖子上的链子已经解开,这会儿正站在一块蘑菇形岩石上喘着气,一半的

① 穆安津:muezzin,阿拉伯语音译,意为“宣礼员”,即清真寺每天按时呼唤穆斯林做礼拜的人,其职责是向穆斯林和伊玛目宣布举行礼拜的时间已到。——译者注

② 斋月:Ramadan,佛教用语,伊斯兰教借用词汇。是伊斯兰教历的第九个月,是穆斯林封斋的一个月。——译者注

身子泡在海水里。拾贝人佝偻着背，微微颤抖的手指在沙沟中熟练地摸索着，他抓起一个细长的破贝壳，用指甲摩挲着它的螺旋雕刻，辨认道："这是纺轴长旋螺。"

下一波海浪袭来时，拾贝人习惯性地举起水桶，这样海水就不会没进水桶里了。海浪一过，他就又把手臂插回沙沟里，手指在海葵间的凹缝里摸索着，偶尔停下来，在辨认出手下摸到的只是一丛脑珊瑚后又继续开始摸索，循着痕迹去捉一只想钻到洞穴里去的海螺。

其中一个吉姆带着浮潜面罩，正透过它看着水下的景观。"快看，这些鱼是蓝色的！看，它们蓝得可真好看。"他赞叹道。

那时，拾贝人却在思考刺丝囊的冷酷无情，即便死了，这些小小的生物也要释放出自己的毒素——去年，海岸上有一根离开了母体八天的触手，这根干瘪的触手蜇了村里的一个男孩儿，他的腿迅速肿胀起来；有个人被鲈鱼咬伤以后，整个右半身都肿了起来，眼睛也看不见了，全身都是乌青；几年前，一条石头鱼蜇伤了拾贝人的脚后跟，整个脚后跟的皮都烂了，好了之后他脚后跟的皮肤一片光滑，再也没长出纹路来；他从"希望"的爪子里挤出过无数根海胆刺，这些海胆刺虽然都已经断了，但仍会喷出毒液。他不禁想，要是一条带花纹的海蛇从记者们肥胖的两腿间滑下来，或者一条狮子鱼突然掉到他们衣领上，这两个吉姆会作何反应？

“这就是你们想看的东西，”拾贝人大声说道。那正是一枚鸡心螺，它企图藏身的沙洞塌了，拾贝人把它从洞里扯出来，转动了一下螺壳，用两根手指托着它扁平的螺塔顶。即使被抓住了，它那会喷射毒液的长鼻子也还在拼命地向前伸，试图找到抓住它的那个人。两个吉姆蹚着水哗哗地走了过来。

他解释道：“这是地纹芋螺，鸡心螺的一种，是吃鱼的。”

“它能吃鱼？我的小拇指都比它大。”其中一个吉姆惊奇地问道。

“这个小家伙牙齿里有十二种毒液，它能瞬间麻痹你，把你溺死在这儿。”拾贝人边说边把它放进水桶里。

这一切还得从一个出生在西雅图的女子说起，她的名字叫南希，是个佛教徒，身患疟疾①。她在拾贝人的厨房里被一

① 疟疾：疟疾是经按蚊叮咬或输入带疟原虫者的血液而感染疟原虫所引起的虫媒传染病，主要表现为周期性规律发作，全身发冷、发热、多汗，长期多次发作后，可引起贫血和脾肿大。——译者注

枚鸡心螺给蜇了，那枚鸡心螺从海洋里爬上来，在椰子树下、刺槐丛中跋涉了几百米，来到他的厨房，蜇伤了她之后还企图逃离现场。

又或者，这一切的一切早在南希到来之前就已经注定了，不关南希什么事，是拾贝人自己一手酿成的。这拾贝人的脾性还真有点像鸡心螺，内心都很强大，尽管饱受海边恶劣天气的折磨，也不愿离开自己喜欢的那片海域。

正如两位记者所说：拾贝人的确杀死过一头驯鹿。那时他才九岁，那天加拿大的白马市①雨雪交加，他的父亲让他从直升机的泡型舱罩里探出身子，用一把带瞄准镜的卡宾枪射杀了一头病鹿。但随之而来的就是脉络膜萎缩和视网膜变性，在短短一年里，他的视野变窄，视线中充斥着彩虹般的光晕。十二岁时，他父亲带着他跑了四千英里，来到南部的佛罗里达州看专家，那时他的世界已经漆黑一片了。

男孩一进门，眼科医生就知道他已经看不见了：他一只手紧紧拉住父亲的腰带，另一只手手臂伸直，手掌向前，以便

---

① 白马市：白马市（Whitehorse）又称怀特霍斯，是加拿大育空地区的首府。流经白马市的育空河，上游水流湍急，激起的水花高似白马，故称白马急流，这也就是白马市名字的由来。——译者注

能推开拦在面前的障碍物。医生没有再给他做检查——还有什么好检查的呢？医生把他带到自己的办公室，帮他脱掉鞋子，领着他沿着后门外一条铺满沙子的小道走到海岬上。男孩从未见过大海，那一刻他调动起所有的感官去感受大海的存在：朦朦胧胧的是海中的浪花，缠缠绕绕的是潮水里的海草，斑斑驳驳的是太阳投射的印记。医生拿给他一根褐藻的茎，让他用手捏碎并用拇指刮它的内部。类似的体验还有很多：破浪堤[①]上有一只小马蹄蟹趴在一只大马蹄蟹身上；一群贻贝紧贴在潮湿的岩石下面。但是真正让男孩改变的并不是这些，而是……当他走在脚踝深的海水中时，他的脚趾突然碰到了一只小小的圆形贝壳，长度还没有他拇指的一节那么长，可就是这么个不起眼的小东西让男孩彻底脱胎换骨了。他用手指把贝壳挖了出来，感受它光滑的圆形外壳和壳口处的细齿。这是他“见过”的最漂亮的东西。医生说：“那是网目宝螺，很可爱，壳上有褐色的斑点，底部有深色的条纹，像虎纹一样。可惜你看不到。”

不，他“看”到了。他一生中从未如此清晰地“看”到

---

① 破浪堤：破浪堤又称水下防波堤，是设置于距岸 40~50 米左右的水下长堤。——译者注

过一件东西。他的手指抚摸着、把玩着这只贝壳，一会儿把它翻个身，一会儿又把它转个圈，他从没摸过如此光滑的东西——也从未想过竟然有东西可以如此耀眼。他低声问：“是什么创造了它?”一星期后，他的手里仍然紧紧攥着这只贝壳，直到他父亲嫌弃臭味太大把它从男孩手中撬出来扔掉了。

突然间，他的世界里便只有贝壳、海螺和软体动物了。在白马市那个没有阳光的冬天，他学会了盲文，邮购了有关贝壳的书籍。天气转暖后，他将原木一根根翻过来寻找蜗牛的身影。十六岁那年，因为渴望能见到类似《大堡礁的奇迹》中提到的珊瑚礁，他毅然决然地离开了白马市，在一艘帆船上当船员，穿梭在热带地区，他到过很多岛屿，有萨尼贝尔岛、圣卢西亚岛、巴丹群岛、博拉博拉岛和莫雷阿岛，也去了不少城市，例如科伦坡、凯恩斯、蒙巴萨。他的眼睛彻底瞎了，皮肤变黑了，头发也变白了。他的手指、感官和思维——他的一切——都沉迷于贝壳美丽的几何形状，钙化的纹路，以及斜面、体刺、珠子、螺纹以及皱褶的进化原理。他学会了通过反复触摸来识别贝壳。贝壳翻转间，他的手指便能感受出它的形状，并进行分类：弹头螺、枇杷螺、笋螺。他回到佛罗里达州，攻读了生物学学士学位和软体动物学博士学位。之后，他又环游了赤道，曾在斐济街头迷路，在关岛和塞舌尔群岛两次遭劫，但同时他也发现了双壳类软体动物的新物种，发现了角贝壳的新族群，还发现了全新的织纹螺和脊鸟蛤。

在出版了四本书、养了三只导盲牧羊犬以及生下儿子乔希后，他提前从教授的职位上退了下来，搬到赤道以南一百公里处的一个小型海洋公园，住进了一间茅草屋，那地方就在肯尼亚拉姆镇的北部，位于拉姆群岛最偏远的一个湾头。那时，拾贝人五十八岁，他终于意识到，他对软体动物的研究已经走到了尽头，再继续下去只能让他走下坡路，产生更多的问题。他始终不明白为什么贝壳会有那么多无穷无尽的变化：为什么有的会带格点？有的会有带沟纹的鳞片？而有的又会长突起的结节？但从很多方面来说，无知又是一种优势：找到一枚贝壳，用心去感受它的可爱，因为言语无法描述出它的万分之一。他在这个过程中感受到了无穷无尽的喜悦，那种纯粹的神秘感让他欲罢不能。

每隔六个小时，浪潮就会把很多美丽的贝壳冲上海滩，拾贝人一准会守候在那里。他走在海滩上，把手伸进水里，灵活的手指把玩着贝壳。他喜欢收集贝壳，因为每一只都是一个惊喜。他一一识别它们的名字，然后把它们扔进桶里：这就是他的生活，充实又满足。

某些清晨，当拾贝人穿过环礁湖，“希望”在前面溅起一路水花时，他总有一种抑制不住的想要给大海鞠上一躬的冲动。

但两年前，他的人生突然发生了转折，一切都来得那么快，让他措手不及又避无可避，就像蟹守螺的壳口一样。（想象一下，就在你用拇指顺着它的螺塔一层层往下游走，抚摸着它扁平的螺肋的时候，突然摸到了一个歪歪扭扭的壳口。）那时他六十三岁。那一天，他穿过茅屋后面太阳直晒的海滩，用脚趾拨弄着一只搁浅的海参，“希望”突然急促地嗷叫起来，掠过水面疾驰而去，脖子上的项圈发出刺耳的声音。拾贝人赶上“希望”时，发现了中暑的南希。南希穿着一件卡其色旅行服，精神恍惚地游走在沙滩上，仿佛是从云端一架波音 747 飞机上掉下来似的。拾贝人把南希抱进屋，放在他的小床上，把温热的茶灌进她的喉咙。南希颤抖得很厉害，拾贝人赶紧用无线电联系上了卡比鲁医生，他会从拉姆镇开船过来。

"她发烧了。"卡比鲁医生一边说，一边在南希的胸前浇了点冰凉的海水，弄湿了她的衬衫和拾贝人的地板。终于，南希的烧退了，医生也就离开了。南希昏睡了整整两天才醒过来，让拾贝人感到惊讶的是，这期间居然没有任何人来找她——没有人来看她，也没有看到疾驰的水上的士载着心急慌忙的美国搜救队来这个海湾找她。

南希病情一好转就开始不停地讲话，说了一大堆她的个人问题，大讲特讲自己的各种隐私。说到离开丈夫和孩子时，她滔滔不绝地讲了半小时。她说，有一天当她赤身裸体躺在泳池里的时候，她突然意识到，两个孩子、一栋都铎式样①的三层洋房以及一辆奥迪轿车，那并不是她想要的生活，于是，就在那天她离家出走了。在开罗旅行的时候，她偶遇了一个新佛教徒，他的话让她重新获得了内心的平静与祥和。正当她打算跟这个佛教徒去坦桑尼亚一起生活时，她染上了疟疾。"你瞧！"她挥舞着双手，大声说："走着走着我就走到了这儿！"仿佛一切都将在此尘埃落定。

---

① 都铎式样：这一风格因流行于英国都铎王朝而得名。这个时期大型的宗教建筑活动停止了，新贵族们开始建造舒适的府邸，在这种情况下，混合着传统的哥特式和文艺复兴风格的都铎式就应运而生。——译者注

拾贝人精心照料南希，听她喋喋不休地讲故事，给她烤面包。每隔三天，南希就会浑身颤抖，神志不清。每次拾贝人都会跪坐在南希床前，遵从卡比鲁医生的医嘱，把海水滴在她的胸前。

大多数的时候，她似乎都过得不错，喋喋不休地讲着她的秘密，拾贝人爱上了她，却没有说出口。她在环礁湖里大声叫他，他就会向她游去，趁机展现一下自己矫健的泳姿，即使已经六十三岁了，但他的手臂仍然强劲有力。他还会在厨房里为她做煎饼，她总是咯咯地笑着说煎饼很好吃。

一个午夜，南希爬上了他的床，半梦半醒间，他们做爱了。激情过后，他听到南希在哭，她在哭什么呢？“你想孩子们了。”他说。

“没有。”她把脸埋在枕头里，声音模糊不清。“我不再需要孩子们了，我只是想要获得安宁和平静。”

“可能你想家了，这很正常。”

她转过身面对着他：“正常？但你看起来一点都不想你的孩子，我见过他给你写的信，却没见你给他回过信。”

“他已经三十岁了……而且我又不是离家出走的。”他解释说。

“不是离家出走的？你离家都有三万亿英里啦！你这休退得都快与世隔绝了，这里没有淡水，没有朋友，只有虫子在浴缸里乱爬。”

他不知道该说些什么：她究竟想要什么呢？他出门拾贝壳去了。

“希望”似乎求之不得，也许她想去月光下的海水里走走，抑或只是想远离聒噪的客人而已。他解开了狗链，一人一狗在海水里走着，“希望”一直用鼻子蹭着他的小腿。夜色很美，凉爽的微风从他们身边拂过，温暖的潮水在他们腿间流淌。“希望”游到了一块礁石上，拾贝人则在沙滩上四处游走，他弓着腰，手指在沙子里摸索，摸到了一只大笋螺、一只冠织纹螺、一只破碎的骨螺、一只川圭巴大织纹螺，还有其他一些被海水冲到沙滩上的小家伙，他欣赏了一番之后又把它们都原封不动地放了回去。破晓前，他找到了两只鸡心螺，却说不出它们具体的名称，大约有三英寸长，勇猛到想一口吞掉一条被它们麻痹的雀鲷鱼。

几个小时后拾贝人回到家，阳光暖暖地洒在他的头上和肩膀上，他笑着走进小屋，结果却发现南希在他的床上昏迷不醒，额头湿冷。他立刻为她做胸外按压，南希却没有醒过来的迹象，脉搏越来越微弱，先是每分钟二十次，后来变成了每分钟十八次。他再次用无线电呼叫卡比鲁医生，卡比鲁开着汽艇，碾过礁石，心急火燎地赶来跪坐在她身边，对着她低声耳语。“好奇怪的疟疾症状，怎么连心跳都快没了！”医生嘟哝着。

拾贝人在屋子里不安地来回走动，把十年来从没动过的桌椅撞得七倒八歪。最后，他跪倒在厨房的地上，看似在祈祷着，实则心早已沉入了海底。焦虑不安的“希望”被弄得一头雾水，误把拾贝人的绝望无助当成是在玩游戏，冲过去把他撞翻在地上。拾贝人躺在地砖上，“希望”舔舐着他的脸颊，突然他感觉到有一只鸡心螺在地上慢慢地爬着，正一点一点地朝着门口的方向挪去。

拾贝人听说，有些鸡心螺的牙齿在显微镜下看上去又长又尖，像细小的半透明刺刀，又像是小冰魔锋利的獠牙。长长的鼻子从前水管沟里探出身来，向前伸展，鱼叉型的牙齿会从它的尖端射出。受害者被咬了以后会变得无知无觉，渐渐浑身麻痹，先是手掌冷得要命，然后是前臂，接着是肩膀……寒意会逐渐侵蚀到胸部，叫人无法吞咽，不能视物，紧接着高烧不退，最后被活活冻死。

卡比鲁医生盯着鸡心螺说道：“我无能为力，没有抗毒血清，就没办法救治，我什么都做不了。”医生把南希裹在毯子里，然后坐在床边的帆布椅上，用小刀切着芒果吃，拾贝人把鸡心螺扔在茶壶里煮，煮熟了以后用针把螺肉挑出来。他拿着螺，摸着它温暖的外壳，感觉它错综复杂的螺纹。

整整十个小时，他们一直紧张地看护着南希，太阳落山了，蝙蝠出来觅食，填饱了肚子后又在黎明前匆匆返回它们的洞穴……突然，南希奇迹般地苏醒了，两只眼睛炯炯有神。

她在医生惊讶的目光中坐了起来：“这太不可思议了！”好像她刚刚看完某部长达十二小时让人昏昏欲睡的卡通片一样。她声称大海全部结成了冰，雪花飘落在她周围，所有的景色——大海、雪花和整片被冰冻的白色天空都在跳动。“在跳动！”她大叫着。“嘘！”她冲着医生还有目瞪口呆的拾贝人嚷道：“还在跳着呢！嘭！嘭！”

南希坚称她的疟疾已经好了，不会再浑身颤抖神志不清了，她现在冷静而清醒。拾贝人对她说：“但你还没有完全康复呢。”他虽然这么说，但是其实他自己也并不确定：南希身上的气息变了，像积雪融化的细流，像春天里软化的冰川。那天清晨，南希先是在环礁湖里游泳，溅起一大片水花，然后吃了一罐花生酱，在沙滩上练习高踢腿，还一边做饭扫地，一边沙哑地高声唱着尼尔·戴蒙德①的歌。医生摇着头开着水上摩托离开了，拾贝人坐在门廊上，听着远处棕榈树和大海的声音。

那天晚上南希又吓到了拾贝人：她恳求让鸡心螺再咬她一次。她保证她会直接飞回家跟孩子们团聚，她保证第二天一早就打电话给丈夫请求他的原谅，但前提是拾贝人得让那不可思议的鸡心螺再咬她一次。南希跪在地上抓着他的短裤恳求道："求你了。"她的气息跟以前完全不一样了。

拾贝人拒绝了她。他把她送上了一辆开往拉姆的水上的士，疲惫又茫然。

"惊喜"远没有结束，从这一刻起，拾贝人的人生轨迹发生了大逆转，一步步被卷入了深不可测的黑暗漩涡。南希康复一周后，卡比鲁医生的摩托艇又一次碾过礁石开上了岛，

① 尼尔·戴蒙德：Neil Diamond，1941 年 1 月 24 日出生于美国纽约布鲁克林，20 世纪 60—80 年代美国最为成功的流行歌手和创作人之一，1984 年入选歌曲创作名人堂，他的整体风格属于典型的民谣+流行摇滚。——译者注

这一次，他还带来了一群陌生人。拾贝人听到四五艘三角帆船的船体碾过珊瑚的声音，听到人们跳出来把船拖上岸时海水飞溅的声音。很快他的小屋子就挤满了人，他们踩坏了晒在台阶上的嵘螺，就连浴室里的一堆石鳖也惨遭毒脚。“希望”缩在拾贝人的床底下，下巴耷拉在爪子上。

卡比鲁医生告诉拾贝人，拉姆最古老、规模最大的清真寺的穆安津，带着他的兄弟、姐夫、妹夫们，来这里拜访他了。拾贝人跟他们一一握手打招呼，还跟船主和渔夫们也握了手。

医生解释说穆安津的女儿病得很厉害。她只有八岁，一开始是恶性疟疾，可后来病情急转直下，连医生都诊断不出是什么病症了。她的皮肤黄得像芥菜籽，每天都要吐好几次，头发也掉光了。在过去的三天里，她一直神志不清，一天比一天憔悴。必须要把她的手腕绑在床头上，否则她就会用力撕扯自己的皮肤。医生还说，这些人想让拾贝人像救南希一样救救这个女孩，他们会付钱的。

拾贝人感觉到他们都挤进了这个小房间。这些都是生活在海边的穆斯林，他们身上的康祖长袍[①]窸窸窣窣的，脚上的

---

① 康祖长袍：kanzus，东非人的长袍，通常为白色长袖。——译者注

人字拖叽叽嘎嘎的，从他们身上的气味便能猜出他们都是干什么的：去鱼内脏的、倒腾肥料的、给船刷焦油的。每个人都凑上前来迫切地想听到他的答复。

“这太荒唐了！她会死的！发生在南希身上的事纯属侥幸，这绝不是什么治疗方法。”拾贝人说道。

医生回答：“我们什么方法都试过了。”

“你们的要求是不可能的，不仅不可能，简直就是疯了！”拾贝人重复道。

现场一阵沉默，最后，站在他正对面的一个人开口说话了，声音很响，在屋子里回荡。这个声音他无比熟悉，每天五次，从拉姆镇宣礼塔的塔顶扬声器中传出来呼唤人们去祷告的，正是这个声音①。穆安津开口说话了：“孩子的母亲、我、我的兄弟们、我兄弟的妻子们，还有整个岛上的人，都在为这个孩子祈祷。我们已经祷告了好几个月，那几个月对于我们来说就像一辈子。而今天医生告诉我们，他见过一个

① 伊斯兰教的穆斯林一天要去清真寺作五次祈祷。祷告时间是根据太阳的运行轨迹而确定，每天都不一样。第一次叫晨礼，是早晨的祷告；第二次叫晌礼，是下午开始时的祷告；第三次叫脯礼，是下午结束前的祷告；第四次叫昏礼，是太阳落山后的祷告；第五次叫宵礼，是晚上的祷告。——译者注

患同样疾病的美国女人，她被一只海螺咬了一下就好了，你不觉得这种治疗方法既简单又精妙吗？一只海螺竟然完成了药物做不到的事情，如此的妙不可言！除了我们的真主安拉①，还有谁能创造如此的奇迹！所以你看，这些都是安拉赐给我们的神谕，我们不能无视。”

拾贝人再次拒绝了：“这个孩子还很小，她才八岁，她的身体根本无法经受住鸡心螺的毒素。当时南希可谓九死一生——按理说被鸡心螺咬了之后是绝无生还的可能的。你女儿会没命的。”

穆安津向前走了一步，双手捧起拾贝人的脸，拖着他惯用的长音说道：“那个美国人得了和我女儿一样的病，你治好了她，现在你在这里，我也在这里，而那种可以治病的海螺就在你家门外的沙滩上爬行，所有这些难道不是神奇而又惊人的巧合吗？”

拾贝人停顿了一下，最后说道：“想象一下，有一条海蛇，那是一条可怕的毒蛇，它的毒液能迅速让身体肿胀起来，

---

① 真主安拉：安拉（Allāh），是伊斯兰教经典《古兰经》中宇宙最高的独一实在、应受崇拜的主宰名称。真主是全世界穆斯林崇拜的唯一主宰，被认为是创造宇宙万物并且是养育全世界的，今世派遣众多先知向人类传达真理、后世进行公平清算的主宰。——译者注

让心脏停止跳动，还会给受害者带来剧烈的疼痛，而你现在却在要求我让这条毒蛇去咬你的女儿。”

一个声音从穆安津的身后冒出来：“我们很遗憾听到你这么说，非常非常的遗憾。”穆安津一直捧着拾贝人的脸，沉默了很长时间之后，突然一把将他推到一边。拾贝人听到几个男人，可能是女孩的叔叔们，冲到水槽那里，把水溅得到处都是。

“那里没有鸡心螺!”他大声吼叫，泪水涌进了他什么也看不见的眼窝，他的家正被一群从来没见过的人糟蹋着，这感觉太糟糕了。

穆安津又开口道：“我女儿是我唯一的孩子，失去她我的家就空了，就再也不是一个家了。”

他的声音里有着惊人的信念，虽然有些颤抖，但每个音节都缓慢而坚定。拾贝人意识到他坚信鸡心螺能治好他女儿的病。

声音还在继续：“你应该能听到我的兄弟们在你的后院里翻找海螺，他们都很绝望，因为他们的侄女就快要死了，这把他们逼急了，他们学你的样，爬到珊瑚礁上去，他们会撬起巨石，撕碎珊瑚，掘地三尺，直到找到他们想要的东西。

当然，若真的找到了，他们也很可能会被咬一口。他们的身体会肿胀，然后死去，他们还会……你刚才怎么说来着……遭受剧烈的疼痛，因为他们不懂怎么抓鸡心螺，也不知道抓到以后要怎么拿才安全。”

他的声音，他捧着拾贝人脸时的神态，仿佛都在催眠着拾贝人。

“你想看到这一切发生吗？”穆安津步步紧逼，他哼了一声，提高了声音，像个沙哑的女高音：“你想让我的兄弟们也被咬吗？”

“我只想一个人呆着。”

“可以。”穆安津说，“你可以一个人呆着，一个人留在家里，当个隐士，什么都行。但首先，你要为我女儿找到鸡心螺，让它咬我的女儿，一切大功告成以后，你就可以一个人待着了。”

退潮时，在穆安津兄弟们的陪同下，拾贝人和“希望”涉水走到礁石上，开始翻动岩石，在岩石下的沙子里摸索，试图找到鸡心螺。每一次他的手指颤颤巍巍地插进松软的沙子里，或是探入珊瑚中那些螃蟹把守着的洞穴时，他的心都是悬着的，因为恐惧，他伸手的速度越来越慢，因为恐惧，他的手指不听使唤了。红砖芋螺、朦胧芋螺、地纹芋螺……鬼知道他会摸到哪种鸡心螺，可不管是哪种，等待他的不是伺机喷毒的长鼻子、就是蓄势待发的毒鱼叉。穷其一生他都在逃离这些东西，到头来却要主动去寻找它们。

他低声对“希望”说：“我们抓个小的就行，越小越好。”“希望”似乎听懂了他的话，一边蹚着水一边不停地把她的身子往他膝盖上蹭，遇到水太深的地方她就用爪子哗哗地划水。可那些人把拾贝人围得密不透风，一个个伸长脖子瞪着漆黑的双眼急切地关注着他的一举一动，他们身上的长袍都已被海水打湿。

中午的时候，拾贝人找到了一枚小小的鸡心螺，壳上带着方格斑纹，他估摸着这枚鸡心螺的毒素应该连一只家猫都麻痹不了吧，他把它丢进了一个装有海水的杯子里。

他们用船把拾贝人送到拉姆镇上，穆安津的家在海边，地上铺着大理石。他们把他带到屋后，爬上弯弯曲曲的楼梯，经过叮叮当当的喷泉，来到女孩的房间。女孩的手腕仍然被绑在床头，拾贝人握住她的手，她的手掌很小，掌心有点湿湿的，透过皮肤能感受到瘦小的扇形掌骨。他把鸡心螺从杯子里倒出来，倒在她的掌心上，然后把她的指头一根一根地蜷起来，握在鸡心螺的周围。鸡心螺在她的拱形小拳头里好像动了动，仿佛鸣鸟心中那颗不安分的小小的黑色心脏。他甚至可以想象，鸡心螺半透明的长鼻子是如何探出前水管沟，如何用牙齿上的鱼叉刺破她的皮肤，把毒液射到她身体里的。

一片沉寂中，他开口问道："她叫什么？"

奇迹再次发生了：这个叫西玛的女孩病好了，彻底康复了。在过去的十个小时里，西玛一直全身冰冷、僵硬紧绷，拾贝人站在窗前，一夜未曾合眼，仔细倾听着拉姆镇上传来的各种声音：驴子嘚嘚地走在街道上，夜莺在右边的刺槐树上鸣叫，铁锤击打着金属，远方的海浪摇晃着码头上的标杆，还有清真寺里传来的晨祷。拾贝人开始怀疑自己是不是被遗忘了，也许那个女孩已在几小时前悄悄地离开了这个世界，但是没有人想到要告诉他。也许一大堆人正在悄无声息地聚拢来，要把他拉出去，用石头丢他。他是不是活该被石头砸？

但是不久后，厨子们又是吹口哨又是啧啧称奇的，一整夜都蹲在女儿身边的穆安津突然双手合十，一边祷告一边急匆匆地从拾贝人身边跑过，嘴里欣喜若狂地喊着："快拿点薄饼来，她想吃薄饼。”穆安津亲自把薄饼送到女孩床边，凉凉的薄饼，配上芒果酱，味道好极了。

第二天，大家都知道穆安津家里发生了奇迹，这个消息飞快地传了出去，像漂浮的珊瑚虫卵一样，其数量之多，覆盖面之大，无不令人称奇。消息甚至传到了小岛外的世界，在很长一段时间内，成了肯尼亚沿海地区人们茶余饭后的谈资。《国家日报》的副刊刊登了这个故事，肯尼亚广播公司则播放了一段长达一分钟的录音，里面是卡比鲁医生的声音："我不知道这个方法是否能百分百奏效，但经过广泛的研究，我对这种治疗有信心……"

短短几天，拾贝人的小茅屋就成了人们朝圣的目的地。几乎每时每刻他都能听到帆船上的马达声或是划艇上的摇桨声，人们成批成批地碾过礁石进入环礁湖。来到这里的每个人好像都身患疾病，需要救治，有麻风病人，也有耳朵感染的孩子。拾贝人每次从厨房走到浴室的时候，总会撞上什么人。他的海螺都被人搬走了，那堆整齐擦洗过的帽贝不见了踪影，就连他珍藏的所有沸林德氏拳螺也都被人顺手牵了羊。

"希望"十三岁了，她早已习惯了和主人两个人的生活，这几天搞得她很不好过。"希望"本来就性格温顺，没有攻击性，现在更是见啥怕啥：连白蚁、火蚁、石蟹都怕上了，除了在月亮冉冉升起的时候对着月亮吠几声，其余时间几乎都躲在拾贝人的小床底下，躲开陌生人身上疾病的气味，就连饭盆放到厨房地砖上的声音，都没法让她振作起来。

更糟糕的是，人们总喜欢跟在拾贝人身后进入环礁湖，磕磕绊绊地爬上岩石或是活体珊瑚的矮枝，然后闹出很多让人啼笑皆非的笑话：一个脾气暴躁的女人不小心碰到了火珊瑚，当场就疼到昏厥，其他人误以为她是喜极而晕，于是纷纷扑倒在那枝珊瑚上，最终都落得个伤痕累累、泪流满面。哪怕是到了晚上，拾贝人企图和“希望”偷偷溜出去的时候，朝圣者们也会从沙地上站起来跟着他——虽然看不见他们的脚，却能听见附近水花飞溅的声音，虽然看不见他们的手，但能感到有人在他的篮子里偷偷地翻找。

拾贝人知道，可怕的事情终会来临，只不过是时间问题罢了。他晚上会做噩梦，梦见在破浪堤上突然发现一具中毒肿胀的尸体。有时候，他会觉得整个海洋已经变成了一汪毒水，里面全是各式各样的大小毒物：海鲈鱼、火珊瑚、海蛇、螃蟹、僧帽水母、梭鱼、魔鬼鱼、鲨鱼、海胆……谁知道这些毒牙毒刺下一个会扎破谁的皮肤呢？

他不再捡贝壳，开始找其他事情做。他曾答应把贝壳送到大学去——每隔两个星期送去满满一盒——但是这一回他却在盒子里装满了旧标本：有蟹守螺，也有鹦鹉螺，这些标本原本一直躺在他的橱柜里，或是裹在报纸里。

除了这些病人，还有慕名而来的游客，拾贝人给他们倒了茶，礼貌地试图解释他没有鸡心螺，并告诫他们一旦被咬，他们将会受到重伤甚至会因此丧命。有一次来了两位记者，一位来自英国广播公司，另一位是个女记者，来自《国际先驱论坛报》，她身上有一股特别好闻的味道。拾贝人恳请他们写写鸡心螺的危险性，但他们对奇迹的兴趣远大于鸡心螺本身，他们问他有没有试过用鸡心螺去蜇他自己的眼睛，在得到否定的答案后他们似乎很失望。

几个月过去了，没有奇迹发生，访客也开始变少了，“希望”终于敢从床底下溜出来了，但还是会有人乘水上的士过来，有些是好奇的游客，有些是付不起医药费脾气暴躁的老人。拾贝人还是没有去捡贝壳，还在怕有人会跟着他。不久，在每月两次用船送过来的邮件中，拾贝人收到了一封来自乔希的信。

乔希是拾贝人的儿子，是密歇根州卡拉马祖市的营地协调员。跟他母亲一样（虽然已经离婚二十六年了，三十年来拾贝人的妻子一直把拾贝人的冰箱塞得满满当当的），乔希也是个老好人。十岁时，他曾在自己母亲的后院草坪上种西葫芦，然后把西葫芦一颗一颗地分给圣彼得斯堡各个流动厨房；他走到哪儿就捡垃圾到哪儿；会自己带着布袋去超市；每个月都会寄一封航空信到拉姆，信是用盲文写的，其中有一半都是感叹号，没有实质性的内容：嗨！爸爸！密歇根一切都很好！肯尼亚也一定晴空万里吧！劳动节快乐！很爱很爱你！

但是这个月的信有点不一样。

信上写着：

“亲爱的爸爸！

……我加入了和平护卫队①，我将去乌干达工作三年！猜猜还有什么？我会先来和你小住几天！我看到了关于你创造奇迹的报道——这在我这儿也算是个大新闻。人

① 和平护卫队：和平护卫队是一个由美国联邦政府管理的美国志愿者组织。组织使命包括三个目标：提供技术支持，帮助美国境外的人了解美国文化，帮助美国人了解其他国家的文化。——译者注

们都夸你是人道主义者！我真为你骄傲！期待与你会面！”

六天后，乔希坐着水上的士来了。他一来就问，那么多病人聚在茅屋后面的树荫下，为什么不帮帮他们？“仁慈的上帝啊！”他一边喊一边往胳膊上涂了一层厚厚的防晒油，“这些人正在受苦！看这些可怜的孤儿们！他们脸上停满了小苍蝇！”他蹲在三名吉库尤男孩面前。

儿子来和他一起生活让拾贝人很不自在，他听着乔希做这做那的：一会儿拉开巨大的行李袋找东西，一会儿在水槽边用他的舒适牌剃须刀剃胡子，一会儿又听见他在责怪自己用虾喂狗。在厨房里也不得安生：不是咕嘟咕嘟地喝着木瓜汁，就是乒乒乓乓地刷锅抹桌子——他家里的这个人是谁？他是从哪儿来的？拾贝人对这一切感到很不习惯。

拾贝人一直觉得自己一点都不懂儿子。乔希是被他母亲一手带大的，还是个小男孩的时候，他就喜欢棒球场不喜欢沙滩，喜欢烹饪不喜欢贝壳。现在他三十岁了，看起来精力充沛，特别好……也特别愚蠢。他就像一只金毛寻回犬，就知道叼东西，拖着舌头、气喘吁吁地取悦主人。乔希用了两天份额的淡水给几个吉库尤男孩洗澡；花了七十先令买了只需要七先令就能买到的剑麻篮子；游客们离开时他还坚持要送给他们护理包、大蕉或是曼吉家的茶饼，还要用纸包好，用纱线绑结实。

一天晚上在餐桌前，乔希对他说：“你做得很棒，爸爸!”乔希已经在那儿呆了一个星期了。每天晚上，他都会邀请陌生人或是生病的人到饭桌旁吃饭。今天他邀请的是一个下身瘫痪的女孩和她的妈妈。乔希盛了一大勺咖喱土豆在她们的盘子里。“吃不穷你的。”拾贝人什么也没说。他能说什么呢?乔希身上流着他的血，这个三十岁不切实际的慈善家是他生命的延续，有着和他一样的基因。

这时他对乔希的容忍到了极限，加上怕有人跟着他，暂时还不能去捡贝壳，于是拾贝人开始和“希望”一起偷偷溜到岛上郁郁葱葱的树林里、砂石遍布的平原上和闷热光秃的灌木丛中散步，他们越走离海滩越远，在一片蝉鸣声中沿着曲径往上爬，这种远离海滩的感觉对他而言很新奇。他的衬衫被荆棘刮破了，裸露的皮肤被蚊虫叮咬着，他的手杖不知道碰到了什么东西：是栅栏吗？还是树呢？很快，他们散步的距离就越来越短了：他听到灌木丛里传来沙沙的声响，会不会是蛇？或者野犬也说不定？有人知道岛上的丛林里都藏着哪些可怕的动物吗？拾贝人挥舞起手杖，“希望”在那儿大喊大叫，于是他们便急匆匆赶回了家。

有一天，拾贝人在散步的路上发现了一枚鸡心螺，这枚鸡心螺翻山越岭穿越了半公里从海里来到这条路上。那是一枚织锦芋螺，是珊瑚礁上一种常见的危险生物，但在离水域这么远的地方却十分罕见，一枚鸡心螺得克服多少困难才能爬到这儿？它又为了什么要爬到这么远的地方？拾贝人捡起鸡心螺，把它扔到了又高又茂密的草地上。打那以后，他开始频繁地在散步时遇到鸡心螺：他前伸的手臂触碰到一棵刺槐的树干，他在树干上摸到了一枚正在爬行的鸡心螺；他还在芒果林里抓到过一只寄居蟹，蟹背上居然也驮着一枚优哉游哉的鸡心螺。有时候有石子进到他鞋子里，他就会跳起来拼命地抖鞋子，害怕有什么东西要咬他。他曾错把一枚松果认作海荣芋螺，把树蜗牛当成光谱芋螺。这使得他开始怀疑自己之前的判断：也许他在小径上发现的根本就不是什么鸡心螺，而是一枚蛹笔螺，也可能只是一块圆石头，或者是一个被村民扔掉的空螺壳。也许并没有什么奇怪的鸡心螺数量剧增的现象，这一切都是他自己想象出来的，那种怀疑一切的感觉太可怕了。

一切都在改变：珊瑚礁、他的家还有被吓坏了的“希望”。屋外，整个小岛已面目全非，阴险恶毒得让人萎靡；屋内，他的儿子又把所有的东西都拱手送人——大米、厕纸、维生素 B 胶囊……也许最稳妥的做法是双手交叉，一动不动地坐在椅子上。

乔希已经在那里呆了三周了，这一天，他又突发奇想：

“离开美国之前，我读了点有关鸡心螺的书。”他说这句话的时候天刚蒙蒙亮，拾贝人正在桌旁等着乔希给他烤面包，听到这句话他什么也没说。

“他们认为那毒液可能真的有药用价值。”

“他们是谁？”

“科学家呀。据说他们正试图提取 些毒素注射到中风患者身上来医治瘫痪。”

拾贝人不知道该说什么，给已经半瘫痪的人注射鸡心螺的毒液听起来愚蠢至极。

“爸爸，你做的事情或许能帮助成千上万的人，这不是很伟大吗？”

拾贝人感到坐立不安，勉强挤出一个笑容。

乔希继续说："帮助别人的时候是我最快活的时候。"

"乔希，面包烤焦了。"

"爸爸，世界上有那么多需要我们帮助的人，你不觉得我们很幸运吗？光是身体健康这一点就已经非常幸运了，更不要说能够向别人伸出援手了。"

"儿子，面包要焦了。"

"我的天！别再跟我提什么面包了！你看看你自己，别人在你家门口都快要死了，你却还在关心你的面包！"

他出去时砰的一声摔上了门，拾贝人坐在那儿，闻着面包烤焦的味道。

乔希开始阅读有关贝壳的书。他学盲文那会儿，还在美国少年棒球队呢。那时的他经常穿着棒球服坐在他父亲的实验室里，一边学盲文，一边等着他母亲送他去打比赛。他从茅屋的书架上拿了书和杂志，把它们搬到棕榈树下三个吉库尤孤儿搭的帐篷里。他大声朗读给这几个孩子听，但是，那些发表在《印度太平洋产贝类》或《美国贝类学家》这类杂志上的文章读起来可并不容易，乔希念得结结巴巴的："带斑点的弹头螺，外壳细长，缝合线很深，螺轴基本上是直的。"

他读书的时候，男孩们就看着他，嘴里哼着毫无意义的曲调欢快的儿歌。

一天下午，拾贝人听到乔希在读有关鸡心螺的内容：“这种令人敬畏的鸡心螺又厚又重，有尖尖的螺旋头，是鸡心螺里最罕见的一种，壳是白色的，上面有棕色的螺旋条纹。”

没想到的是，每天下午的阅读持续了一周后，男孩们竟然对贝壳渐渐产生了兴趣。潮起潮落总会在海边留下许多宝贝，拾贝人听到他们在碎片中寻找贝壳。其中一个大声喊道：“是枣螺！卡夫纳捡到了一枚枣螺！”他们把手伸到岩石中间去挖蛤蜊，挖了一大堆，用衣服兜着又叫又喊地拖到茅屋里，还给每一个都杜撰了名字：“蓝美美！姆巴巴！”

一天晚上，三个男孩和他们一起吃饭，拾贝人听到他们在椅子上动来动去，把银餐具当鼓槌，敲打着桌子的边边。拾贝人问他们：“你们几个去捡贝壳了？”

其中一个男孩立刻迫不及待地大叫道：“卡夫纳吃了一只蝴蝶贝。”

拾贝人身体前倾，认真地说道：“你们知道有些贝壳会伤人吗？知道水里面住着很多危险的坏家伙吗？”

“坏贝壳！”一个小男孩尖着嗓门大叫。

“坏贝壳!”其他两个男孩附和着他。

接着，他们又开始吃饭，这会儿倒是安静了下来，没再发出什么声响，拾贝人坐在一边，陷入思考。

第二天早上，乔希正在前面的台阶上砍椰子，拾贝人又一次尝试说服他：“如果那些男孩不满足于仅仅在沙滩上玩耍，去了礁石那里怎么办？要是他们掉到火珊瑚上或者踩到海胆怎么办?”

乔希反问：“你是觉得我没照顾好他们吗?”

“我的意思是他们可能想送上门去被蜇伤。那些男孩来这里是因为他们认为我能找到能治病的神奇海螺，他们很想被鸡心螺蜇一下。”

“爸爸，你真的一点儿都不知道那些男孩为什么会来这里。”乔希回答他。

“那你知道是吗？就凭你读的那几本关于贝壳的书，你真以为你可以教他们如何寻找鸡心螺了吗？你想帮他们找鸡心螺，最好还是特大个的那种，然后被蜇，然后痊愈，不管他们患有什么病都能一下子治好是吗？可我压根没发现他们的身体有任何问题。”

乔希叹了一口气："爸爸，这些男孩患的都是精神疾病，我可没说海螺能治好他们的病。"

突然之间，拾贝人觉得自己又老又瞎，他决定带着孩子们去捡贝壳。他把男孩们带到环礁湖，那里的水平静而温暖，水只没到他们胸口，他让几个孩子跟在他身边，并尽其所能告诉他们哪些动物是危险的。孩子们会尖叫着喊："坏贝壳!"当拾贝人把一只张牙舞爪的蓝蟹扔过礁石，扔到更深的水里时，男孩们又会大声欢呼，"希望"也会跟着一起叫起来，和孩子们一起在她深爱的大海中玩耍，她似乎又找回了当年的自己。

噩耗终究还是来了，被蜇的人既不是那几个男孩，也不是其他的游人，而是乔希。他冲到沙滩上，呼唤着他的父亲，脸上没有一丝血色。

"乔希？是你吗，乔希？"拾贝人大声喊着，"我刚刚给孩子们看了圆肋嵌线螺，非常漂亮，对吗，孩子们?"

乔希的指头已经僵硬了，手背发红，皮肤肿胀，他的手心里仍然攥着那枚蜇他的鸡心螺——他觉得那只螺很漂亮，就把它从湿湿的沙地里挖了出来。

拾贝人把乔希从海滩上拖到棕榈树的树荫下，把他裹在毯子里，让男孩们去拿无线电。乔希的脉搏越来越弱、心跳很快，呼吸很急促，不到一个小时，乔希就停止了呼吸，心脏也停止了跳动。乔希死了。

拾贝人呆呆地跪在沙子里，“希望”趴在树荫下看着他，男孩们缩在她身后，双手紧抱着膝盖，神色惊慌。

二十分钟后，医生开着船气喘吁吁地赶到了，但还是太迟了。警察们开着马力十足的小艇尾随其后。警察把拾贝人带到厨房，询问他有关离婚、乔希以及那几个男孩的事情。

透过窗户，拾贝人听到很多船来船往的声音，一股湿润的风吹过窗台，他很想提醒厨房里那几个看似强硬实则懒散的警察，风雨快来了，用不了五分钟，肯定就会下雨了，可警察们却忙着让他澄清乔希与那几个男孩的关系，一次又一次地逼问他为什么他的妻子要和他离婚（他已记不清究竟是第三次还是第五次问他了），他无话可说，仿佛有一层厚厚的乌云把他和整个世界隔离开，他的手指、他的感官，还有大海——一切都在离他远去。他想问这些人：我的狗呢？“希望”什么都不懂，我得去找我的狗。

最终他举起双手对警察说：“我只是个一无所有的瞎子。”

真的下雨了，伴着季风抽打着茅草做的屋顶，地板下传来一阵蛙鸣，蛙声又高又急，交织在风雨声中。

雨停了，他听见水滴从屋顶滴落，冰箱下有一只蟋蟀在鸣叫，厨房里突然又有人说话了，那是个非常熟悉的声音，是穆安津在说话：“你现在可以一个人呆着了，就像我之前答应过你的那样。”

“我儿子……”拾贝人开口想要说话。

穆安津打断了他，从厨房的桌子上拿起一只笋螺，在木头桌面上来回滚动：“失明就好比是你的外壳，像贝壳保护着壳里的动物一样保护着你。而你呢？也像那些软体动物一样躲在贝壳安全的避风港里不愿面对现实。病人的确来过，他们来寻求治愈的机会。不过你放心，再也不会有人来寻找什么奇迹了。你又可以过上安静的日子了。”

“那些男孩们……”

“会有人来带他们走的，他们需要照顾，可以送他们去内罗比的孤儿院，或者去马林迪的孤儿院也行。”

一个月后，这两个叫吉姆的记者来到了他的小茅屋，把波旁威士忌掺在晚茶里喝。拾贝人已经如实回答了他们的全部问题，跟他们讲了南希、西玛和乔希的故事。两名记者说南希给了他们俩独家授权写她的故事，拾贝人已经可以想象到他们会怎么写了——一场午夜的激情、一片蓝色的环礁湖、一种危险的非洲螺毒和一个养着一条狼狗的瞎子郎中。通过这个故事，所有的人都能看到他那堆满贝壳的小屋，以及发生在他身上的悲剧。

黄昏时，他和两名记者一起乘船到拉姆镇上去，水上的士在码头把他们放下来，然后他们自己翻过一座小山头进城。拾贝人听见路旁矮矮的灌木丛里和高高的芒果树林里不时传来鸟儿的鸣叫，空气闻起来很甜，有点像卷心菜和菠萝的味道。两个吉姆跟在后面呼哧呼哧地走着。

拉姆镇的街道上挤满了人，小贩们也都把摊摆了出来，他们用碎木炭烤大蕉和抹了咖喱的羊肉，把小木棒插在菠萝上，一块一块地卖，孩子们脖子上套着兜售箱，四处叫卖椰子甜甜圈和撒了姜粉的印度薄饼。胖吉姆们和拾贝人买了烤羊肉串，背靠着一扇雕花的木门坐在一条巷子里，一会儿，走过来一个少年，从水烟筒里拿出印度大麻问他们要不要，两个吉姆都很乐意抽上那么一口。拾贝人闻到一股甜腻的烟味，听到水在水烟筒中咕噜咕噜地冒泡。

“味道怎么样?”少年问道。

“非常棒!”两个胖吉姆一边咳嗽一边说，话语含糊不清。

拾贝人听到人们在清真寺里祷告，圣歌在狭窄的街道上回响。听着听着，一股奇妙的感觉油然而生，仿佛他的精神与肉体分离了。

“他们在做泰拉威礼拜①。”少年解释说，“今晚真主安拉会决定明年全世界的运势。”

“你也来一口。”一个吉姆把水烟筒递到拾贝人面前，“多抽点。”另一个吉姆跟着笑嘻嘻地说。

拾贝人接过烟筒，深深吸了一口。

午夜过后，一个抓螃蟹的渔夫用一艘安了马达的捕蟹船把他们送回岛上去，途中还经过了一片红树林。拾贝人坐在由细铁丝制成的捕蟹网上，感受微风拂面。船渐渐慢了下来，渔夫对他们说：“到了，下船吧。”于是，拾贝人和两个吉姆一起下了船，哗哗地走在及胸的水里。

---

① 泰拉威礼拜：泰拉威礼拜是逊尼派穆斯林信徒在斋月期间进行的特别礼拜，通常在“宵礼”祷告结束后举行。——译者注

捕蟹船渐渐开远了，在他们深一脚浅一脚地涉水时，两个吉姆嘀嘀咕咕地赞叹起粼粼的波光，欣赏着彼此身后留下的那道长长的泛着银光的波痕。拾贝人脱下凉鞋，赤脚走在水里，踩着尖尖的岩刺走下珊瑚礁，走进更深的环礁湖，感受着脚底被潮水一次次冲刷出来的坚硬的沙沟和偶尔浮现的一丛丛海带、海藻和海草。灵魂与肉体分离的感觉非但没有散去，反而在大麻的催化下被无限放大。他的腿仿佛已经不是他身体的一部分了，忽然间，他感到自己的躯体飘到了海面上空，而感官则一路往水下延伸至蓝绿色的浅滩和珊瑚林立的水底小径。他感觉到有一块小小的礁石，礁上螃蟹在探险，海葵在摇头，周围是密密麻麻的鱼群，它们时而聚拢，时而散开……这一切就在他的身下默默地发生着。他感到有一条牛角鱼游过来，后面跟着一条小丑鱼（应该是一条毕加索小丑鱼），又飘过来一块海绵①，它们都在过着自己平静的生活，日复一日，一如既往。拾贝人的感官被赋予了超自然的能力：透过层层碎浪和波光粼粼的环礁湖，他听到了燕鸥的

---

① 海绵：多孔动物的通称，海绵是最原始的多细胞动物，6 亿年前就已经生活在海洋里，至今已发展到 1 万多种。海绵虽然属于动物，但是并不能自己行走，只能附着固定在海底的礁石上，从流过身边的海水中获取食物。多数海绵生活在坚硬岩石的底质上。——译者注

鸣叫，听到了刺槐树上昆虫的啁啾，他还听到了鳄梨树叶的沙沙声、蝙蝠的吱吱声、椰子树的颈上干树皮发出的刮擦声、大法螺的壳里海风吹出的呼啸声以及灌木的尖刺落到热沙上的声音，除了声音他还闻到了搁浅的海螺产的卵在育儿袋里腐烂的气味。拾贝人的感知一直延伸到了小岛的尽头，靠近地平线的地方，他感到有一条海豚在那里，可是那海豚既没有头也没有尾，甚至连鳍都没有，被海水冲过来又翻过去，它的肉已经被石蟹一片一片撕去了。

两个吉姆的声音远远地从身后传来，交织在一起，分不清谁是谁："被鸡心螺咬伤是什么感觉呢?"

刚才那一幕让拾贝人有点毛骨悚然，他真的看到了一条死去的海豚？他真的拥有了超越自然的听觉？他们现在是在往茅屋去吗？是不是已经快到了？

"我可以让你们试一下，我可以给你们找几枚小的鸡心螺，很小很小的那种，小到你们都察觉不到被咬了，然后你们可以就这个写一篇文章。"这句话一出口，连他自己都吓了一跳。

拾贝人开始寻找鸡心螺，他在水里费力地行走，绕了一个大圈，然后渐渐迷失了方向。他往礁石那边走去，小心翼翼地游走在岩石之间，就像一只水鸟，一只觅食的苍鹭，它的喙随时准备着扎进水里，刺穿一枚海螺或是一条不听话的鱼。

可是礁石并不在拾贝人以为的那个地方，而是在他身后。不久，他就感觉到了海浪掀起的泡沫，长长的碎浪拍打着他的后背，搅动着脚下的贝壳碎片，他能感受到正前方的海藻脊，陡峭高耸，又蜿蜒曲折。嵘螺、骨螺、榧螺……一枚枚海螺从他脚背上擦过。在这儿呢，这个应该是枚鸡心螺，得来全不费工夫嘛。他转了一下螺壳，用手掌心托着螺塔顶。突然一个浪头毫无征兆地向他袭来，撞上了他的下巴。他刚吐了几口咸咸的海水，又一个浪头打来，把他的小腿磕到了岩石上。

他突然想起卖烟的少年说的一句话：今晚真主安拉会决定明年全世界的运势。他试着想象上帝伏在一张羊皮纸前，思索各种可能性的样子。“吉姆！”他大叫一声，想象着他听到了那两个傻大个儿蹚着水朝他走来，但他们没有。他又一次叫道：“吉姆！”但仍然没有任何回应。他们肯定已经回到茅屋，正蹲坐在桌子边，卷起袖子，等他带着刚刚找到的鸡心螺回去，把它放在他们的臂弯里，让毒液侵入他们的血液，然后他们就什么都明白了，然后就有了他们的故事。

他连游带爬地向礁石走去，爬上了一块珊瑚礁，瘫倒在那里，神智有些恍惚。他的墨镜松了，从脸上摇摇晃晃地掉了下来，他试着用脚后跟去够，但是没够着，待会儿再说吧。

小屋肯定就在这附近，他走几步又游几下，终于走到了环礁湖，衬衫和头发都湿透了，鞋子哪儿去了？刚刚还在他手里的，算了，不管了。

水越来越浅了，南希曾经说过海水是有脉搏的，跳起来缓慢而响亮，即使清醒之后，她仍能听到嘭嘭的声音。拾贝人把那声音想象成是一条重达三千磅冰鲸的心脏发出的剧烈跳动声，每一次心跳都能带动几加仑的血液循环。兴许这会儿他耳朵里听到的鼓声，就是大海的心跳声。

他知道自己现在正朝着小茅屋的方向走去，他能感觉到脚底下硬硬的环礁湖沙沟，能听到海浪拍在沙滩上，高高的椰树上长满了椰子，海风吹过发出沙沙的声响……他从珊瑚礁上带回来一只小动物，它能麻痹那两个纽约来的记者，甚至可能会杀死他们。这俩人没有做过任何对不起他的事，可他却在那里计划着要他们的命。这是他想要的结果吗？这就是神对他六十多年生命的最终安排吗？

他的胸膛鼓动着，“希望”去哪儿了？他想象着两个吉姆湿漉漉地趴在睡袋里，呼吸间都是酒精和大麻的味道，小蚂蚁正在咬着他们的脸，每一个细节他都想得一清二楚。然而，这是他们的工作，他们只不过是想把工作做好而已。

他拿出鸡心螺，用尽所有的力气，把它往环礁湖里扔，他怎么能去毒害他们呢！做出这个决定以后他感觉很轻松，他真希望能把所有的毒海螺都扔回海里去，仿佛只有这样才能减轻他的罪恶感。他感到肩膀非常僵硬。

突然，他猛地清醒过来，这一醒如排山倒海的波浪劈头盖脸地打过来，打得他从头一直凉到了脚底心，他清楚地意识到自己被咬了。他迷失了：迷失在环礁湖里，迷失在一个人的黑暗里，迷失在侵蚀了他神经系统的毒液深处。海鸥在他身边落下，相互打着招呼，而他却中了鸡心螺的毒。

他开始眼冒金星，脑袋晕晕乎乎的，如果把他的生命比作螺塔，那么，此刻他已经站在了最后一层上，等待他的将是万丈深渊，最终被黑暗一点一点地吞噬。在他昏迷不醒，最后毒发身亡的时候，他会记得什么？他的妻子吗？还是他的父亲，抑或是乔希？他童年的记忆会不会像电影胶片一样在他眼前播放，追忆起曾经在北极光下爬上父亲贝尔 47 型直升机的那个男孩？他一生中经历的最艰难的时刻是什么？是中毒、失去意识、消失在水里、梦幻般地死去？还是在满目寒冰凄苦的北极之地出生？是长达五十年的失明？还是直升机着陆架上射杀北美驯鹿的那一声枪响？乔希给他写了那么多的信他却一封都没有回，他是否在那些信件中读到过乔希的忠诚、遗憾以及内心巨大的失落感和空虚感？这么多年，他都没能亲眼看过自己的儿子，也没能好好了解他。

没有时间了，毒液已经蔓延到了胸口。他还记得一个词：蓝色。他记得那天早上其中一个吉姆曾经赞美过一条岩礁鱼蓝色的身体："看，它们蓝得可真好看。"他记得他很小的时候在白马市的一片冰原里也看到过蓝色。哪怕已经过去了五十五年，哪怕他的视觉记忆已渐渐模糊，哪怕这个世界，甚至他自己的模样都早已被遗忘，但即使是在梦里，他也还记得冰隙最窄处的那一点蓝，很深很神奇的蓝，记得踢了一下裂缝边缘的积雪，一些小雪花飞入了冰冷的缝隙中。

渐渐地，他感到自己的身体正在离他而去，周围的一切都蠢蠢欲动，欲将他整个地吞噬：地平线上升腾的乌云，漆黑的夜空中灼烧的星辰，躲在沙石中不怀好意的树木，还有那足以碎骨粉尸的潮水。这一刻他能感受到的，只有那冷到骨子里的可怕的孤独。

第二天早上，穆安津的女儿西玛发现了他。自从病好了以后，西玛每个星期都会来看他，把大米和牛肉干放满他的架子，还给他带面包和盒装牛奶，当然还有厕纸，如果有他的邮件，她也会一并捎上。每次她都是自己从拉姆镇划着船来的，真是难为了她九岁的小胳膊，一路上看不见岛，也看不见其他的船只，沿途只能看到红树林。有时她会解开黑色长袍，让阳光洒落在肩膀上、脖子上和头发上。

她在离茅屋还有一公里的一片白色沙滩上发现了拾贝人，他面部朝上躺在那儿，海水不断地拍打着他。“希望”和他在一起，蜷缩在他胸前低声呜咽着，毛发都被海水打湿了。

他光着脚，左手肿得厉害，指甲全黑了。他身上有股大海的味道，像极那些煮熟了的螺肉的味道，拾贝人曾经无数次地把螺肉从螺壳里挑出来煮着吃。西玛拖起拾贝人，把他拖到小船上，然后架起双桨，划向他的小屋。“希望”跟在边上跑，一路沿着岸边狂奔，偶尔停下来等等小船，随后又吠叫着往前跑。

听到西玛和“希望”的敲门声，两个吉姆从睡袋里冲出来，顾不得头发乱糟糟的，两眼通红还没有睡醒，赶紧手忙脚乱地来帮忙。他们把拾贝人抬进屋，在西玛的指点下，用无线电呼叫了卡比鲁医生。他们用毛巾擦拭拾贝人的脸，他的心跳很弱很慢，中间有两次停止了呼吸，两个吉姆赶紧轮流为他做人工呼吸，给他输气。

他永远麻木了，几个小时，几个星期，还是几个月过去了？他不知道。他梦见了玻璃，梦见吹玻璃的小矮人吹出一颗颗鸡心螺的牙齿，有的像小小的冰针，有的像细细的鱼骨头，也有的像雪花的片晶。梦见海面上覆盖着一层厚厚的玻璃，他在上面一边滑冰，一边透过玻璃窥视着海底的小世界，那个变幻莫测、危机四伏的珊瑚礁的世界。他眼中看到的一切——珊瑚虫柔软的触手、被撕碎的小丑鱼尸体——都是灰色的、孤独的、残缺的。一阵寒风灌进他的衣领，形状怪异的云朵匆匆掠过头顶。他是这地球上唯一活着的生物，什么都遇不到，什么都看不到，甚至连个立足的地方都没有。

有时候，拾贝人能感到有人往他嘴里灌茶，茶水一进到他的肚子里就被冻住了，他的身体就像一台大冰箱，有很多冰块在他的五脏六腑里嘎嘎作响。

最后，是西玛融化了他体内所有的冰块。她每天都去看他，从她父亲的大房子划船到拾贝人的小茅屋，在亮得发白的阳光下划过蓝绿的水面。在她的悉心照顾下，拾贝人可以下床了，她帮他赶走脸上的蚂蚁，喂他吃面包。渐渐地，她开始扶着他到外面去走走，和他一起坐下来晒晒太阳，可是拾贝人一直不停地在哆嗦。她会问一些问题，关于他的生活、关于他发现的贝壳还有那枚救了她一命的鸡心螺。再后来，她试着握住他的手腕，带着他慢慢走进环礁湖，每当有风吹到他湿漉漉的皮肤上，他就会发抖。

拾贝人蹚着水，用脚趾感受这水里的贝壳。距他被咬已经过去一年了。

“希望”坐在一块岩石上，不时嗅嗅远方，地平线上，鸟儿们排成一排飞过积云。西玛几乎每天都和他们一起来到礁石上，脱去密不透风的长袍，露出美丽的肩膀，头发也扎了起来，乌黑发亮的马尾辫在颈脖处荡来荡去。跟一个什么都看不见的人呆在一起，让她心情愉悦，无论她做什么，他都不会有意见。

西玛看到一群又小又细的鱼在水面下闪闪发光，数千只圆圆的眼睛盯着她，然后懒洋洋地转身游走了，他们的影子在沙沟上滑过，落在了一片形状像蕨类的珊瑚上。她在心里默念，这是腭针鱼，那是花伞软珊瑚，我不但知道它们叫什么，还知道它们是如何互相依赖的。

拾贝人往前走了几米，停下脚步，弯下腰。他发现了一只海螺，感觉像是大织纹螺——是一只有螺沟，螺塔很高的瞎海螺——他把手放在螺壳上，两根手指轻轻搭在螺塔的顶部。等了很久，壳口里才试探性地伸出一只脚，继续拖着螺壳慢慢地向前爬，翻过了一道沙脊。拾贝人的手指跟着它走了一会儿，然后他站起身来，低声说道："可真漂亮。"脚下，海螺还在继续往前爬，拖着重重的壳，摸索着前进的方向，它的身体紧贴着沙子，一直爬到了没有光线、清净无人打扰的地方。

（宋丹丹　译）

猎人的妻子

这是猎人第一次离开蒙大拿州。他在飞机上醒来时，脑海中仍然是几小时前飞机起飞时的景象：飞机在玫瑰色晚霞积云中越飞越高，从飞机上看下去，地面上的房屋和谷仓就像白雪皑皑的山谷深处的一个个小黑点，从山上到山下，大地已经披上了十二月的冬装——棕黑色的山丘上点缀了一堆堆的积雪，结满坚冰的湖泊反射着阳光，长长的河流在峡谷底部闪闪发光。机翼上方，天空如此蔚蓝，猎人知道如果自己长时间盯着这天空看，他就会情不自禁地落泪。

天黑了，飞机在芝加哥上空准备降落，整个城市灯火通明，随着飞机缓缓滑向机场，地面上的景象越来越清晰了——路灯、车灯、林立的楼宇、溜冰场、在信号灯处转弯的卡车、仓库顶上的积雪、遥远的山丘上不停闪烁的天线，终于，两条长长的、一路伸向远方的蓝色跑道指示灯映入了眼帘，飞机着陆了。

猎人走进机场，走过一个又一个监视器。突然间，他的身体好像被掏空了一样，那些美丽的景色都去哪儿了？那些可爱的绮梦怎么也消失了？他来芝加哥看他的妻子，夫妻俩有二十年没见过面了。这一次，她是去芝加哥州立大学为一个大人物表演她神奇的魔力。显然，哪怕是高等学府也对她的超能力感兴趣。

航站楼外，天空灰蒙蒙的，寒风萧瑟。要下雪了。大学里派了一个女的来接他，两人一同上了一辆吉普车。一路上他一直目不转睛地盯着窗外。

车子开了四十五分钟，先是经过市中心高大明亮的建筑群，然后驶入郊区，窗外的景色也变了样，放眼望去，看到的是光秃秃的橡树、成堆的积雪、加油站、发电塔和电话线。那个女人问："您经常出席您妻子的表演吗？"

"没有，这是第一次。"猎人回答道。

女人把车停在一幢精心设计的现代豪宅门口，两边是两个梯形车库，车库的上方是两个微微向外倾斜的正方形阳台，豪宅的正面是巨大的三角窗，光滑的圆柱子撑起一个陡直的页岩穹顶。

走进大门，里面摆着一张桌子，上面放着大约三十个名牌，他妻子还没有到场，他似乎是来得最早的。他找到了自己的名牌，把它别在毛衣上。有个穿着小礼服的女孩出现了，一声不吭地收走了他的外套。

门厅是花岗岩材质，斑驳光滑，后面是宽敞的楼梯，底部铺宽，顶部渐细。有个女人从上面走下来，离地面还有四五级阶梯的时候她停了下来，跟把他接过来的那个女人打了声招呼："你好，安妮。"又转向他说道："这位一定就是杜马斯先生吧。"杜马斯握住她的手，她的手苍白消瘦，骨节分明，轻得像是握着一只没有羽毛的鸟儿。

她说她丈夫是这所大学的校长，这会儿正在打领结，说完她苦笑了一下，就好像领结招她惹她了。穿过门厅便是宽敞的客厅，高高的窗户，厚厚的地毯。猎人走到了一排窗户边上，拉开窗帘，向外张望。

昏暗的灯光下，他看到窗外是一个长长的木制平台，台面略微倾斜，离开地面几个台阶的高度，台阶很别致，每一级的宽度都不一样，两侧是低矮的扶手栏杆。平台外，蓝色的阴影中，有一个小池塘，四周被树篱包围着，中间有个大理石鸟形浴盆。池塘后面是光秃秃的树——有橡树、枫树和颜色如同白骨的梧桐树。一架直升机飞了过去，信号灯闪着绿光。

"下雪了。"他说。

"是吗?"女主人问，带着一种关切的语气，也可能是装出来的。要分辨真诚与虚假总是很难。接他过来的那个女人走到吧台，捧起一杯饮料，两眼直勾勾地盯着地毯。

猎人把窗帘放了下来。这时，校长从楼梯上走了下来，其他客人也都陆陆续续到场了。一位身着灰色灯芯绒外套的男人向猎人走来，他的名牌上写着“布鲁斯·梅普尔斯”。“杜马斯先生，您妻子还没来吗?”他开口问道。

“您认识她吗?”猎人问。梅普尔斯摇了摇头说：“不，不认识。”他伸了伸腿，扭了扭腰，像赛跑前做拉伸一样。“但是我读过关于她的书。”

猎人看到一个高个子男人从前门走了进来，这个男人其瘦无比，下颚和眼窝都深陷进去，看起来既苍老又骨瘦如柴——仿佛刚从某个穷山恶水回来似的。校长走近那个瘦削的男人，跟他拥抱了一会儿。

梅普尔斯向猎人介绍说：“这位是奥布莱恩董事长。他可是那个圈子里的名人。发生在他家人身上的事太可怕了。”梅普尔斯用吸管戳着饮料里的冰块。

猎人点点头，不知道该说些什么。他第一次感到自己不应该来。

“您读过您妻子的书吗?”梅普尔斯问猎人。

猎人点点头。

“在她的诗里，她丈夫是个猎人。”

“我给猎人做指导。”猎人看着窗外，雪花纷纷飘落在树篱上。

“您会觉得困扰吗?”

“什么?”

“动物杀戮。我是指以捕猎为生。”

猎人看到雪花在碰到窗户的一刹那便融化消失了。人们对于狩猎的认知就这么肤浅吗？狩猎就等于杀戮吗？猎人把手指放在玻璃窗上，回答说：“不，不会困扰我。”

一九七二年冬天，猎人在蒙大拿州的大瀑布城遇见了他的妻子。那年冬天来得很迅猛，事先没有丝毫征兆——一切都几乎发生在一瞬间。北方突然刮起了漫天的暴风雪，天空就像覆盖了厚厚的双层幕布，恐怖的白色一直蔓延到天际。暴风雪不断向南推进，仿佛要将整个世界推向尽头。它拼命往前驱赶着风，像狼一样疾驰，像洪水穿过破裂的堤坝一样凶猛。牛群越过栅栏飞奔嚎叫，树木被刮得东倒西歪，谷仓的屋顶在公路上翻着跟斗，河流也改变了前进的方向。寒风气势汹汹地把画眉鸟刮进了峡谷，将它们刺在荆棘上，姿态怪异的鸟儿发出犀利的惨叫声。

她是一位魔术师的助手，是个孤儿，才十六岁，长得楚楚动人。这个故事说来有点老套：一件闪闪发光的红色礼服，纤长的双腿，中央基督教堂会议大厅里的巡回魔术表演。猎人手里抱着一大堆食品杂货，本来已经从教堂门前走过了，没想到一阵狂风刮得他寸步难行，只得躲进了教堂后面的胡同里。他从未感受过如此凛冽的寒风，像被风钉住了一样，一动也不能动，他的脸被风吹得紧紧贴在一扇低矮的窗上，透过窗户他看到了里面的表演。魔术师是个小个子男人，披着脏兮兮的蓝色斗篷，头顶上挂着一条松松垮垮的横幅，上面写着“伟大的韦斯普奇”。但是猎人的视线都被那个女孩吸引过去了，她优雅、年轻、面带微笑。风像摔跤手一样将他牢牢摁在窗户上。

魔术师把女孩锁在了一个胶合板棺材里面，上面涂满了华丽的红色和蓝色闪电。女孩的脖子和头从一端伸出，脚踝和脚则从另一端伸出。她笑了笑。从未见过有人被锁在棺材里还能笑得那么开心。魔术师打开电锯，拿着它从棺材中央嘶嘶地向下锯，女孩被锯成了两半。然后，魔术师把两截棺材分开，一边是她的双腿，另一边是她的躯干。她的脖子突然耷拉下来，微笑也消失了，眼睛里全是眼白，灯光暗下来。一个小朋友吓得尖叫起来。“动一动你的脚趾。”魔术师下令，手里挥舞着魔术棒，女孩照做了，她那脱离了躯壳的脚趾在闪闪发光的高跟鞋里扭动。观众兴奋地尖叫起来。

猎人看着女孩粉红色精致的小脸蛋，披散的秀发，微微伸长的头颈。聚光灯打在她的眼睛上。她在看他吗？她有没有看到他的脸紧贴着窗户，风割着他的脖子，手里的洋葱和面粉都散落在他的脚边？她的嘴唇蠕动了一下，是微笑？还是一句问候？

对他而言，与她的美丽相比，其他一切都显得苍白无力。雪飘进了他的衣领，落到他的靴子旁。风变小了，但雪下得更大了，猎人仍然一动不动地站在窗前。过了一会儿，魔术师把切开两截的棺材重新拼在一起，打开上面的锁，挥动魔杖，女孩又恢复了原来完整的模样。她从棺材里爬出来，穿着闪闪发光的高衩裙，行了个屈膝礼。她微笑着，仿佛是复活了。

紧接着，暴风雪把法院前的一棵松树压垮了，树干压断了电线，路灯一盏接一盏地熄灭，整个城镇都黑了下来。女孩还没来得及反应，引座员也还没来得及打开手电引导观众退场，猎人就已经偷偷溜进了大厅，走向舞台，呼唤着她。

猎人三十岁，比女孩大了整整一倍。女孩冲着他微笑，从舞台上俯下身来，在紧急出口红色的灯光中摇了摇头。“演出结束了。”她说。猎人开着小货车，在暴风雪中紧跟着魔术师的大卡车到达了下一个演出场地——比尤特市，那里的一个图书馆正在举办一个筹款活动。第二天晚上，他跟着她又到了米苏拉市。每场演出结束后他都会冲到舞台边，恳求女孩：“和我一起吃个晚饭吧。告诉我你叫什么名字。”追女生和狩猎一样，都需要毅力。终于，在博兹曼市女孩答应了他的请求。她的名字很普通，叫玛丽·罗伯茨。他们在一家旅馆的餐厅里吃了大黄派。

“我知道你是怎么做到的。锯开的箱子里的脚是假的，你的腿抱在胸前，然后你用绳子牵动那假脚。”他兴奋地说。

女孩大笑着问他：“你是不是闲得没事儿干呀？追着个女孩跑了四个城镇，就为了告诉她，她的魔术是假的？”

“哪有啊，我是个打猎的。”他回答道。

“你是猎人，那你不打猎的时候干什么呢？”

“我就想象自己在打猎。”女孩又笑了起来。“这一点也不好笑。”猎人说。

“你说得没错，这一点也不好笑。”可是女孩仍然在笑。“魔术对我来说也是这样的，我做梦都在变魔术，不但夜里做梦，就连白天也做着同样的梦。”

他看看眼前的盘子，激动不已，搜肠刮肚地找话说。他们边吃边聊。女孩小心翼翼地用勺子吃了两块馅饼，又说道：“但我的梦想不仅如此，我心里有魔法，我不会一辈子被托尼·韦斯普奇锯成两半的。”她的声音平静而严肃。

“这一点我毫不怀疑。”猎人说。

“我就知道你会相信我的。”女孩说。

可是，下一个冬天，韦斯普奇又带着女孩来到大瀑布城，并在同一个胶合板棺材中将她劈成两半。再下一个冬天又是这样。这两次演出结束后，猎人都会带她到苦根餐厅，在那里看着她吃下两块馅饼，他很喜欢她的吃相：他喜欢她吞咽时上下颤动的喉咙，喜欢看着勺子从她双唇间滑出来的样子，喜欢那一缕时不时垂下来搭在耳朵上的头发。

转眼女孩十八岁了，吃完馅饼后，她让猎人开车载她去他的小木屋，小木屋距大瀑布城有四十英里，一直沿着密苏里河行驶，然后向东驶入史密斯里弗谷。她随身只带了一个小小的塑料钱包。卡车开过没有清扫过的雪地时打滑了，在厚厚的雪地上甩尾，但女孩似乎并不害怕，一点都不担心他究竟要把她带到哪里去，也不害怕卡车可能会陷在积雪里，而她只穿了一件短大衣和闪亮的魔术师助手礼裙，可能会冻死在这冰天雪地里。当时是零下二十度，她呼出的气都凝成了白色的雾。很快道路就会被大雪覆盖，直到春天才能再次通行。

他的小屋只有一间房，墙上挂满了毛皮和老式的来复枪。不过小屋有一个地下室，猎人打开地下室的门，向女孩展示他过冬的屯粮：一百条烟熏鳟鱼，剥了皮的野鸡，还有挂在钩子上的冷冻鹿肉块。他开口打趣道："足够两个我吃的了。"她目光扫过他壁炉上的书，有关于松鸡习性的专著、一系列关于高地猎鸟的期刊还有一本厚厚的名叫《熊》的书。"你累吗？想不想出去转转？"猎人说着递给她一套风雪服，并把一双皮革做的雪鞋绑在她的靴子上，然后带着她去听灰熊的声音。

她雪鞋穿得不赖，就是行动有点笨拙。他们嘎吱嘎吱地走在雪地上，风过处，地上的雪花被吹成扇贝形，寒风刺骨，难以忍受。这只熊每年冬天都会窝在同一棵空心雪松中，这棵雪松的顶部已经被风暴折断了，整个树干黑漆漆的，分成三个枝丫，又高又大，在星光下宛若一只从地下伸出来的骷髅手，仿佛是一个正要从地底下爬出来的食尸鬼。

他们跪坐在地上，头顶上的星星亮得像坚硬而洁白的刀尖。“把耳朵贴在这儿。”他低声说。说话间，吐出的气息仿佛在空中凝结，又被风儿吹散，仿佛每一个字都被冻成了形，可惜再怎么努力也留不住它们。他们面对面跪着，把耳朵贴在树干上被啄木鸟啄出来的洞口上仔细地听。过了一会儿，女孩听到了灰熊的声音，像昏昏欲睡的叹息声，也像酣睡中绵长的吐息声。她的眼睛瞪得大大的，整整一分钟后，她又听到了那叹息声。

“我们可以去看看它。”猎人又低声说，“但必须保持绝对的安静。灰熊是轻度冬眠动物。有时候，哪怕只是踩到了它们窝外面的树枝，它们也会被惊醒。”

猎人开始挖雪。女孩后退了一步，目瞪口呆地看着他。猎人弯着腰，用手把雪不停地从两腿间刨出去，大概挖到三英尺深的时候，他碰到了一个光滑的冰面，覆盖在树底的一个大洞上。他轻轻移开冰块，放到一边。洞口黑乎乎的，仿佛打通了某个黑暗的洞穴，直通阴曹地府。灰熊的气味从洞里飘到了她周围，像是湿漉漉的小狗身上的味道，又像是野蘑菇的味道。猎人拨开几片树叶，叶子下面露出一块棕色的皮毛，那是灰熊毛茸茸的肋腹。

“它仰着睡呢，这是它的肚皮，它前腿肯定在这上面的某个地方。”他指着树干内较高的地方，压着嗓音说。

女孩跪在洞穴上方的雪里，一只手搭在他的肩膀上，眼睛睁得大大的，一眨不眨，下巴微张。在她肩膀上方，一颗星星划过银河，消失在空中。“我想摸摸它。”她突然说。她的声音在那片树林里、在那光秃秃的雪松下，听起来异常响亮，格外地不合时宜。

猎人摇了摇头，憋着嗓子说：“嘘！你小点儿声。”

“就一下。”

“不行，你疯了吗！”他嘘了一声，用力拉住女孩的胳膊。她用牙齿把手套从另一只手上咬下来，手伸了下去。他又一次去拉她，但失去了平衡，向后仰倒在地上，手里还紧握着一只空手套。他定睛一看，吓坏了：女孩转过身，双手五指张开，放在灰熊胸部厚实的毛发上，然后低下头，像是从积洞里喝水一样，把嘴唇贴在灰熊的胸口上。她整个脑袋都伸到树里面去了。她感受到灰熊柔软的银色发尖拂着她的脸颊；她的鼻子顶在一根巨大的微微弯曲的肋骨上；她听到了灰熊肺部喘息的声音；她听到血液在它静脉里缓缓地流淌。

“想知道它梦见什么了吗?”她问猎人。她的声音回荡在树干里，又从断掉的中空枝丫的枝头飘出来。猎人从大衣里取出刀。“它梦见了夏天，梦见了黑莓和鳟鱼，它正在河里的鹅卵石上蹭着它的肚皮。”她的声音回响着。

他们回到小屋，猎人把火生起来，女孩又说：“我想爬进洞里去，睡在它的臂弯里。我会挠挠它的耳朵，亲吻它的眼睛。”

猎人看着火，火苗在飞舞晃动，每一根木头都像一座燃烧着的桥。三年来他一直都在等待这个场景，三年来他一直都在火边梦着这个女孩，但不知何故，眼前这一切跟他所想象的很不一样。他原以为这就像一场狩猎——背包里装着来复枪，在坑里一等就是好几个小时，看着公麋鹿头上巨大的鹿角，映着天空若隐若现，听着鹿群在它身后不慌不忙地呼吸。突然一声枪响，公鹿应声而倒，群鹿撒开蹄子往山下跑。

这就是狩猎的乐趣，一旦猎物被征服，一切便都尘埃落定。但这回女孩给他的感觉完全不一样，就好像他根本无法选择，无法控制究竟是把子弹打出去还是留在枪膛里，就好像他还是三年前那样，被一阵风或是一股更强大的力量挟持在中央基督教堂外面，脸贴着那扇低矮的窗户。

“别走了，留在这里跟我一起过冬吧。”他的声音低得不能再低了，与其说是在讲给女孩听，不如说是在面对着炉火自言自语。

布鲁斯·梅普尔斯站在他身边，用吸管戳着饮料里的冰块。

“我是搞体育的，在这里负责管理体育系。”布鲁斯主动挑起话题。

“你说过了。”

“有吗？我不记得了。我曾经执教田径项目，主要是跨栏。”

“跨栏啊。”猎人重复了一遍。

“没想到吧。”

猎人把他研究了一番。布鲁斯·梅普尔斯来这里做什么？

究竟是怎样的好奇心或者恐惧感驱使着他，驱使着那些身着深色西装和黑色礼服的人，从前门鱼贯而入？他站在客厅的角落里，注视着那个瘦削、弱不禁风的男人——奥布莱恩董事长。每隔几分钟，就会有几个客人走到他面前，紧紧握住他的双手。

“你知道吗，狼就是最好的跨栏运动员？”猎人突然对梅普尔斯的话题来了兴趣，“有时跟踪它们的猎人会被它们迷惑，它们的脚印会突然消失，就仿佛整个狼群一下子都跳到了树上，然后转眼就消失不见了。最后猎人会在三十甚至四十英尺远的地方再次找到它们的脚印。过去人们认为这是狼玩的一种魔法——神奇的飞狼，但其实它们只是在跳跃，一个伟大而协调的飞跃。”

布鲁斯环顾着房间，说：“这我倒不知道。”

女孩留了下来。他们第一次做爱时，她大叫大嚷，把郊狼都勾来了，郊狼爬上屋顶，嚎叫着想从烟囱爬下来。猎人从她身上滚下来，出了一身汗。郊狼低吟了一夜，像孩子们在院子里吵闹不休。那天晚上他做了噩梦。“昨晚你做了三个梦，每次都梦见自己变成了一头狼。你饿疯了，在月光下奔跑。”她低声说。

他真的做了这样的梦吗？他不记得了。也许他说梦话了吧。

整个十二月，温度从未高于零下十五度。河水结了冰——这还是猎人第一次看见河水结冰。圣诞夜，他驱车前往赫勒拿市去给女孩买花样滑冰鞋。第二天早晨，他们从头到脚都裹着毛皮，去河上滑冰。女孩扶着他的腰，他们在蓝色的晨曦中翩翩起舞，他们在冻得硬邦邦的浅滩上滑，在光秃秃的赤杨和白杨下滑，大雪覆盖下只有溪边的柳树露出了尖尖的脑袋。他们面前，河面上大片白色的冰逐渐消失在黑暗中。一只猫头鹰蹲在枝头，巨大的眼睛盯着他们。“圣诞快乐，猫头鹰！”女孩在寒冷中大声喊道。猫头鹰张开巨大的翅膀，扑棱棱地从树枝上飞下来，消失在森林深处。

在一个风口拐弯处，他们看到一只死掉的苍鹭，脚冻在冰里。显然，这只苍鹭曾试图自救，它先是用喙啄击困住它双脚的坚冰，然后又去啄自己长有薄鳞的细腿。可最终它还是死去了，死的时候仍然站得笔直，翅膀向后收拢，喙张开着，似乎在做最后绝望的呐喊，双腿像两根芦苇一样扎在冰里。

女孩跪倒在鸟面前。它的眼睛被冻住了，蒙上了一层阴翳。“它死了。”猎人柔声对她说，“快过来，否则你也会冻僵的。”

“不。”女孩拒绝了。她脱下手套，用手心为苍鹭合上了喙。几乎是同时，她的眼睛往上翻了一下，嘴里发出呻吟声：“哇噢，我感应到它了。”好几分钟过去了，她一直保持着同样的姿势，猎人站在她身后，感觉到寒意慢慢爬上他的双腿。女孩跪在鸟面前的样子让他生畏，他不敢去触碰她。她的手在风中冻得发白，不一会儿又冻成了青紫色。

女孩终于站了起来，对猎人说道：“我们得把它埋了。”猎人用冰刀把鸟从冰里挖出来，埋在雪堆里。

那天晚上，女孩僵硬地躺在床上，睡不着觉。“那不过是只鸟。”猎人试图安慰她，可他不知道究竟是什么困扰着女孩，只是看见女孩这副模样他自己也深受其扰。“它已经死了，我们帮不了它，埋了它固然很好，但明天就会有别的动物找到它，又把它挖出来。”

她转过身面向着猎人，眼睛睁得很大，猎人突然想起她把手放在灰熊身上时，眼睛也是这样睁着。“我碰到它时，看见它去了哪里。”女孩突然说。

“你说什么?”

“我看到它死后去的地方了。它和其他一百多只苍鹭一起站在湖岸边，都朝着同一个方向，它们在石头间涉水。天刚刚亮，它们看到太阳从湖对岸的树上升起。我看得清清楚楚，就好像我在那里一样。”

他翻了个身，盯着天花板上晃动的影子，说：“准是冬天在影响你。”第二天早上，他便下定决心，要确保女孩每天都出去走走。长久以来他一直坚信：冬天每天都要出去走走，否则脑子就会出问题。每年冬天，报纸上都会刊登很多农场主妻子的故事，说她们被风雪困在家里得了幽居症，精神疯癫，用刀或是锥子杀死自己的丈夫。

第二天晚上，他开车带着女孩一路北上，到加拿大边境的斯威特格拉斯去看北极光。远方升起大片的紫色、琥珀色和浅绿色的光芒，像在群山之上盘旋的猎鹰的头，像一条围巾，又像一只翅膀。他们坐在卡车驾驶室里，取暖器烘着他们的膝盖。极光的背后，银河在燃烧。

“那是只鹰!”她大声喊道。

他解释说：“极光是由于地球磁场而产生的。太阳风进入地球磁场，带电粒子四处移动，然后就形成了我们眼前看到的景色。黄绿色的物质是氧，底部红色和紫色的光是氮。”

“不！”女孩使劲摇着头，说：“红色的光是鹰。你看，那是喙，那是翅膀。”

小屋里都是冬天的气息。猎人每天都带着女孩出去。他带着她去看在河岸边一个橘黄色球里冬眠的一千只瓢虫；去看一对藏在冰冻的泥地里休眠的青蛙，在春天到来之前，它们的血液都是凝固的。他从蜂巢中摘出一个蜂球，球上的蜜蜂发出缓慢的嗡嗡声。突然间，离了巢的蜜蜂被这冰天雪地给吓到了，为了取暖，它们拼命颤抖着自己的小身躯。当他把蜂球放到女孩手中时，她晕倒了，眼珠翻了上去。女孩躺在地上，看到了冬日里这群工蜂脑海中所有的幻想，每一个都异常生动：荆棘中一条明亮的小径通往一丛野玫瑰，采回来的蜂蜜足足灌满了一百个蜂巢，满得都快溢出来了。

每一天，女孩都对自己所拥有的能力有一个更深的了解。她感到血液里弥漫着一种强烈但又陌生的感觉，仿佛很久以前种下的一粒种子现在终于发芽了。动物体型越大，就越能震撼她。刚死不久的动物更是幻象的虚拟宝库，随着力量的逐渐衰减，幻象会一幕幕铺陈开，就像一连串的系绳，一条一条被逐个解开。她脱下手套，触碰一切她能触碰到的动物：蝙蝠、火蜥蜴、一只从窝里掉下来的红雀——身上还热乎着。十条冬眠的乌梢蛇盘在岩石底下，眼皮耷拉着，舌头一动也不动。每次她摸到冰冻的昆虫、沉睡的两栖动物或者是一些刚刚死去的东西，她的眼睛就会往上翻，动物们看到的一切、它们的世界，便会颤抖着进入她的身体。

他们的第一个冬天就这样结束了。透过小屋的窗户往外望去，猎人看见了狼过河时留下的脚印，猫头鹰从树梢上飞下来狩猎，足有六英尺厚的雪就像一床随时会掉下来的被子。女孩看见了长长的暮色中藏在树根下的幻想家们，他们的梦像极光一样荡漾在天空中。

爱情仍然像一根刺一样牢牢地扎在他心里，他在冰雪初融的春天娶了她。

猎人的妻子终于到场了，布鲁斯·梅普尔斯倒吸了一口气。她像一匹骄傲的马走进了大门，视线娴静地看着脚下，每一步都充满自信，锥形的鞋跟笃笃地敲击在花岗岩地板上。猎人二十年没见过他妻子了，她变得更加精致，不复从前的狂野，但对猎人来说，这反而更糟糕。她眼角周围泛起了皱纹，行走的姿势仿佛是在避免接触任何她身体附近的东西，好像大厅的桌子或壁橱的门都可能会突然冲过来，抓住她的衣领。她没戴首饰，也没戴结婚戒指，只穿着一件朴素的双排扣黑色西装。

她在桌上找到了自己的名牌，然后把它别在翻领上。接待室里的每个人都看了看她，然后又都迅速移开了目光。猎人意识到今天的主宾是她，并非奥布莱恩董事长。从某种意义上说，他们都在向她献殷勤，他们用他们的方式，也就是校长的方式，极力讨好她：一言不发的酒保、穿着小礼服的女孩，还有大杯的冰镇饮料。只有猎人知道她想要什么：给她一个馅饼，还有大黄派，再带她去看睡着的灰熊。

他们坐在一张又长又窄的桌子边吃饭，餐桌两边各有十五把左右的高背椅子，一人一把椅子。猎人并没有挨着他妻子坐，中间隔了几个人，妻子终于看了他一眼，似乎一眼就认出了他，露出了温暖的神情，然后又看向别处。在她看来，他一定是老了——在她眼中，或许他重来就没有年轻过。她再也没有看他一眼。

厨房的工作人员穿着笔挺的白色制服，端上了洋葱汤、虾和水煮三文鱼。猎人周围的人都在窃窃私语，聊着他不认识的人，猎人一直盯着窗户，看着窗外飘落的雪。

河流解冻了，在河水的推动下，一块块巨大的坚冰漂向了密苏里河。河水流动、河冰破裂、冰雪融化的声音，都潺潺地从木屋敞开的窗户里飘进来。猎人感觉到久违的生机在灵魂里激荡，他会在广袤的粉色黎明中起来，拿起他的飞蝇钓竿，匆匆下山到河边去。鳟鱼已经迫不及待地从寒冷的褐色河底冒上来，捕食春天的第一只昆虫了。很快，木屋的电话响了，是客户的电话，他的向导季节开始了。

偶尔会有客户想捕一头狮子或是带着狗去捕鸟，但晚春和夏天其实是钓鳟鱼的最佳季节。每天天还没亮，猎人就带着一壶热咖啡出门，开车去接一名律师、一个鳏夫和一位酷爱野生割喉鳟的政客。他把客人放下车以后就赶紧跑回去侦查下一趟旅行的路线。他会一直侦查到天黑，有时甚至更晚，他会跪在河边的柳树下耐心地等着鳟鱼浮到水面上来。等他带着一身的鱼腥味回到家的时候，妻子早已入睡，他总是急切地把妻子叫醒，给她讲白天遇到的激动人心的事儿：一条割喉鳟跳过了十五英尺高的瀑布，一条顽固的虹鳟鱼躲在河底的暗桩下就是不肯出来。

到了六月，妻子又无聊又寂寞。她在树林里漫步，但从不走远。夏天的树林茂盛而繁忙，一点也不像沉寂得如同墓地般的冬天。夏天，往茂密的树林里看，你看不到二十英尺以外的风景。小动物们不再贪睡，新的生命破茧而出，拍打着娇嫩的翅膀，嗡嗡嗡地四处飞舞，他们抓紧时间繁殖、产崽，努力长大。熊宝宝在河里戏水，小鸟尖叫着要吃虫子。她怀念冬天的宁静，怀念漫长的睡眠、光秃秃的天空，还有公麋鹿的鹿角撞到树木发出的声音。八月份，她去河边看她丈夫和一个客户抛飞蝇，随着钓竿的甩动，钓线划出一个个弧圈，仿佛在水面上施展魔法一般。他教她在河里洗鱼，这样腥味就不会残留在手上。她切开鱼的腹部，看着内脏在水流中被冲洗开，鳟鱼最后的、令人着迷的幻象渐渐地从她手腕处褪去，沉入了水里。

九月，狩猎大型动物的猎人来了。每个客户想捕猎的对象都不一样：有麋鹿、羚羊、公鹿、雌鹿。他们想看灰熊，想追踪狼獾，甚至想射杀沙丘鹤。他们想要七七四十九头公牛的头来装饰他们的住所。每隔几天，猎人就会带着一身的血腥味回家，给妻子讲述愚蠢客户的故事：有个得克萨斯人，胖得站也站不稳，整天坐着，呼哧呼哧地喘着粗气，根本没法爬到山顶去狩猎；还有一个嗜血成性的纽约人，声称只是想拍摄黑熊，结果却从靴子里拔出手枪，丧心病狂地向两只熊崽和它们的熊妈妈开火。每天晚上，妻子都会去河里洗去猎人工作服上的血迹，看着它从河水里慢慢地浮上来，从铁锈色变成鲜红色。

猎人一周七天都要外出，一出去就是一整天，在家的时间只够他灌灌香肠、把烤肉切成片、擦拭来复枪、清洗装肉的背包以及接接电话。妻子对他所做的事知之甚少，只知道他喜欢山谷，喜欢在山谷里行走，观察乌鸦、翠鸟、苍鹭、郊狼还有山猫，至于其他动物，那都是他捕猎的对象了。“那里是个没有规则的世界。”他曾经一边对妻子这样说，一边心不在焉地向南部的大瀑布城指了指，接着又说道：“但这里有。在这里，我看到了在那个世界永远看不到的东西，看到了被大多数人无视的东西。”不需要太多的想象力，妻子就能预见五十年后的丈夫：仍然穿着靴子，仍然背着来复枪，明明有整个世界可以看，但他只看了这个山谷就能无憾地死去了。

妻子开始睡觉，午睡时间长达三小时，有时甚至更久。她开始明白，睡觉也是一种技能，和别的技能一样也是可以慢慢训练的，例如被人从中间锯开，然后再重新组装起来；又或者像从死去的知更鸟身上占卜未来等等。她把自己训练得即使在夏日炎炎、周围吵闹不堪的情况下也能熟睡。昆虫前仆后继地撞向纱窗，大黄蜂顺着烟囱俯冲而下，太阳从南面的窗户折射进来，又热又烈，但她仍然沉睡着。每个秋天的夜晚，猎人回到家时总是筋疲力尽，前臂上沾满了血迹，而他的妻子已经睡了好几个小时。外面，风已经把棉白杨的叶子吹落了——太快了，他不禁感慨。他躺在床上，握着妻子睡梦中的手。他们都生活在各种张力的控制下，身不由己，比如十一月的风和地球的旋转。

那是猎人记忆中最糟糕的一个冬天：从感恩节开始，他们就被大雪困在了山谷里，卡车被埋在了六英尺深的积雪下面。电话线路十二月就停了，直到来年四月才恢复。一月初开始刮钦诺克风，寒流紧随其后。一个晚上，积雪上就覆盖了三英寸厚的冰。南部的牧场里，被埋在积雪下的牛群撞破了坚冰想要逃出困境，结果流血而死。鹿群试图用它们细小的蹄子打洞自救，却在厚厚的积雪下窒息而亡。一时间鲜血遍布山丘。

每天早晨，猎人都会在地下室门前的雪地上发现郊狼的足迹，地下室的门是硬木做的，有两英寸厚，他所有过冬的囤粮都冻好了挂在里面。他担心木门不够坚固，又在门板和铰链外钉了一层金属烤板。有两次他被狼爪子磨金属的声音吵醒，每次他都会冲到屋外，大吼大叫地把郊狼吓走。

不管在哪儿，他都能看到有动物不体面地死去，被埋在积雪下：一只麋鹿失去平衡倒下了，一头瘦弱的雌鹿哒哒哒地踏在冰上，像一具醉了酒的骷髅。电台报道了南部牧场牛群伤亡惨重。每天晚上他都会梦见狼，梦见自己跟狼群一起奔跑着，越过栅栏，撕碎那些还冒着热气、被白雪覆盖的牛的尸体。

雪还在下。二月份，猎人被木屋下的郊狼吵醒了三次，到第三次的时候，只冲它们大声吆喝已经无法赶走它们了；于是他抓起弓和刀，赤着脚冲到雪地里，双脚被冻得失去了知觉。这次郊狼们试图从门下钻进去，它们用嘴啃、用爪子挖着地基下的冻土，于是他索性把门上还没被狼群破坏的门闩都拔了，大门被攻陷了。

一只郊狼突然干咳起来，像是被什么东西给噎住了，其他狼在它身边转来转去，喘着粗气，大概有十来只。他只有射麋鹿的箭，铝制的箭杆，箭头很粗。地下室只有一个出入口，于是，他蹲在黑乎乎的门口，拉满弓，箭上弦。头顶上传来妻子蹑手蹑脚走路的声音。一只狼咳嗽了一声，他开始沉稳地向黑暗中放箭。他听到有几箭射在了地下室后墙的木桩上，但其余的都扎进了血肉里。他用光了一整个箭袋，里面本来有一打箭的，中箭的郊狼嚎叫的声音更响亮了，有几只朝他冲过来，他用刀子进行反击。他感觉到狼的牙齿扎进了自己胳膊的骨头里，两颊上感受到了狼呼出的热气。他用刀子猛砍狼的肋骨、尾巴、头骨等部位。他全身肌肉紧绷着，郊狼都发狂了。鲜血从他的手腕和大腿上流出来。

楼下的声音透过地板传到了楼上，有郊狼受伤时的嚎叫声，也有猎人战斗时的低吼声和咒骂声。妻子感觉那是来自阴曹地府的声音，似乎地板下面有一条地道直接通向地狱的大门，此时此刻地狱中正上演着最为惨绝人寰的一幕。她跪在壁炉前，感受着郊狼的灵魂穿过地板缓缓升向天国。

猎人浑身都被血浸透了，饥肠辘辘，大腿被咬伤得很厉害，但他根本不管不顾，从早到晚一直都忙着把卡车从雪里挖出来，因为他知道，如果找不到食物，他们就会挨饿，于是他把全部的心思都放在了卡车上，光是从车厢里挖出来的雪就堆成了一座小山。一直忙到天黑，才终于把引擎发动了起来，他把石板瓦和树皮楔入轮胎下，卡车沿着斜坡，开上了被寒风刮得结成了冰的雪堆。猎人开着卡车东倒西歪地行驶在冰面上，星光流转，透过窗户射进来，轮胎在飞快地转动，发动机在高速地运转，前头灯照耀着前面的路。可惜好景不长，没过几分钟，卡车又陷进了雪里。于是他又一次一点一点地、痛苦不堪地开始挖车。

但是所有的努力都只是徒劳。每次猎人把车挖出来后，没开出几英里就会又陷进去。雪地上冰的厚度根本不足以支撑卡车的重量。折腾了二十个小时，他总算又把车挖了出来，开上了八英尺厚的雪堆。可是接着，卡车又三次陷进了雪里，一直没到车窗。最后，猎人不得不放弃了卡车，这时他离家十英里，离市区三十英里。

他砍了树枝，生起一个微弱的、冒着烟的火堆，躺在火堆旁边试着睡觉，但睡不着。火苗的热度融化了雪，雪水慢慢流向他，但还没来得及流到他身边就又冻住了。群星在各自的星座上闪烁着，从未像此刻这般遥远寒冷。半梦半醒间，猎人看到狼群在火焰周围徘徊，流着口水，饿得皮包骨头，却不敢靠得太近。一只乌鸦被烟熏得掉落下来，向他跳过来。他突然意识到，如果不能保持体温，他可能会冻死。他费力地跪在地上，转身往家的方向爬去。在他周围，他能感觉到狼的气息，闻到它们身上的血腥味，听见它们的爪子在冰面上刮擦的声音。

他爬了一整夜，又爬了一整天，高强度的运动几乎让他得了肌肉紧张症，有时是脚不听使唤，但更多时候是手肘和膝盖。有时他觉得自己是一匹狼，有时甚至以为自己已经死了。等他终于爬回小屋时，他发现门廊上什么痕迹都没有，说明妻子没有出去过。地下室的门仍然开着，到处都是墙板和门框的碎片，像是被某个受伤的恶魔用爪子一块一块撕下来的。恶魔逃走了，消失在漆黑的夜色里，却留下这一地的狼藉。

猎人发现妻子跪在地板上，头发上结了冰，因体温过低而失去了知觉。他用尽最后一丝力气生起火，把一大杯热水灌进她的喉咙。他睡着的时候，仿佛从远处看到自己泪流满面地紧紧抓着奄奄一息的妻子。

他们只剩下一点面粉、一罐冻住的蔓越莓，还有橱柜里的几块薄饼干。除了劈柴，猎人一般不出门。妻子终于能开口说话了，她的声音听起来静谧而遥远。“我梦到了最神奇的东西，我看到了郊狼死后去的地方，还知道蜘蛛和鹅死后会去哪里……”她喃喃自语。

雪不停地下，猎人在想是不是冰河时代来了。夜很长，白昼瞬息即过。很快地球就会变成一个没有生命的白色球体，在宇宙中掠过，然后消失。每次他站起来都会眼前一阵发黑，眼睛里看到的是令人作呕的颜色。

冰棱从小屋的屋顶上垂下来，一直延续到门廊，冰柱堵住了门，出门的时候猎人不得不用斧头劈出一条路来。他提着灯笼出去捕鱼，先用铲子铲去河面上的雪，再用手摇钻在冰面上钻出一个洞，然后把面团挂到鱼钩上，颤颤巍巍地伸进洞里等着鱼儿上钩。有时他会带回来一条鳟鱼，在从河边到小屋这点路上鱼就被冻得硬邦邦的。没有鱼的时候他们就吃松鼠、野兔，有一次他甚至把一头饿死的鹿的骨头敲开，煮熟了，最后磨碎了当饭吃，有时也只能吃几棵玫瑰果充饥。三月份最糟糕的时候，他甚至去挖香蒲，去了皮后把块茎煮来吃。

妻子几乎不吃饭，每天睡十八到二十个小时，醒了就在笔记本上乱涂乱画，然后又睡过去，睡着的时候总是紧紧抓着毯子，好像毯子能吃似的。渐渐地她意识到，最弱的地方往往孕育着最强的力量，正如最牢固的地方往往是在深坑的最底部。她的胃里空空如也，身体如静影沉璧，连最基本的日常需求都免了，她觉得自己又有了重大发现。她只有十九岁，嫁给猎人以后，已经瘦了二十磅。赤身裸体的时候，她的每一根肋骨和整个骨盆都清晰可见。

猎人读着妻子潦草写下的梦境，但读起来就像是毫无意义的小诗，对于她的内心世界依然毫无头绪，她写道：

> 蜗牛：在雨中滑下叶子。
>
> 猫头鹰：盯着野兔，好似从月亮上俯冲下来。
>
> 马：跟着它的兄弟们一起穿越平原……

最后，他甚至恨自己把她带到这个鬼地方来，恨自己让她困在小木屋里整整一个冬天。这个冬天让她精神错乱，把他俩都逼疯了。发生在她身上的一切都是他的错。

四月，气温升到零度以上，很快就超过了二十度。猎人把备用电池绑在背包上，然后去把卡车挖出来。挖掘工程持续了整整一天。月光下，猎人在泥泞的道路上慢腾腾地开着卡车，到家后他问妻子第二天早上想不想跟他一起去城里。没想到，妻子竟然答应了。他们烧水洗了个热水澡，换上六个月没穿的春装。妻子在裤腰里系了根绳子，免得裤子太松掉下去。

猎人握着方向盘，能有她在身边，能和她一起进城，一起看太阳从树梢上升起，他心里万分满足。春天来了，山谷被打扮得越来越漂亮了。他指着公路上的一群鹅，对妻子说："瞧那儿，好多鹅大摇大摆地走在马路上。"在经历了这样一个冬天之后，山谷又活过来了。

妻子想看书，于是猎人先把她在图书馆放下，然后再去买食物——他买了一打冷冻比萨饼、土豆、鸡蛋、胡萝卜。看到香蕉的时候他差点感动得哭了。他坐在停车场里，喝掉了半加仑的牛奶，然后开车去图书馆接妻子。妻子办了一张借书证，借了二十本书。回去时路过苦根餐厅，他们便停下来吃饭，他们点了汉堡和大黄派，妻子一口气吃了三块。猎人看着她吃，看着勺子从她的嘴里滑出来，初恋时的感觉似乎又回来了，这才是他梦想中甜蜜的生活。

“玛丽，我们终于撑下来了。”他说。

“大黄派真好吃。”她说。

电话线路一修好，电话就开始响个不停。猎人带着钓鱼的客户去河边，妻子就坐在门廊里，除了读书还是读书。

不久，大瀑布城的公共图书馆就无法满足她对书籍的渴求了。她想读一些关于魔术和戏法的入门书籍，可是那些书都得从新罕布什尔州、新奥尔良州，甚至是意大利邮购才能买到。猎人每周都开车去镇上的邮局取回一摞书：《神秘的世界》《先知词典》《巫术百科全书》《古人的隐秘科学》。他打开一本，随便翻开到页读了起来：“带上水，在你的祭坛周围绑上一块去了骨的肉，用新鲜的嫩枝和乳香焚烧……”

妻子恢复了健康，精力充沛，不再整日躺在皮毛里做梦。她比猎人起得还要早，咖啡还没煮好，看书已经入迷到鼻子快要伸到书页里去了。她开始有规律地进食，每天坚持吃肉类和蔬菜，身体也因此而绽放活力，头发光滑柔顺，眼睛炯炯有神，两颊散发出异样的神采。晚饭后，她喜欢坐在炉火旁读书，发丝里嵌着一根根黑鸟的羽毛，胸前挂着一只苍鹭的喙。

十一月的一个周日，猎人休息了一天，带着妻子一起去越野滑雪。滑着滑着，他们在一个干涸的河谷里发现了一头被冻死的公麋鹿，他们向那头公麋鹿滑去，头顶上乌鸦一个劲地冲着他们尖叫。妻子跪在公麋鹿边上，把手掌放在它只剩一张皮的头骨上。她的眼睛往上翻了一下，呻吟道："来了，我感觉到它了。"

"你感觉到什么了?"站在她身后的猎人追问道，"到底是什么?"

妻子颤抖着站起来，说："我感到它的生命在流逝，我看到了它去的地方和它目及的一切。"

"但这是不可能的，就像你曾经说你知道我做的梦一样。"猎人无法置信。

"我真的知道，你梦见了狼。"妻子的语气很坚定。

"但这只麋鹿至少死了一天了，它哪儿也去不了，那群乌鸦迟早会把它的尸体蚕食了。"

她该如何跟他解释？她怎么才能让他明白这种事？到底有没有人能理解这种事？她读的书也从来没能给过她答案。

她比以往任何时候都更清楚地看到，梦境与清醒、生与死之间存在着一条微妙的界线，这条线很细，细到有时根本看不见。对她来说，冬天看得最清楚。冬天，在那个山谷里，生与死其实并没有太大的区别。例如冬眠的蝾螈，虽然它的心脏被冻得坚硬，但她可以用手心的温暖唤醒它。对蝾螈而言，没有所谓的生死线，没有阴阳之隔，没有冥界奈河，有的只是生与死共存的一个空间，就像两片湖之间的雪地：两边的居民有时会在雪地里偶遇。在那里的空间里，无所谓生也无所谓死，因为死亡并不一定是终结，也可能是进入幻境的一个契机，幻境之门一旦开启，栩栩如生的幻象便会如缕缕青烟缓缓升起，飘向星空。而打开这扇门所需要的只是一只手，手掌的温度和手指的触摸。

那年二月，白天阳光普照，到了夜晚就滴水成冰——光滑的冰面覆盖着麦田、屋顶和道路。猎人把妻子送到图书馆，然后调转车头，沿着密苏里河北上，开往本顿堡，一路上，轮胎上的防滑链条叮当作响。

中午时分，一个名叫马林·斯波克斯的扫雪车司机连人带车从太阳河大桥上滑了下去，掉进了四十英尺深的河里，这个人猎人小学时就认识了。人们将他从车里救出来的时候，他已经死了。猎人的妻子正在一个街区外的图书馆里看书，突然听到扫雪车撞击河床的声音，那声音大得像是一千根大梁同时掉落下来。当她穿着牛仔裤和T恤衫跑到桥上时，三个男人已经下水去救人了——一个来自赫勒拿的接线员、一个珠宝商、还有一个系着围裙的屠夫。他们爬下堤岸，在急流中涉水前行，然后一起把车门撬开。她冲到桥下被冰雪覆盖的斜坡上，涉水走向救援人员。三个男人合力把马林从驾驶室里抬了出来，突然脚下被什么东西绊了一下，一个踉跄没能抬稳。扫雪车的引擎盖虽然被撞坏了，但依然在冒着热气，三个男人也累得膀子都出汗了。这时猎人的妻子已经蹚着水走到他们身边，她一只手抓住了珠宝商的手臂，一条腿靠着屠夫的腿，另一只手去抓马林的脚踝。

她的手指一触摸到马林的身体，她的眼睛就立刻向上翻，一个画面在她脑海中清晰闪现：马林·斯波克斯蹬着一辆自行车，后座上安着一个儿童座椅，上面载着一个戴着头盔的男孩儿——正是马林的儿子。他们骑到在一条林荫小道上，两边长满了茂盛的大树，阳光透过叶间的缝隙洒在他们身上。男孩儿伸出一只小手去抓马林的头发。落叶在他们身后翻飞。玻璃橱窗上，他们的身影一闪而过。这画面如此安静——就像一条丝带——缓缓而流畅地在眼前展开，然而其蕴含力量之大，让她冷不丁一个激灵，仿佛骑脚踏车的人是她，而男孩的手指穿过的也是她的头发。

碰到她或是马林的人也看到了她所看到的，感受到了她的感受。他们尽量不去谈论这件事，但在葬礼后的一个星期，他们实在忍不住了。起初，他们只是晚上在地下室谈论这件事，但大瀑布城并不是什么大城市，而且这也绝不是能锁在地下室里的秘密。很快，这件事就被传得沸沸扬扬的，人们在超市里谈，在加油站里也谈。很多人他们根本不认识马林·斯波克斯和他的儿子，也不知道猎人的妻子或是那天上午下河救人的是谁，但要不了多久，他们谈论起这件事来就一个个都跟专家似的。“你要做的就是触碰她，然后你就也能看到了。”一个理发师这么说。“绝对是你见过最美的小路，两旁的树大到你根本无法想象。”熟食店老板极力赞扬。“你不仅仅是骑车载着他儿子，你还很喜欢这个小男孩。”电影院的引座员悄悄地说。

猎人在哪儿都能听到这些话。他在小屋里生起了火，懒懒地翻着妻子的那摞书。他一本也看不懂——其中有一本甚至都不是英文的。

晚饭后，妻子把盘子端到水槽里。

“你能看懂西班牙语吗?”猎人问道。

妻子洗碗的手突然顿了一下，回答说：“这是葡萄牙语，我只懂一点点。”

猎人把叉子拿在手里转了几下，又问道：“马林·斯波克斯死的时候你在场吗?”

“我帮忙把他从车里拉出来。但愿我没有越帮越忙。”

猎人看着妻子的后脑勺，有一种想把叉子插在桌子上的冲动。“你玩了什么把戏？你给人施了催眠术?”

妻子的肩膀紧绷起来，声音也变得异常愤怒：“你为什么就不能——”她刚说了一半，声音便又低了下去：“这不是把戏，我当时只是在帮忙抬他。”她咕哝道。

妻子开始陆陆续续地接到电话，猎人总是二话不说就把电话挂断。但那些人却不依不饶：有悲伤的寡妇、有孤儿的代理律师还有来自《大瀑布论坛报》的记者。甚至有个哭哭啼啼的父亲一路开车到小木屋，请求她到殡仪馆去，最后她答应了。猎人坚持要开车送她，并一再强调：“你一个人去不合适。”他在停车场的卡车里等着，发动机嘎嘎嘎地发着脾气，收音机也跟着唉声叹气起来。

猎人把妻子扶上车，妻子的衣服被汗水湿透了，情绪却异常亢奋："我觉得浑身充满了力量，我能感觉到我的血液在身体里咕噜咕噜地流淌。"回到家，她整夜醒着，睡不着觉。

妻子一次又一次接到回头客打来的电话，每次猎人都开车送她。有几次，白天他在山谷里猎麋鹿，已经累得筋疲力尽了，晚上还要开车送她，结果在车里等她时竟然昏睡了过去。等他醒来时，妻子在他身边，握着他的手，头发湿漉漉的，眼神略带狂野。

"你梦见你和狼群一起在吃鲑鱼，它们被冲到浅滩上，奄奄一息，这一切就发生在小木屋外。"她说。

午夜早就过了，而猎人凌晨四点前就得起床。"鲑鱼过去常来这里。"他说，"我小时候，这里有很多鲑鱼，多到把手伸到河里就能摸到一条。"他在黑暗的田野里开着车，尽量放柔声音问道："你在那里做什么？到底是去做什么的？"

"我安慰他们，让他们和他们所爱的人告别，还帮助他们了解一些他们永远也不会知道的事情。"

"不是问这个。"他说，"我是问，你到底用的什么戏法？你是怎么做到的？"

她把手举起来，掌心向上，说："他们碰到我的时候就会看到我所看到的东西。下次你跟我一起进去吧，走进去，牵着手，这样你就会知道了。”

他什么也没说。挡风玻璃外的星星似乎被凝固在天上，一动不动。

那些人家想给她钱，大多数人坚持要她收了钱才会让她走。她回到卡车的时候，口袋里总会揣着五十美元或者一百美元的钞票，有一次甚至多达四百美元。她留长了头发，装备了一些让她的表演变得更戏剧化的法宝：一只蝙蝠翅膀，一根乌鸦的喙，一撮和方头雪茄烟绑在一起的鹰羽，一个装满蜡烛头的硬纸盒。她会在周末离开，在猎人还没起床的时候就开着卡车消失了，她是个无所畏惧的司机。遇到被轧死在路上的动物，她会停下车来，跪倒在它们身旁——她碰到过一只被压扁的豪猪和一头支离破碎的鹿。她把手掌按在发动机散热器的护栅上，那里有上百只被烧焦的昆虫瘪壳。四季轮回，冬去春来。这个冬天，妻子有一半的时间都不在家。他们各过各的日子，彼此都不再说话。有时候开车去远一点的地方时，妻子会情不自禁地想把车子一直往前开下去，再也不回来。

冰雪初融时，猎人便迫不及待去到河边，他尝试着让自己沉浸在一遍又一遍抛甩钓线的节奏中，沉浸在流水拍打卵石的声音里。可是，即使是钓鱼也无法驱赶他的孤独。似乎一切都脱离了他的掌控——他的卡车、他的妻子，还有他自己的生活。

随着狩猎季节的到来，他的思绪也开始散乱。他搞砸了很多好机会——有一次他让客户待在了麋鹿的上风处；又有一次他刚让客户把枪收起来，山鸡就突然从藏身处冲出来，然后慢慢悠悠地、毫不费力地飞向了天空，前后不过差了三十秒；还有一次，一个客户没能射中猎人要求他射击的部位，而是打中了羚羊的脖子，猎人斥责他粗心大意，他跪在羚羊的脚印边，抓了一把被染红的雪大声吼道："你知道你都做了什么吗？万一箭杆撞到树上怎么办？受惊的羚羊就会不停地奔跑，狼群就会在后面一路追赶，直到羚羊筋疲力尽。"客户的脸涨得通红，气鼓鼓地说："狼群？这里已经二十年没有狼了。"

猎人在一只靴子里发现了妻子的六千美元和一些零钱，当时她应该是去了比尤特或是米苏拉。猎人推掉了所有的客户，烦恼了两天，在门廊里踱来踱去，翻看她的东西，组织语言准备质问她。妻子回来，看到那捆钞票在他衬衣口袋里冒出一个角，她迈向门口的脚步停住了，她站在那儿肩上背着包，头发甩在身后。阳光越过猎人的肩膀，落到了院子里。

“这是不对的。”他说。

妻子绕过他，径直进了小屋：“我是在帮助别人。我正在做我喜欢做的事。难道你看不出我有多快乐吗?”

“你利用了他们。他们很悲伤，可你还拿他们的钱。”

“是他们自己要付钱给我的！因为我帮他们看到了他们迫切希望看到的东西。”她尖声说。

“但这是诈骗，是骗局。”

她从屋里出来回到门廊里，说：“不，这是真的。真的不能再真：跟山谷、河流、树木一样真实，跟你挂在地下室的鳟鱼一样真实。我身上带着这种超能力，这是一种天赋。”她的声音很平静，但每个字都掷地有声。

猎人轻蔑地哼了一声：“你玩戏法的天赋的确很高，把寡妇骗得团团转，骗光了她们的存款。”他把钱扔进了院子，钞票被吹散在雪地上。

妻子狠狠给了他一巴掌，哭道：“你怎么可以这么做？你应该比所有人都明白！你的的确确每天晚上都会梦见狼！”

第二天晚上猎人一个人出去了，妻子在雪地里悄悄地跟踪他。他爬上了一个搭在树上猎鹿用的高台，躲在遮蔽物下面，他穿着白色的衣服，在雪里不容易被发现，脸上用黑漆画上虎纹做伪装。妻子蹲伏在高台后面一百码外潮湿的雪地里，足足蹲了四个小时，甚至更久，全身冷得发颤。她原以为他一定睡着了，突然嗖的一声从高台上射出一支冷箭，正中鹿的胸口，而她之前连鹿的影子都没有发现。中箭的母鹿环顾四周，惊恐万分，然后冲了出去，在树林里狂奔。她又听见铝箭射到树枝上的声音，还有母鹿在灌木丛中逃窜的声音。猎人坐了一会儿，然后从高台上爬下来，跟了上去。妻子一直等到看不见他身影了才跟上去。

她没有跟出多远就看见好多好多的血，她怀疑他还打伤了别的鹿，当时它们正好都沿着这条路跑过来，一路鲜血淋漓。母鹿倒在两棵树之间，苟延残喘着，细长的箭竿穿过它的肩膀，红得发黑的血随着脉搏的跳动从伤口涌出，母鹿整个半边的身体都被染黑了。猎人居高临下，切开了它的喉咙。

妻子从她蹲伏的地方一下跳了起来，双腿麻得像针扎一样，但她还是裹紧风衣不顾一切地冲了过去。她一只手抓住母鹿还温热的前腿，另一只手抓住猎人的手腕，紧紧拽着不放。猎人的刀还刺在鹿的喉咙里，他拔出刀，浓稠的血液迅速蔓延到雪里。母鹿的幻象已经进入了她的身体——五十头鹿在一条波光闪闪的小溪中涉水，河水没到它们的肚子，它们伸长脖子，去够悬垂的赤杨树枝上的树叶，光线撒在鹿群周围，流光四射，一头雄鹿顶着威武的鹿角像国王一样昂着头，一滴银色的水珠挂在它的嘴边，反射着阳光，然后慢慢滑落。

“这是什么?”猎人惊呼。他丢掉了手里的刀子，拼命向后退，用尽全身的力气想要甩掉妻子的手。可她就是不放手，一只手死死地抓着他的手腕，另一只手抓着母鹿的前腿。他在雪地上把她们拖行了一段距离，母鹿经过的地方，留下了一地的血。“噢。”他低声感叹。他能感觉到世界在远去——一片片飘落的雪花，一棵棵只剩下躯壳的树干。他嘴里尝到了赤杨叶的味道，一条金色的小溪在他身下流淌，光洒在他的身上。雄鹿抬起头来，与他对视。全世界都变成了琥珀色。

猎人最后用力扯了一下，终于甩开了妻子的手。鹿的幻象飞快从他脑海中抽离了。“不，这不是真的。”他喃喃自语。

他用手指揉了揉手腕上刚刚被妻子抓着的地方，摇了摇头，好像要摆脱什么似的。他逃走了。

妻子在血迹斑斑的雪地里躺了很久，母鹿的温度渐渐从她的手臂上消失，树林变冷了，她独自一个人待在那里。她用刀给母鹿剥皮去内脏，然后把尸体肢解了扛在肩上运回家。她丈夫躺在床上，壁炉是冷的。他说："不要靠近我，别碰我。"妻子生起火，躺在地板上睡着了。

接下来的几个月里，妻子更频繁地离开小屋，每次离开的时间也更长了，她几乎跑遍了蒙大拿整个中部地区，频频出现在死者家中、事故现场、殡仪馆等地方。最后她开着卡车一路向南，再也没有回头。那一年，他们已经结婚五年了。

二十年后，在苦根餐厅，猎人抬头看着顶置式电视，玛丽正在电视里接受采访。她住在曼哈顿，周游过世界，写了两本书，在全国各地都很受欢迎。"你与死者交流吗？"记者问。"不。我只是在帮助别人，我与生者交流，安抚他们，给他们带去平静。"她回答。

采访者转身对着摄像机说："我相信是这样的。"

猎人在书店买了她的书，并在一夜之间就读完了。她写了有关山谷的诗，献给那里动物们：你，猖獗的郊狼；还有你，荣耀的公牛。她曾前往苏丹触摸剑龙的化石骨架，当她没能从那里得到任何幻象的时候，她写下了自己的沮丧。一家网络电视台把她送到堪察加半岛，去拥抱猛犸象毛茸茸的巨大前掌。或许因为那前掌刚从永久冻土里挖出来就被空运过来了，所以这一次她运气很好。她在书里描述了整个猛犸象群在泥泞的潮水中拖着巨大的脚掌吃力地跋涉着，撕扯着海草，用象鼻把海草卷到嘴里。有那么几首诗里甚至还隐晦地提到了他——一个压抑、浴血的存在，徘徊在世界的边缘，像行进中的风暴，又像藏匿在地下室中的杀手。

猎人五十八岁了。二十年很长。山谷在慢慢消失，速度虽然缓慢，但还是能明显地感知到：公路通了进来，灰熊离开了，去寻找海拔更高的地方。伐木工几乎把能砍的树都砍了。每年春天，从伐木道上流出来的污水可以把河流染成巧克力的棕色。他已经放弃在那里找狼了，尽管它们仍然会在梦中如约而至，与他一起在月光下，在冰封的平原上奔跑。他再没有和别的女人在一起过。在他的小屋里，猎人把妻子的书放到一边，伏在桌子上，拿起铅笔，给她写了一封信。

一周后，一辆联邦快递公司的卡车一路驶到小屋，给他送来了妻子的回信。打开信封，里面是一张有印压浮雕花的信笺，字迹匆忙而高效，上面写着："我后天会在芝加哥。随函附上机票一张，欢迎莅临，谢谢您的来信。"

在上完冰冻果子露以后，校长用勺子敲了敲玻璃杯，把客人们请进接待室。吧台早已被撤走，原来的地方铺上了地毯，毯子上面放着三口红木棺材，打磨得光泽深邃。中间的那口比两边的要大些。盖子上有些积雪正在融化，这几口棺材刚刚应该是放在露天的，融化的雪水滴落在地毯上，留下一摊摊深色的圆形水渍。棺材周围的地上，放着一圈坐垫，壁炉架上燃烧着十二根蜡烛，餐厅里传来工作人员打扫房间的声音。猎人靠在门口看着客人们不安地走进房间，有的手里捧着咖啡杯，有的端着玻璃酒杯，大口大口地喝着杜松子酒或是伏特加酒。最后，每个人都坐到了地板上。

玛丽进来了，穿着优雅的深色套装。她跪了下来，示意奥布莱恩坐在她旁边。他脸色憔悴，神情莫测。猎人再次觉得他不是这个世界的人，而是来自某个一贫如洗的世界。

玛丽开始说话了："奥布莱恩董事长，我知道这对你来说很难。死亡似乎就是终结，就像是一把刀把你拦腰斩断。但死亡的本质绝不是终结，不意味着我们跳下了万丈深渊。我希望你明白，死亡其实只是一层蒙住了我们双眼的薄雾，我们完全可以穿透它，去了解它，面对它，而不必对它充满恐惧。每一次，它从我们身边把我们的亲朋好友夺走，我们都会痛不欲生，但即使是死亡也有许多值得庆祝的事情，死亡只是一个过渡，就像许多其他事情一样。”

她走进人们围成的圈子，打开棺材盖。猎人坐的地方看不见棺材里面的情况，他只看见妻子的双手像小鸟的翅膀一样在腰间摆动，然后不急不缓地说道：“好好想想。仔细想一下，在你心里什么东西是最割舍不下的，有些东西明明已经失去，但你却渴望能够再次拥有——也许是你的女儿，也许是某个时刻，也许是某种逝去的感觉，或者是一个梦寐以求的愿望。”

猎人闭上眼睛，他发现自己在想着他的妻子、想着他们之间的巨大分歧、想着在雪地里拖着她和流血的母鹿的那个时刻。玛丽的声音再一次响起：“现在，想想美妙的时刻，你和妻子、女儿一起分享的那些美好的、阳光灿烂的时刻。”她的声音很平静。虽然闭着眼睛，猎人依然感觉到蜡烛发出的橙色光芒均匀地照亮了整个房间。他知道，不管棺材里放着什么东西，或是躺着什么人，这会儿妻子的手正在一点一点地向它靠拢。在他的内心深处，他感觉到妻子已经感染了房间里所有的人。

玛丽又说了一些话，关于美丽与失去是同一件事，关于它们是如何控制世界的。突然猎人生出一种很神奇的感觉——一种奇怪的温暖，一种转瞬即逝的存在，一种模糊而令人不安的感觉，就像羽毛拂过他的后颈。他左右两边的人都伸手抓住了他的手，与他十指相扣。他在想妻子是不是在催眠他，但这已经不重要了，他已经不想去抵抗，也不想去逃避了，她已经进到他的身体里，触碰到了他心底最柔软的那一块。

玛丽的声音渐渐消失了，猎人觉得自己灵魂出窍，像是要升到天花板上去。空气轻轻地在他的肺里呼进呼出，握着他的手非常温暖。在他的脑海里，他看见一片海从雾中浮现出来，海面宽阔而平静，亮得像磨光的金属，熠熠生辉。他能感觉到沙丘草拂过他的小腿，风从他的肩膀上掠过，大海非常明亮。他的周围有很多沙丘，蜜蜂在上面飞来飞去，远处一只水鸟正潜入水里抓螃蟹。他知道几百码外有两个女孩在沙滩上建造城堡；他能听到她们柔和轻快的歌声。她们的母亲跟她们在一起，她斜倚在一把伞下，一条腿弯着，另一条腿伸直，正在喝着冰茶。他嘴里能尝到冰茶的滋味，甜甜的，略带苦涩，还有一丝薄荷的味道。他身体里的每一个细胞似乎都在呼吸，他成了女孩，成了潜水的水鸟，成了飞舞的蜜蜂；他是女孩们的母亲和父亲；他感到自己正在飘向远方，摆脱了所有的束缚，自由得像一滴小水珠融入了湛蓝色浩瀚的大海，彻底融化在了这个全新的世界中……

当他睁开眼睛时，他看到了亚麻窗帘，穿着礼服的女人们跪着。许多人的脸上都闪着泪光——包括奥布莱恩董事长、校长以及布鲁斯·梅普尔斯。玛丽低着头。猎人轻轻松开握着他的手，走进厨房，走过积满肥皂水的水槽和成堆的盘子。他从侧门走出来，发现外面正是先前看到的那个长长的木制平台，上面已经积了几英寸厚的雪了。

他仿佛被什么东西吸引住了，不由自主地向池塘、鸟形浴盆和树篱走去，他在池塘边停下了脚步。雪花轻飘飘、慢悠悠地落下，城市的灯光把云层的底部烤得焦黄焦黄的。屋内灯光全部熄灭了，只有壁炉架上的十二根蜡烛还在燃烧着，透过窗户望去，摇曳的烛光忽明忽暗，像遥远天空中一个小小的星座。

没过多久，他的妻子也从屋里出来，走到木制平台上，她穿过雪地，来到池塘边。有些事情他一直想对妻子说：说说他最后的信念、说说他对她的忠诚、感谢她让他有理由离开山谷，哪怕只有短短一个晚上。他想告诉她，尽管狼已经消失，也许他永远都见不到它们了，但他仍然会梦见它们，它们会在梦里肆意奔跑、无拘无束，这就够了。她会明白的，她早就明白了。

可是，他一句话都没有说出口。他害怕说出来的话会斩断他和她之间最后的纽带，就像对着蒲公英用嘴轻轻一吹，纤细的、像降落伞一样的种子便会散落在风中。于是，他们只是站在一起，谁也不说话，雪从云端飘落，融化在池水里，池塘里他们的倒影抖个不停，像两个被困在镜子的平行世界里的人。最后，他终于伸出手握住了她的手。

（宋丹丹　译）

机不可失

多洛特娅·圣·胡安是一个爱穿棕色羊毛衫的十四岁女孩。她是看门人的女儿，走路时常低着头，穿廉价的运动鞋，从不涂口红，午餐时挑挑拣拣只吃点沙拉，卧室墙壁上钉着几张地图，紧张时她会屏住呼吸。这么多年来，作为看门人的女儿她学会了融入、低头，做一个无名小卒。她是谁？小人物一个吧。

多洛特娅的爸爸老爱将这句话挂在嘴边：机不可失，时不再来。黄昏后，在俄亥俄州扬斯敦市的家里，爸爸坐在多洛特娅的床上，又说出了这句话。随后他又说："这一次对我们来说真的是一个机遇。"他的手一张一合的，仿佛想要紧紧抓住空气。多洛特娅很好奇"我们"指的是谁。

"这一次爸爸是去造船。机不可失，时不再来。我们马上就要搬家了，去海边的缅因州，去一个叫哈波斯维尔的地方。等学校放假了我们就过去。"爸爸兴奋地说着。

"造船？"多洛特娅问。

"这一次你妈妈全力支持。至少我是这么认为的，谁会反对这样的好事呢？"

多洛特娅看着爸爸将门带上走了出去，心想妈妈从来没有全力支持过任何事情，而且爸爸连一条船都没有，也从来没有租过船，甚至没有提到过任何跟船有关的事情。

她急忙拿出她的世界地图册，研究起上面一大片干干净净的蓝色区域——那就是大西洋。她的目光顺着参差不齐的海岸线游走：哈波斯维尔在地图上就像一只小小的绿色手指，指向那片蓝色的区域。她努力想象着大海的样子，想象着湛蓝的海水里，鱼儿们成群结队地游来游去，腮紧挨着腮。她想象着自己变成了缅因州的多洛特娅，一个戴着椰子项链的光脚女孩。那儿有新房子、新城镇、新生活，还有全新的多洛特娅，新的多萝西。她屏住呼吸，默念到二十。

多洛特娅没把这件事告诉任何人，当然也无人问起。学校放假当天下午他们一家人就神不知鬼不觉地离开了。旅行车的车顶镶着木板，在潮湿的柏油马路上飞驰着，沿途经过了俄亥俄州、宾夕法尼亚州、纽约州、马萨诸塞州，一路开向新罕布什尔州。爸爸开着车，双目无神地看着前方，紧握方向盘的手指显得有点苍白。妈妈坐在副驾驶的位置上，神情严肃，毫无倦意。她抿着嘴，上下嘴唇好像两条被雨淹了的蚯蚓。她小小的身体紧绷着，似乎被一百条铁箍束缚着，骨瘦如柴的拳头却仿佛蕴含着开山劈石的力量。她用膝盖当砧板，切开一个胡椒，然后费力地将塑料袋里的玉米粉薄烙饼传到后座。

他们沿着柏油马路开了好几英里，沿途两旁长着松树。黎明时分，波特兰到了。太阳躲在厚厚的云层后面，周围渲染着三文鱼片的颜色。

多洛特娅一想到自己正离大海越来越近就激动得全身发抖，坐在后座上焦灼不安。过去的十四年，女孩就像一直被关在笼子里，此时此刻的她，已集聚了满满的能量，一触即发。终于，公路拐了个弯，卡斯科湾出现在他们面前，太阳照在海面上，洒下万点金光。她低下头，将鼻子靠在窗框上，心里琢磨着这儿肯定会有海豚。她注视着波光粼粼的海面，心想着，要是能看到一尾鱼鳍或是一条比目鱼就好了。

她瞥了一眼妈妈的后颈，想看看她是否也注意到、感觉到了海的气息，是否也被这波光潋滟的大海触动了。她的妈妈曾躲在一辆开往俄亥俄州的火车上，在洋葱下面藏了整整四天。在一个泥泞的冬天，在一座陌生的城市里，她和后来的丈夫相遇了，那是一座建在沼泽地上的城市，到处都是开裂的人行道，轰隆隆的火车声终日不绝于耳。组建家庭以后，妈妈就再也没有离开过那里。此时面对如此一望无垠的大海，她的内心一定很沸腾吧，但是，多洛特娅并没有看到任何激动的迹象。

哈波斯维尔到了。多洛特娅站在租来的房子门口，心想这一定是通往天堂的入口。松树发出轻柔的沙沙声，黑莓树丛的茎叶缠绕在一起，而大海则化身成了一片雾蒙蒙的背景。

爸爸站在狭小的厨房里打量着四周，只见橱柜的把手上挂着一串串贝壳饰品，窗台上放着一排褪色的瓶子。他推了推眼镜，双手张开又合上。他似乎在寻找造船手册或是抛了光的黄铜舷窗。厨房的柜子上竟然挂着蛤壳，这是他万万没有想到的。她的妈妈这会儿正直挺挺地站在客厅里，像一颗竖立的螺钉。她将头发盘成一个很大的结，盯着从车上卸下来的盒子、箱包和手提袋。

多洛特娅踮着脚尖，伸了伸懒腰，脱下棕色羊毛衫。海鸥盘旋着飞过松树，发出尖锐的叫声；一只鱼鹰在空中滑翔，地上的影子在追着它跑。

妈妈说：“多洛特娅，把毛衣穿上，现在太阳又不大。”

这儿的太阳好像和别的地方的不大一样。多洛特娅走在沙石路上，穿过棕色的草地来到海边。小路的尽头，一块赭色的锯齿状岩石高高隆起，看上去应该有些年头了，越向两端颜色就越是黯淡。除了大海、被风吹弯了腰的松树和晨雾以外，什么也看不见。站在海边，她看见微小的绿色海浪拍打着光滑的岩石壁，将后退的海浪泡沫又向前推去，就这样涌过来，退下去，涌过来，退下去。

她回过头，透过松树枝瞥了一眼那间白色的小房子：房屋的外墙油漆有点剥落，屋前有一个沙石院子，蒲公英在那里摇晃着沉甸甸的脑袋，房子微微下沉，地基处有点潮湿。她看见爸爸在门口说话，一会指着妈妈，一会指着卡车和租来的房子，他们在争吵。爸爸情绪很激动，双手不停地一开一合，妈妈不愿跟他吵，干脆爬上卡车，重重地关上车门，坐在后座上，眼睛直勾勾地盯着前方。过了一会儿，爸爸也回屋里去了。

多洛特娅转过身来，用手半遮着眼睛，她看到薄雾慢慢散开了：左手边是一个河口，绿色的海水在缓缓流动；右手边有很多树，沿着海岸线一字排开；距离岸边大约五百码的地方，她看见了一个礁石密布的岬角。

她一步步朝岬角走去，运动鞋踩在岩石上，她能清楚地感受到岩石的陡峭。偶尔她需要走到有海水的地方，水流在她膝盖周围打着圈儿，又冷又咸的海水刺激着大腿，带来一阵阵刺痛，脚底下是滑溜溜的海泥。这时，海面上又升起一层薄雾，岬角迷失在了雾中看不见了。她继续摸索前进，前面有一块陡峭的岩石，她打算涉水绕过去。水位没过了她的腰部，冲击着她的腹部。终于她摸到了岩石的一个缓坡，她把脚踩稳在斜坡上，开始努力地向上爬，手指里全是泥，皮肤上到处都是海水蒸发后留下来的盐粒。终于她爬上去了，湿漉漉地站在岩石顶上，身上的水不住地往下滴。这时，岬角仍然在薄雾中若隐若现。

她再一次用手半遮住眼睛，细细品味着大海的味道。那儿有海豚吗？有鲨鱼吗？有帆船吗？她看不见它们的踪影，海面上什么也没有。难道说海里只有岩石、杂草、海水和淤泥吗？她不曾想到大海竟如此空荡荡，只有刺眼的阳光和模糊不清的地平线。一波浪花从朦胧的薄雾中向她涌来，有那么一刻，她很害怕，她感觉自己是这地球上唯一的生物。她打算回去了。

就在这时，就在她左手边，她看到一个渔夫，正在大海里蹚着水。他是从哪里冒出来的？仿佛从天而降，又似从大海中来。

她看着他，感觉自己是个幸运儿。整个世界仿佛都消失了，只留下这一个画面：无声的钓竿在空中飞舞，仿佛被赋予了魔力。钓竿俨然成了他手臂的延伸，两者浑然一体，完美地结合在一起。这个渔夫浑身散发着的迷人魅力：灵活转动的肩膀，赤裸的棕褐色胸膛，水中匀称而细长的双腿。她心中一阵窃喜，这才是缅因州，这才是它应有的样子。

他迅速收回钓竿，将钓线向后甩出一个完美的弧圈，然后又将钓竿向前抛出。当主线完全展开与海平面平行时，他再一次收回钓竿，于是钓线又被甩向了相反的方向，钓线越过岩石，几乎够到远方的树林，眼看着就要被一些低矮的枝丫缠住，就在这时，渔夫又一个漂亮的前抛，把钓线抛向海面。他不停地前后挥舞着钓竿，每一次后甩，钓线都被甩出更远的距离，一次比一次更接近小树林。又一记漂亮的后甩，钓线差一点就要落入小树林了，说时迟，那时快，只见渔夫手上一个巧劲，这一次主线笔直地向前飞去，越过波浪，落入大海之中。随后他把钓竿的末端固定在腋下，双手慢慢向回收线。又一轮抛投开始了，钓线跟着了魔似的划着一个个弧圈前后摆动，像一个调皮的弄潮儿，玩累了才慢慢落入海中随着柔柔的海浪一起一伏，最后乖乖地被渔夫收回。

她站在岩石上，感觉到脚底踩着一排排化石。她屏住呼吸，默念到二十，然后从岩石上一下跳进海里，她的运动鞋又一次被藤壶和光滑的水草缠绕住。她昂着头走了一百码，向渔夫走去。

渔夫原来是个男孩，看起来十六岁上下，皮肤如小牛皮般紧致，脖子上挂着一串白色的小贝壳。他的头发是砖红色的，眼睛像两颗绿色的药丸。男孩诧异地看着女孩。

“真是有趣，这样的早晨还穿着毛衣呢！”

“你说什么？”

“天气已经很暖和啦。”

男孩准备再一次抛投，他的飞蝇轮漂浮在他的脚踝边，上面整整齐齐地绕着钓线。女孩在一旁看着，看着他一手举着钓竿在空中慢慢前后挥舞，使钓线展开，一手从飞蝇轮中扯出钓线，边甩边放。当钓线甩出足够长度后，持竿手便将钓竿轻轻向前做了一个抛竿的动作，钓线便慢慢落入了海中。男孩一边收着钓线，一边说：“潮水落了，不过很快会涨起来的。”

多洛特娅点点头，显然不是很明白他这话的意思。

女孩好奇地问：“那是什么鱼竿？我从没见过那样的鱼竿。”

“鱼竿？鱼竿是给那些用鱼饵钓鱼的人用的，我这可是钓竿，飞蝇钓竿。”

“你不用鱼饵钓鱼吗？”

“鱼饵？当然不啦……我从来不用鱼饵，那多没意思。”他一脸不屑地说。

“那怎样才算有意思呢？”

男孩把钓线拽回来，又抛出去。“这叫飞蝇钓，靠的是抛投技术。我们都知道，如果用大块鱿鱼做诱，条纹鲈鱼或蓝鱼就会上钩，如果用红蚯蚓，就能钓到鲭鱼。可那有意思吗？没有规则的游戏还是游戏吗？更谈不上优雅了。”

优雅……多洛特娅陷入沉思，她从没想过优雅还能和钓鱼扯上关系。可是看他抛投时的样子，还真是优雅！松林间的薄雾渐渐消散了。

男孩继续说道：“用鱼饵钓鱼的渔民，他们只会投下一条鲱鱼做饵，只需稍稍移动几下鱼饵，就能钓上来一尾条纹鲈鱼。可那不是钓鱼，那是犯罪。”

“噢！”多洛特娅努力想象着鱼饵钓鱼的粗劣。

他将钓线拽回来，捏着鱼钩，拿着飞蝇，站在多洛特娅面前。白色的毛发用整齐的线系在钓钩上，木头做的小脑袋还上了漆，上面还瞪着两只圆圆的眼睛。

“那是鱼饵吗？”

“那叫飞蝇。这个是鹿尾飞蝇，因为那白色的毛发是雄鹿尾巴上的毛染白后做成的。”

多洛特娅小心翼翼地将飞蝇放在手掌心，只见飞蝇的脖子上缠着很多细细的线。“这是你画的吗？这眼睛？”

“当然了。这些也都是我缠上去的。”他把手伸进口袋，拿出一个纸袋子，把里面的东西全部倒在她手上。又有三只飞蝇，颜色分别是黄色、蓝色和棕色。想象一下它们在水中的样子：长长的，细细的，像极了一条条小鱼，鱼儿们见了准把它们当成美味的小点心。这是柔软与坚硬的邂逅，是优雅与锋利的碰撞，堪称完美！妙不可言！

他又抛起了钓线，岸边溅起朵朵水花。

多洛特娅跟在他后面。水面升高了一点，快到她的膝盖了。

“等等。”她突然叫道，“你的钓钩，你的飞蝇。”

“你留着吧，我回头再做一些。”他回答说。

她没好意思要，但视线却一直停留在那三只飞蝇身上，一刻也没舍得挪开。

他一边甩着钓线一边说：“送给你，算是一个小礼物。”

她摇摇头，但还是忍不住将它们放进了口袋。浪花轻拍着她的膝盖，她研究起大海，想寻找海洋生物的痕迹。破浪的鱼鳍？跃出海面的鱼儿？可惜她只看到太阳在海面上洒满了金色的硬币，逼得薄雾只得一点一点慢慢褪去。一抬头，她看见男孩快要拐过岬角了，赶紧蹚着水跟了过去，继续看他表演飞蝇钓。浪花褪去时发出哗啦啦的声音。

“嘿，那儿有鱼是吗？不然你也不会去那儿了。”女孩问男孩。

男孩微笑道：“当然了，这可是海洋。”

“可是，我想象中的海洋要比这精彩得多，里面有很多很多的东西，有数也数不清的鱼儿。我的家乡什么都没有，所以我很期待来这儿，还以为这儿什么都会有呢，可是现在看起来，这儿大是大，却什么也没有。”

男孩回头看她，咧开嘴笑了。他扔下钓线，弯下腰，把手伸到水里，在脚边一阵摸索，随即从泥里挖出一把东西来。

“快来看。”男孩招呼着女孩。

那是一团黑乎乎的东西，起初多洛特娅没发现有什么神奇的：泥里夹杂着贝壳碎片，水滴不住地往下掉。突然她观察到了细微的动静，一些晶莹剔透的小家伙在那里蠕动，像跳蚤一样跳来跳去。男孩甩了甩手，一枚小小的蛤蜊出现在他的手掌上，也许是受到了惊吓，它的壳夹得紧紧的，半只脚都没来得及缩回去，就像吐在外面的舌头突然被咬了一样。蛤蜊的壳上还吸着一只小小的蜗牛，倒挂在那里，尖尖的蜗壳指向地面。还有一只小小的半透明螃蟹，和一条蠕动的线虫。

多洛特娅用手指戳了戳泥土，男孩看了又大笑起来，随后他就着海水洗了洗手。

他一边又开始抛甩钓线，一边问女孩："之前没在这见过你呀。"

"是没来过。"她望着大海，思索着脚底下可能踩着的各种各样的小生命，想着自己要学的东西还有很多。她看着男孩，询问他的名字。

天黑了，多洛特娅站在自己狭小的新房间里，环顾四周，然后在墙壁上贴上一张地图。她坐在睡袋上，眼光停留在地图上那片叫作缅因州的地方，看看它有多大，州政府在哪里，都有哪些主要城市。看着看着她的眼神又被那片蓝色吸引了过去，一直延伸到地图的边缘。

倏忽间，一只飞蛾撞在了窗户上。外面的树丛里，昆虫在鸣叫着，发出刺耳的声音。多洛特娅感觉自己能听见大海，她把鹿尾飞蝇从口袋里拿出来，慢慢欣赏它们。

爸爸站在门口，轻轻敲了敲门框，打了一声招呼，进来坐在她旁边的地板上。爸爸似乎没睡好，眼帘有些下垂，但背和肩膀依旧圆滚滚的。

“嘿，爸爸。”

“感觉怎么样?”

“爸爸，这是个全新的环境，我需要一点时间去适应。”

“你妈妈不理我。”

“她对任何人都是爱理不理的，她就那样。”

爸爸靠在一边，抬了抬下巴，指着多洛特娅手中的飞蝇问道，“那是什么?”

“飞蝇，用来钓鱼的毛钩。”

“噢。”他完全没有听进去，他的心思显然不在钓鱼上。

“爸爸，我想学飞蝇钓，明天我能去吗?”

爸爸的手一开一合的，眼睛瞪得老大，但目光却呆滞无神。“当然可以，多洛特娅，你想去钓鱼，那就去吧。”

他带上门出去了。多洛特娅屏住呼吸，默数到二十。她听到爸爸在另外一个房间慢慢吸气的声音，每一次呼吸都有点让人担心他的下一口气接不上来。

她穿上棕色羊毛衫，推开窗户爬了出去，站在潮湿的院子里，呼吸着夜晚的空气，抬头看，松树的上方繁星点点。

岬角附近的小树林里正在举行着篝火晚会。清爽的海风吹着，草地上沾满了露珠，一排排云朵在星空中随风飘浮。多洛特娅的运动鞋已经湿透了，林中的腐叶掉落在她的羊毛衫上。她蹲在松树后面，周围全是洒落的松针，她没敢走近篝火，只是远远地看着黑乎乎的人影在那里动来动去，长长的身影投射在松树上。他们坐在原木上、树桩上，大声地笑着，她能听见瓶子和瓶子碰出的叮当声。

她看见了那男孩，就在他们中间，他坐在一根木头上，他的笑容在火光映衬下呈现出橙色。他戴着银白色的项链，大笑着将一瓶酒一饮而尽。她屏住呼吸，差不多有一分钟，随后站起来，转身准备离开，突然她踩到一根木头，木头

“啪”的一声断了。

笑声突然停了，她立在原地。“嘿，是多萝西吗?”男孩叫住了她。

多洛特娅在黑暗中回过身，从松树林里走出来，走到篝火旁，她低着头，坐到男孩的旁边。

“各位，这是多萝西。”

借着篝火的光，大家都看向她，随后又扭头继续畅聊起来。

“我就知道你会来。”男孩说。

“是吗?”

“当然了。”

“你怎么知道?”

“就是知道，我能感觉到。当我和你说，我们每天晚上都有篝火晚会，就在这附近时，我心里就在想，等着吧，那女孩一定会来的，多萝西会来的，果然，你真的来了。”

“今天我走后你钓到鱼了吗?”

“钓到几条，都放走了。”

“我爸爸就要去钢铁厂工作了，负责设计轮船的船体。”

“噢，是吗?”

“是的，他马上就要去那儿上班了。”

男孩紧紧握着女孩的手，两人十指交叉地坐着。她紧张得手心直冒汗，但还是不舍得松开，她坐在那儿几乎一动不动，感受着他厚实的手掌和粗糙的指尖，两人就这样坐了一会儿，谁也没有说话。篝火冒出的浓烟飘向树林，天空中的星星眨着眼睛时隐时现。突然间，她觉得能成为造船师的女儿真好。

再后来，男孩想吻女孩。他笨拙地转向多洛特娅，温热的呼吸贴着她的下巴，女孩闭上了眼睛。突然她想到了妈妈，那个曾经躲在火车里藏在洋葱下的小女人。她急忙从男孩那挣脱开，站起身急匆匆跑了。她低着头，从低垂的松树枝丫下穿了过去。她从窗户爬进自己的房间，脱下湿湿的运动鞋，将棕色羊毛衫挂好。她听着海潮声，想着那双绿色药丸一般的眼睛，内心久久不能平静。

第二天一早，她就拖着妈妈来到海边，想让妈妈亲眼看看雾中大海的模样，想让她知道这个地方其实并非一无是处。浓雾逐渐散开，剩下薄薄的雾霭漂浮在树梢上，不忍离去，天空中闪现出纯蓝色的光芒，大海仿佛脱去了外衣。妈妈戴着一顶宽边的帽子，盖住了她的头发，弄潮的海鸥发出尖锐的叫声，鸬鹚俯冲下来觅食。

母女两人伫立在岩石上，多洛特娅仔细观察着妈妈，想从她脸上寻找改变和觉醒的迹象。她屏住呼吸，默数到二十。妈妈一直站着，身子僵硬，表情严肃。

“都是胡话。”妈妈小声嘟囔，“你爸爸对造船根本一窍不通，他一辈子都只是个看门的，还对每个人都说谎，甚至自欺欺人。要么今天，要么明天，他肯定会被炒鱿鱼的。”

“不，妈妈，爸爸很聪明，他会有办法的，他到了那儿一定会好好学的，肯定会的。这对他是个好机会，他会抓住的。我们会过上好日子的。你看大海多美啊，这真是个好地方！”

“生活可以有无数种结局，多洛特娅。”英语不是妈妈的母语，说起来总是很生硬，就像朝石头上吐唾沫一样。“可你梦中所求的那种恰恰是你求之不得的。你可以梦想任何事情，但它永远成不了现实。这世上唯一不可能实现的就是你的梦想。任何其他事……”

她突然不说话了，耸了耸肩。

多洛特娅看着自己湿湿的运动鞋，鞋面上的皮已经开裂了。她抓住一撮杂草，努力保持身体的平衡，从陡峭的岩石上爬了下来。她把手伸到水里，抓了一把泥出来。

“快看，妈妈，看看这儿都有些什么东西，我还只是抓了一小把哦。”

妈妈眯起眼睛看着女儿，只见她把手里的淤泥高举在空中，仿佛那是老天的某种恩赐。

忽然一条绿色的小船从薄雾中穿过，一个渔夫独自划着桨，钓竿横在船尾，他的脖子上挂着一条银白色的项链。

男孩突然收手不划了，海水顺着船桨往下滴。他望着站在岩石上的两个人：妈妈身材瘦小、神情冷漠，用手牢牢扶着帽子，整个人好像被定在了岩石上；女孩及腰部分都已经湿了，抓着淤泥的手高高举向天空。

他微笑着挥挥手，大喊着多洛特娅的名字。

巴斯的一家五金店里有卖渔具的，都放在店的最里面。一个留着胡子的大高个坐在凳子上绑前导线，露出圆圆的膝盖。爸爸抬头看着架子上的鱼竿，推了推眼镜。

高个儿问：“有什么要看看的吗？”

“唻，我女儿想要一根鱼竿。”

高个儿将手伸进一个柜子，拿出一个萨克牌一体式旋式饵钓鱼套装，递给多洛特娅，对她说："你想要的东西这个套装里应该都有，连旋转亮片都有。"

多洛特娅拿着这包和她的手臂差不多长的东西，研究着钓竿上的绕线轮，两头圆圆的两件套鱼竿、钓竿前端镀了铬的系线环，以及塑料外包装。标签上，画着一个卡通池塘，一条卡通鲈鱼，高高跃出水面，想一口吞下三叉钩上的诱饵。爸爸把手放在多洛特娅的头上，问她喜不喜欢这套渔具。

她一点都不喜欢这套渔具：它看上去是那么的笨拙，一点都不精致。而且还没有飞蝇本线，她喜欢的可是优雅的飞蝇钓。她想象着大块的肉挂在钩上，她吃力地转着生了锈的绕线轮，男孩在一旁嘲笑她。

"爸爸，"她嘟哝道，"我要的是飞蝇钓竿，这是给用鱼饵钓鱼的渔夫的。"

大高个听后嚷嚷了起来，爸爸也若有所思地挠着下巴。

大高个把多洛特娅的飞蝇钓竿拿到一台黑色的收银机前刷了一下，用粗大的手指从收银机取出零钱，一枚一枚地数着。

"从没听说过女孩玩飞蝇钓的，真的，你是第一个。"他说话的语气非常和善，眼睛望着多洛特娅，手指像一根根粉红色的粗雪茄。

“我也玩过飞蝇钓。”他继续说道，“不过，我还在学习过程中。飞蝇钓太难学了，真的是活到老学到老，等你死的时候，你可能连一半都还没学到。”

他耸了耸轮廓分明的肩膀，把零钱递给她爸爸。

“你是新来的吧。”他问多洛特娅。

“我们刚搬来哈波斯维尔不久。爸爸在巴斯钢铁厂工作，负责设计船只，今天是他第一天上班。”女孩回答说。

大高个点点头，上下打量了一下她的爸爸，他的手又在不自觉地一张一合。

“我们住在俄亥俄州，我做货船船体工作。很早就想过来这儿，试试运气吧，机不可失时不再来嘛。”爸爸在一旁轻声说。

大高个笑着又耸了耸肩，对多洛特娅说：“或许我们可以找个时间一起去波帕姆海滩钓鱼。那儿来了很多漂亮的女老师，平潮时她们会在浅滩上追逐戏耍。准备好你的钓竿，到时候我们一起去看看。”

大高个微笑着，又坐回到凳子上。多洛特娅和爸爸离开五金店，开着车经过钢铁厂、造船厂、巨大的铁皮仓库、高高的铁丝网栅栏和摇摇晃晃的起重机。一艘绿壳拖船停靠在干船坞里，船身长满了铁锈，时不时地掉下一块。车子一路开到了密尔街的尽头，多洛特娅看见肯纳贝克河翻滚着流入了大西洋。

晚上，多洛特娅坐在睡袋上组装她的钓竿。她先将两根竿子连在一起，然后用螺丝固定好塑料绕线轮，接着把飞蝇本线穿过系线环，最后绑上前导线。

她爸爸靠在门框上。

“喜欢这钓竿吗，多洛特娅?”

“爸爸，它太漂亮了。谢谢。”

“你明天一早就去钓鱼吗?”

“嗯，一早就去。”

“你妈妈有说什么吗?”

多洛特娅摇摇头，以为爸爸会继续说下去，但是没有。

爸爸走后，她屏住呼吸，拿起新买的钓竿，从窗户爬了出去。天上没有月亮，她在黑漆漆的松树林里摸索前行。她来到篝火不远处，听见有人在弹吉他，还有人在唱歌，男孩依旧坐在木头上。她蹲在松树下默默地看着，思考着爸爸常说的那句话“机不可失时不再来”。她将手伸进口袋，摸到了那三只飞蝇，感受着鱼钩的锋利和上面的毛发。她闭上眼睛，双手微微颤抖，一只鱼钩刺破了她的手指。

她站起身，迟疑了一下，转过身走向左手边，往大海那边走去。她穿过层层阴影，翻过岩石，来到海边。她吮了吮指尖上的血，身体不时颤抖，她屏住呼吸，努力保持平衡。

她深吸一口气，一动不动地站着、倾听着。哈波斯维尔的宁静如同一阵波涛传到她的耳里，随即又散成彩虹般丰富又细腻的声音：猫头鹰的哀叫声，篝火处隐约传来的欢笑声，风吹松林树枝发出的嘎吱声，小老鼠在黑莓灌木中的啃咬声，还有鹅卵石碰撞的叮当声，树叶婆娑的沙沙声，以及断断续续的蝉鸣声。甚至连天上云朵飞行的声音，和天空下海洋在薄雾中低吟的声音都能听到。这世界太完美了，美得都快溢出来了，多洛特娅不禁赞叹，她做着深呼吸，品尝着咸咸的海水蕴藏的腐朽与重生的轮回。她拿起钓竿，笨拙地把主线穿过系线环，然后向后挥出钓线，突然钓线被什么东西给绊住了。

她回过头。

男孩站在那儿。他双手搭着多洛特娅的肩膀，指尖抚摸着她的羊毛衫，两人四目相对。

妈妈此刻正站在多洛特娅的房间里，灯也不开，就这样两手撑在屁股上默默地站在黑暗中，大有分分钟捏碎自己骨盆的架势，脚上黑色的鞋子牢牢地钉在地面上。多洛特娅跨过窗框，一只腿进来了，另一只还伸在外面，被露水沾湿的运动鞋上沾满了松针。手里拿着的飞蝇钓竿，有一半也已经伸进了房间。

“我好像告诉过你不要去见那个男孩。”

“哪个男孩?”

“叫你多萝西的那个。”

“上次小船上的那个吗?”

“你知道我说的是哪个。”

“不是的，你不认识他，我也不认识。”

妈妈盯着她，身体在颤抖，脖子上的青筋都冒了出来。多洛特娅屏住呼吸，也许是憋得太久了，她感到胸口一阵恶心。

“妈妈，我没和他在一起。我在钓鱼，准确地说我在学习钓鱼，我的钓线被缠住了。我真的没和他在一起。”

“好一对渔公渔婆啊。”

“我真的只是去钓鱼了。”

从那天起，一到天黑，多洛特娅就被关在家里。她妈妈亲自动手，把长长的插销钉在多洛特娅房间的窗户上，然后用榔头把窗户牢牢地锁了起来。房门在晚间也被上了锁，多洛特娅只能盯着墙上的地图发呆。

整个夏天就这样悄无声息地向前流淌。租来的房子狭小拥挤，经常嘎吱作响。每天天一亮爸爸就出门了，很晚才回家。晚饭时家中也是一片沉寂。妈妈的脸耷拉着像受到攻击的海葵，偶尔能听见几声刀叉相碰的声音，桌子上放着一个大盘子，里面装着煮熟的豆子和干巴巴的薄玉米饼。“妈妈，请把胡椒粉递给我。”房子在嘎吱嘎吱地呻吟，外面的松树在低声耳语。“爸爸，我今天去钓鱼了，发现一只龙虾的爪子有我脚这么长，真的。”

每天早上爸爸前脚一出门，多洛特娅后脚就紧跟着出去了，她一整天都呆在外面钓鱼。她告诉自己是去钓鱼，而不是去找那个男孩。她一路走到哈波斯维尔南部，脚踝上沾满了泥土。她沿着海边，把一个个贝壳都翻个身，用树枝戳戳海葵，学习一些海边生活的小窍门，比如：海参捏不得，扇贝壳易碎，石蟹喜欢藏在浮木下，翻开滨螺可以找到寄居蟹，蜗牛会藏在骨螺壳里面，马蹄蟹千万不能踩，藤壶的附着力很强，鸬鹚在一百英尺之外就能听到你敲开一个海蛤的声音，会马上飞过来跃进水里觅食。对于海洋，多洛特娅学习着、思考着，一遍又一遍地探索着。

但是，大多数时候她都在钓鱼。她学会了打结，知道怎样把勾在头发上的飞蝇摘下来，会蹲伏在浮木上解开被风吹得打结的钓线，会整理缠绕在一起的前导线。有时钓线会缠在黑莓灌木和树枝上，有一次还与一个漂浮在水面上的洗涤剂瓶子缠绕在了一起。她学会了慢慢牵着钓竿走，将其抛过矮树丛和岩石，她甚至从来都没有用过子线。软木做的钓竿把手在海水和汗水的浸渍下颜色变深了，她棕色的肩膀也被涂上了古硬币的颜色，运动鞋也烂掉了。她光着脚、仰着头，在海边行走，这是全新的多洛特娅，这是海边的多萝西。

她什么也没有钓到。她真的去了波帕姆海滩，尝试在平潮和落潮时去沙滩长长的沙嘴处和河口处钓鱼。她站在岩石遍布的岬角上抛竿，在木质的船坞上甩线，蹚到水没脖子的地方钓鱼，可还是一无所获。她看见有人往船上拖好多好多的条纹鲈鱼，足有二三十条之多，每一条身上的条纹都呈木炭色，漂亮极了，半透明的嘴巴一张一张地喘着气。然而她自己的飞蝇钓钩上什么也没有，只有水草和垃圾，她的前导线经常缠绕在一起，主线有时还会缠在脚踝上，子线不知道什么时候就打了结。

她再没见过那个男孩。

她看到鱼儿跃出水面，尤其是鲟鱼，一跳三尺高，她感受到海洋在猛烈翻滚。一群蓝鱼成群游过，掀起一阵波涛，惊慌失措的鲱鱼吓得抱成了团，瑟瑟发抖的胡瓜鱼被冲到了沙滩上。一条死了的鳕鱼也被海水冲上了岸，肚皮朝天，又白又肥。潮水还冲上来一条鳐鱼，已经被一群鲱鸟撕碎了。一只鱼鹰从浪尖上捕到一条牙鳕鱼。

一天中午，她徒步来到他们举行篝火晚会的地方，天空灰蒙蒙一片，低沉得仿佛能触碰到树尖，雨滴重重地打在地面上，天气很暖和。篝火燃烧过的地方显得黑黑的，雨水已经冲走了灰烬，只留下一片平整的湿地，啤酒瓶堆在木头和树桩上。她走到岬角处，脱下毛衣，向海洋走去，海浪拍打着她的脖子，头发在水中漂浮。她又想起了男孩，他温热的呼吸、粗糙的指尖，还有那一双绿色药丸般的眼睛，在夜色中居然会变成黑色。

一整天她没和任何人说过话。每一次绕到一个转弯处，她都会祈祷男孩在那儿，藏在雾里，抛竿甩线，既为了钓鱼也为了等她，但每一次，她看到的除了岩石就是杂草，间或还能看到有船驶往下游。

七月的某个夜晚，天空显得特别低沉，水汽也特别重，多洛特娅从未有过这般感受。一整天都很沉闷，似乎在等待一场暴风雨的来临，但就是迟迟未来。

平静的海面泛出青灰色，模糊了远处的天际线，低沉的天空好像就悬挂在出租屋的房顶上，随时都有可能把屋顶坍塌。夜幕降临，但并未驱走丝毫热意。

多洛特娅坐在房间里淌着汗，她感觉天空叫嚣着似乎要将她掩埋。

爸爸站在门口，手臂上的汗水也在往下滴。他以前拖地时也会这样，爸爸现在是个造船师了。

“嘿，多洛特娅。”

“爸爸，好热啊。”

“心静自然凉。”

“就不能让她把窗户打开吗？就今晚。不然我根本没法睡觉，我的睡袋都被汗水湿透了。”

“我也不知道该怎么办，多洛特娅。”

“求你了，爸爸，真的太热了。”

“或许我们可以开着门睡。”

“把窗户打开吧，爸爸，妈妈已经睡着了，她不会知道的，就今晚。”

爸爸吸了一口气，他的肩膀垂下来，圆鼓鼓的。他拿了一把螺丝刀回来，悄悄地拔去窗户上的插销，将钉子取了下来。

男孩不在那儿。

多洛特娅站在火光外，满身是汗，松针粘在她的膝盖上，神采飞扬的蚊子围着她打转，时不时地咬上一口。她使劲拍打着蚊子，皮肤上留下一摊摊血迹。篝火处的浓烟冉冉上升，空中没有一丝风。她屏住呼吸，直到眼睛无法聚焦，胸口感觉刺痛。她再一次扫视了大家伙的脸庞，在橘色的火光映染下，细嫩的脸上都泛着油光，在哈波斯维尔岬角的篝火旁，她没有找到他的脸，他依旧不在。

她走到岬角处，这个地方她已如此熟悉：她知道那些小小的隐秘的洞穴在哪里，还知道这里有一个深潭，某个早晨她曾在潭里见过一条白龙虾。她知道自己对于大海所有的认知都要归功于男孩，她知道自己会在那见到他，他会在那里钓鱼，并嘲笑她在大热天里还穿着毛衣。他会在那儿，向她展示关于海洋的神奇之处，还会帮她卸下身上的渔具。

但他也不在那儿。

多洛特娅回头，径直朝篝火处走去，这位十四岁女孩心脏怦怦直跳，她告诉自己一定要勇敢。篝火旁的孩子们盯着她看，这让她感觉全身都在发热，浓烟呛进了她的眼里，她终于说出了男孩的名字。

“他走了。”有人说。大家看看她，然后看看别处，盯着火苗。

“一周前他就回波士顿了，全家人都回去了。”

“他只有夏天在这呆一段时间。”

多洛特娅飞一样地逃离了，她漫无目的地走着，松树枝刮过她的脸都没有知觉，一不小心她被绊倒在潮湿的草地上，膝盖擦破了皮，还沾上泥，变成了绿颜色。她走到一条石子路上，低着头，内心剧烈翻腾着。经过一条私家车道时，她看见房子的窗户上映衬着电视机的蓝色画面。小狗汪汪叫唤着，她还听见猫头鹰的嗷叫声。她转了个弯，走上一条平整的铺面道路，经过一个木料场，这时，她隐约感到自己肯定迷路了。多洛特娅感觉内心深处像结了冰一样，夜幕低垂，压得人喘不过气来。

她光着脚走一段，跑一段，体内的寒意始终无法驱除，也没办法辨明大海在哪个方向。她走了有一英里，或许更远，石子路变成了铺面路。她停下来坐了一会儿，浑身颤抖着。一个小时过去了，又一个小时，天空变成了粉色。一辆卡车嘎啦嘎啦地开过，挡泥板快掉下来了，一只车头灯也不亮了。车子在她旁边停下来，一个戴眼镜的男人推开车门，她上了车，让他带她去钢铁厂。

他在高高的铁丝网门口将她放了下来。她的双腿沾满了泥，还有一道道血红色的刮痕，头发一团团胡乱垂着。戴着帽子，手里拿着午餐盒的工人们从她身旁匆匆走过，一辆奔驰车驶过，车轮碾过之处激起一阵碎石，溅到有色车窗上。她跟着走进大门，找到标着“办公室”的地方，一个戴着胸牌的胖子坐在里面。旁边是一个很大的瓦楞板仓库，一台吊车正在忙前忙后，要把驳船上一堆堆的下水管道运到仓库里去。

她敲了敲窗户，胖子从笔记板上抬起头。

“我找我爸，他叫圣地亚哥·圣·胡安，他忘带午饭，我想把这个给他。”女孩说。

胖子推了推眼镜，打量起这个女孩，只见她黑不溜秋的脚上刮痕累累，手指在不停地颤抖。他低头看了看笔记板，刷刷翻了几页，又瞥了瞥出勤计时卡。

“你刚刚说叫什么名字来着？”

“圣·胡安。”

胖子再次审视了她一番，然后又看了一眼笔记板，最后才说：“圣·胡安。哦，在这儿，C-4码头，你往后走。”

她跟着箭头指示走到C-4码头，那是一个混凝土码头，一架重型起重机高耸在那儿，周围停着很多棚车，每一辆上的货物都堆得高高的。几个穿着西装、系着领带、头戴安全帽、腋下夹着图纸的人从她身边走过，一辆铲车正在作业，发出嘟嘟的声音，司机狠狠瞪了她一眼。

她在码头尽头处找到了爸爸，他正站在一辆蓝色的大型垃圾装卸卡车旁。河水流过那儿都变脏了，塑料杯子漂浮在水面上，一群白灰相间的海鸥围着垃圾车发出刺耳的叫喊声。爸爸穿着黄褐色肮脏的工作服，有气无力地挥着扫把，想把海鸥赶跑。海鸥们被激怒了，尖叫着一起向他俯冲过来，准备对他的脑袋来个狂轰滥炸。

他回过头，看见她，怔住了。他们的目光相遇，他迅速将眼神转向别处。

“多洛特娅。”

“爸爸，一直以来，这几个月，你都说自己在造船。”她站在他身边哽咽住了，再也说不出话来，冷得直哆嗦。爸爸的身子也站不定了，倚在扫把上。他们就这么一直站着，看着河流翻腾着流向大海。多洛特娅抖得很厉害，爸爸将她搂在怀里，可她还是没法缓过来。

一艘驱逐舰在拖船的带动下从远处缓缓驶入码头，拖船的发动机发出轰隆隆的震动声，后面拖着的灰色庞然大物倒显得颇为安静，只在船尾掀起一波巨大的尾流。多洛特娅注意到舰身的两侧都标有编号，舰上还有一排大炮，这些看似平静祥和、一尘不染的大炮，发起威来，足以炸沉一艘船。驱逐舰很高很大，像一幢公寓大楼。她觉得自己很傻，居然会相信爸爸能够学会造如此庞大的东西，这世上居然有人能造出这样的庞然大物！

多洛特娅一直觉得冷，怎么都觉得冷，而后就生病了。她一整天都躺在睡袋里，飞蝇钓竿就靠在房间的墙壁上，可她连正眼看一眼的勇气都没有了，耳旁的海浪声也让她觉得恶心，就连地球的转动都让她觉得恶心。她感到一阵寒意不知从哪冒出来，偷偷溜进双腿间，又一直爬到脖子上。她竭尽全力屏住呼吸，时间尽可能长，直到眼冒金星，直到她体内一个不受控制的开关突然打开，胸腔内污浊的气体倾泻而出，然后再呼进新鲜的空气，她才感觉好一点了。

她蜷缩在睡袋里哆嗦着，梦见冬天悄然而至，海水变成了水泥灰色，太阳还没来得及升起就被地平线给盖住了。冬季的夜晚变长了，天上的星星就像鱼钩尖发出的微光，雪花在光脚丫下发出酥脆的声音。梦里她爬上了哈波斯维尔岬角，蹲在那里品味着海风吹过海浪的感觉。男孩不在那儿，那儿一个人也没有，连鸟儿、鱼儿也都不知了去向，鱼儿肯定都已经逃走了，离开了河流，成群地奔向广阔的大海。海洋和河流都变得空荡荡的，岩石上的帽贝、藤壶和海草都被冲走了，显得光秃秃的。钓线缠着她的脚踝，还有粗绳子和蜘蛛网，怎么也解不开。她变成了一条鱼，在网里垂死挣扎。她变成了她爸爸，他的整个世界犹如一团乱麻。

醒来时，她看见妈妈正守在旁边。她给多洛特娅端来热水。当着多洛特娅的面，妈妈扮演起慈母的角色，倒是比以前温柔多了，但背着多洛特娅时，她对于丈夫能够设计船只一事仍旧将信将疑。多洛特娅看着身旁的妈妈，看着她脖子上一条条明显的细纹，多洛特娅自己脖子上也有这样的纹路。半睡半醒间，她听见妈妈在房间里踱步，听见她在水池里洗刷锅碗瓢盆。

八月初的某个早晨，天一亮就有人咚咚咚地敲门，敲门声急促刺耳。多洛特娅从睡袋里跳起来，在妈妈从厨房赶来之前开了门，她感觉热气在体内滋滋响。她眯着眼睛看到一个男人站在门外，是五金店的那个大高个，他硕大的手上拿着一根光洁的飞蝇钓竿。

他的大嗓门差点把房子震塌。“早上好，早上好，要是你有时间的话，今天上午我们一起去钓鱼吧。”他朗声说道。

他站在那儿等多洛特娅回话，多洛特娅穿着睡衣，闻着大高个身上海水和松树的味道。妈妈从厨房探出头来盯着这位高个，一边用毛巾擦着手。

沿着波帕姆海滩，大高个大踏步走着，多洛特娅要小跑才能跟上。天空的纯蓝一直蔓延到天际。他们肩并肩蹚着水去钓鱼，多洛特娅每走一步都感到海水强大的阻力。大高个嘴里叼着烟，手上抛着竿，时不时地看一眼多洛特娅，看到她把钓线缠绕在一起时会微微一笑，如果看到她抛甩得很好，就会表扬她。

大高个钓鱼的模样很是丑陋，钓线也甩得不那么好看。他不会像男孩那样来回抛甩好几次才将钓线投入海中，觉得太麻烦，他只往后甩一次，就直接把钓线投向波浪，然后用他那硕大红润的手收回钓线，准备下一次抛甩。

他告诉多洛特娅："飞蝇钓的关键在于掌握好时间，就看你能让钓线浮在水面多长时间，钓线只有浮在水面上，鱼儿才会上钩。"

直到正午两人都一无所获，他们坐在一块浮木上。大高个用塑料袋装了一袋葡萄干过来，他们一起分着吃了。她问问题，他回答。她感觉头顶上方的太阳径直射进了自己心底的某个角落。

下午，大高个开始有收获了，他钓到了一条又一条的条纹鲈鱼。他一次次抛投，钓线被抛到很远的地方，每次钓竿弯成一条陡峭的抛物线时，便是有鱼儿上钩了，他会慢慢地和鱼儿周旋直到将它抓获，然后用石头砸它的脑袋，把它打昏后放进塑料购物袋，扔在沙滩上。

傍晚时分，多洛特娅站在大高个身旁，看着他动作麻利地收拾他的战利品，只见他飞快地剖开鱼腹，利索地取出一圈圈鱼内脏，将其扔向海浪中。她寻思着，这也是缅因州啊——一个渔人在沙滩上清洗他钓上来的鱼。她意识到无论是现在还是以前，她都是多洛特娅，永远都是，而且这个世界上还有很多的机会。

大高个带着他的鱼准备离开时，他看着多洛特娅，微笑地对她说："你是一个很棒的女渔夫，祝你好运！"也许因为他说的是西班牙语，总之听起来很滑稽，像极了一个来自缅因州的高大的外国佬，但无论如何这话听着还是很让人舒心的。

多洛特娅继续抛甩着钓线，太阳离地平线越来越近了。她的手臂因为不停地抛投钓线而酸痛不已，不过她的技术的确高明了不少。她像大高个教她的那样，将钓线投入海中，努力让飞蝇漂浮在海面上。她还学会了识别海水，知道为什么鱼儿喜欢躲在洞穴里。她观察着游过身边的小鱼，看看周围有没有鸟儿会来捕食它们。她的手臂像灌了铅一样沉重，双腿也麻木了，仿佛已经脱离了她的身体，与海洋更紧密地连接在了一起。

落日发出火炉一般的光亮，把云彩都染上了色。阳光照进海里，细细的光线射入了水底的小洞穴，多洛特娅将她的飞蝇就抛在那儿，她正在慢慢地收线，突然间，她看到她的飞蝇在蓝色的海面上飞掠而过，准是条纹鲈鱼将飞蝇带走了。

这条鱼力气很大，她全神贯注地和鱼儿博弈，钓竿被拉弯了，弯出了一个让她难以想象的弧度。她很快镇定下来，一点一点地溜着鱼，将它往沙滩上带。鱼儿不愿被她牵着走，一个劲想游回大海，多洛特娅丝毫没有松手，钓线的另一头传来鱼儿搏击的力量。这是一场高贵的较量，鱼儿在为生命而战，女孩又何尝不是呢。

多洛特娅终于将鱼拖上了岸，她大口大口地喘着气，瘫坐在沙滩上，两眼死死盯着鱼儿，过了一会儿，她将钓钩从鱼嘴里取了出来，那是一条硕大无比的半透明条纹鲈鱼。天色已渐黑，女孩捏着鱼的下巴，将其拎了起来，凝视着它那双大而无神的眼睛。

她小心地抱起鱼儿，朝大海走去，直到海水淹没肩膀。她往肺里深深吸了一口气，凑近端详起这条鱼，感受它的肌肉，饱满又结实。她又感受了一下自己的肌肉，虽然有些酸痛，但凹凸有致，强壮有力。她俯下身，默数到二十，将鱼放进了大海，鱼儿欢快地游向远方。

（程群　译）

阴魂不散的格丽泽尔达

一九七九年的时候，格丽泽尔达·德朗还在爱达荷州的博伊西高中读书。她身材高挑，双腿健壮，手臂细长，是学校排球队的一名老资格球员，靠她的一记发球，她们队还拿下了爱达荷州的排球冠军，当然了，她可不敢邀功，她们队的T恤上清清楚楚地写着：冠军属于整个球队。格丽泽尔达有着一双灰色瞳孔的眼睛和一头橘色秀发，身体发育得很快，是个早熟的女孩。关于她，博伊西高中有很多传言：据说有人曾撞见格丽泽尔达和两个男孩躲在积满灰尘的乐队橱柜里调情，里面堆满了压坏的大号和破鼓，他们也不怕挤得慌；有人说曾看见她两腿叉开，坐在物理老师身上；还有人说她在自修课上用冰块捉弄人。这些谣言早已传得人尽皆知，是真是假我们才不在乎呢，说不定就是真的呢。

格丽泽尔达父亲早逝，母亲在博伊西亚麻制品厂工作，干着两班倒的活。她还有个妹妹，叫罗斯玛丽。与身材高挑的姐姐不同，罗斯玛丽个子不高、体形丰满，不能和姐姐一样打排球，只能替球队管管东西。比赛时，她就坐在一张折叠椅上，根据进球情况快速翻动记分牌，用铅笔记下队员的得分；当教练让队员进行短距离全速冲刺训练时，她偶尔会给瘪了气的排球打打气。

故事始于一九七九年八月的一个下午。那天，训练结束后，格丽泽尔达离开了体育馆。她走在人行道上，砖砌结构的体育馆投下一片阴凉。她的腋下夹着一本社会研究类的书，或许是过于专注地听着远处传来的校车刹车声和阵风吹来时学校门前小小的山杨林奏出的飒飒声，那书不知不觉地从她长长的胳膊里滑落下来。这时，罗斯玛丽开着家里那台锈迹斑斑的丰田车，猛然刹车，停在路旁。她顶着一头卷发，视线都快被头发给挡住了。格丽泽尔达上了车，姐妹俩向着“大西部嘉年华”出发了，那是爱达荷州的一个露天游乐场。格丽泽尔达坐在副驾驶的位置上，宽大的膝盖抵在手套箱上，长长的脸伸出车窗，感受风的气息。罗斯玛丽笨拙地操纵着离合器，开得很慢，每每遇到停车标志就停得稳稳当当。姐妹俩谁也不说话。

我们看到姐妹俩把车停在了停车场，感受着嘉年华的气息：炸面团、焦糖和肉桂的味道混在一起，有些难闻；风吹帐篷，不时发出噼里啪啦的声响；旋转木马伴随着音乐盒里的歌声在那儿转着圈，撩人的歌声沿着帐篷绳子飘到游人脚下，飞扬的尘土好像也粘上了旋律。电线杆上的广告单被风吹得皱巴巴的；燃气发电机的呜呜声也来凑热闹；各式餐车叫卖着皮塔三明治、柠檬水、椒盐卷饼、爆米花和烤土豆；空中飘扬着美国国旗；摩天轮隆隆作响，不时传来游客的尖叫声。对于两姐妹来说，眼前的五光十色就像一场海市蜃楼，是那么不真实。

格丽泽尔达跨过隔离绳，走近售票窗口，看见一位身材短小的售票员站在凳子上，罗斯玛丽闷声不响地紧随其后。越过帐篷顶望去，远处的丘陵高高耸立，棕色的山丘周围笼罩着一层薄雾，渐渐地消失在黯淡的天空中。格丽泽尔达从口袋掏出两张发皱的一美元纸币，递给了售票员。

后来，格丽泽尔达的故事成了我们无聊时的开心果，在付款通道等着结账时，在露天看台等着看排球赛时，都免不了拿出来嚼上几口：买完票，姐妹俩一前一后逛了起来，姐姐走在前面，妹妹跟在后面。看见有卖棉花糖的，她们便掏出一个二十五美分的硬币一人买了一支棉花糖，一边走一边吃着，半张脸都快埋进粉色的棉花糖里了。她们无精打采地走着，听着观众对表演者发出阵阵嘘声：竟有人表演往小丑嘴里喷水枪呢！姑娘们，嗨起来！姐妹俩又花了几个硬币玩了一个套圈的小游戏——向可乐瓶投掷铁圈，套中即可获得一份礼物。罗斯玛丽用钓鱼竿从水槽里钓上来了一只橡胶鸭，赢了一只又小又脏的玩具熊猫，熊猫的眼睛是塑料纽扣做的，周围还用黑毛线做了两个大大的黑眼圈。

夕阳西斜，橘色的阳光将人的身影拉长。姐妹俩穿梭在旋转木马、摩天轮以及各式各样的摊位之中，一切都那么无聊，嘴里的棉花糖也变得淡然无味。最后，紫色的霞光出现在天边，姐妹俩也走到了嘉年华最深处的角落。在那儿，她们看到了吃金属人的帐篷，那里早已挤满了人，几乎全是男人，一个个穿着牛仔裤，蹬着大皮靴。格丽泽尔达停下脚步，挤进人群，身高优势使她轻松越过一群头顶帽子的脑袋。她看到帐篷里摆了张小方桌，上方亮着一盏黄色的聚光灯。帐篷发出一股塑胶味，飞虫懒洋洋地守在聚光灯旁，男人们在大声议论着：吃金属！这也太不可思议，太神奇了！

身高所限，罗斯玛丽看不到帐篷里的一切，只能左右脚来回地晃。看到天色已晚，她提醒姐姐该走了。身后不断有人涌入，格丽泽尔达吞下一口棉花糖，舔了舔舌头，糖便黏在了上齿龈上。听到妹妹的话，她回了回头，看到妹妹手里还拎着那只玩具熊猫，于是提议要把妹妹托起来。听了姐姐的提议，妹妹红着脸摇了摇头。格丽泽尔达轻轻对妹妹说："那人能吃金属，我还从没见过，真想看看那人长什么样！"

罗斯玛丽反驳说："那肯定是骗人的把戏，不可能真的吃金属。这种表演都是假的。"格丽泽尔达耸了耸肩，不以为然。

两姐妹互相看了看，格丽泽尔达坚持要看表演。罗斯玛丽抱怨道："我又看不到。"这回轮到格丽泽尔达摇头了，她直接对妹妹说："那你就不要看了。"听了这话，罗斯玛丽很受伤，脸立刻垮了下来。她拖着沉重的脚步慢慢走向车子，胸前的熊猫就像个伤心的小孩。格丽泽尔达根本顾不上妹妹，眼睛紧紧盯着舞台。

没过多久，吃金属的人登台了。他一上场，帐篷里的男人立刻停止了议论。四下一片安静，只有少数人还在窃窃私语，昆虫鼓动着翅膀徘徊在黄色的聚光灯周围，远处的旋转木马隐约传来叮当的声响。吃金属的人身形不高，穿着一身西服，看上去衣冠楚楚，彬彬有礼。格丽泽尔达看呆了，忍不住惊叹："世上竟有如此男子！他的眼睛是那么熠熠生辉，他的皮鞋是那么锃光闪亮，西服的条纹彰显出风度，手腕处的袖扣更映衬着高贵，一抬手一投足都是那么的温文尔雅！这样的一个人居然要吃金属，而且就在爱达荷，就在博伊西！"格丽泽尔达从未见过这样的男子。

吃金属的人走向一张折叠桌，坐了下来，他的动作是那么优雅、果断。此刻，格丽泽尔达只想冲上舞台，投入他的怀抱，给他一个浓烈的吻，吻得他喘不过气来，她只想与他紧紧纠缠在一起，把他生吞活剥舔舐干净。这个男人是如此与众不同，神采飞扬，让人神魂颠倒。她觉得自己可以从他光鲜的外表下挖掘到某些深刻的、别人不易察觉的东西。

吃金属的人从背心口袋里掏出一枚剃须刀片，用它将一张纸纵向裁开，然后一口吞下刀片。他全程盯着格丽泽尔达，眼睛眨也不眨。他的喉结剧烈抽动，一连吞下半打刀片，最后向观众鞠了个躬，消失在帐篷后面。观众只是礼貌性地鼓了鼓掌，还没从刚才的表演中缓过神来。格丽泽尔达看得心血澎湃。

夜幕降临，罗斯玛丽气鼓鼓地回到嘉年华去找她姐姐，可是吃金属的表演早就结束了，格丽泽尔达也早没了踪影。此时的格丽泽尔达正弯着腰，在州议会大厦附近一家叫“银河”的小餐馆里吃着香肠馅饼，两眼直愣愣地盯着吃金属人灰色的眼珠子。格丽泽尔达和吃金属的人一见钟情，两人的眼神自打交汇的那一刻起便再也没有分开过。他们连夜离开了博伊西，前往俄勒冈州。格丽泽尔达躺在莱德货车的长凳车座上，脑袋枕在吃金属人的大腿上。吃金属人小巧的脚伸在踏板上，纤细的手指抚摸着格丽泽尔达的头发。

第二天一大早，德朗太太就拉着罗斯玛丽去报警。看到路边有位交警，德朗太太便让小女儿把整件事情的来龙去脉向交警讲明，交警的大拇指插在裤腰的袢带里，一副不耐烦的样子，听得直打呵欠。德朗太太磕磕巴巴地抱怨道：“你怎么连笔录都不做。”交警解释说：“格丽泽尔达都十八了。我能写什么呢？从法律上讲她已经是个成年人了。”交警特地强调了“成年人”几个字。“既然是成年人，你也就别太担心了。这样的故事我听了少说也有一千遍了，她肯定会回来的。都一样，在外面呆腻了，最后还不都回来了。”

学校里，格丽泽尔达的故事越传越离谱，唾沫星子甚至溅到了校园外，有好一阵子，我们抓住一切机会，在超市买菜的时候，在电影院排队进场的时候，都可以聊得不亦乐乎。说什么的都有：格丽泽尔达很快就会回来的；这会儿她肯定悔得肠子都青了，她到底怎么想的，居然跟人私奔；嘉年华上的那个怪人老得都能当她爹了，一看就不是什么好东西；格丽泽尔达你又不是不知道，她可是什么傻事都做得出来的；也许现在已经被人搞大了肚子；说不定更糟呢。

大女儿走了以后，德朗太太一直浑浑噩噩的。我们有时看到她下班后去谢弗超市买东西，脖子上系着一条小方巾，饱受关节炎折磨的胳膊上挎着一篮芹菜。她的身型变得越发矮小，整个人仿佛快被怨恨吞噬了。她感觉自己游走在世俗的中心，所有的流言蜚语都向她扑面而来——即便是“德朗太太，这雨下得好大!”这样的寒暄语在她听来都不怀好意。女儿的故事在她身边挥之不去，早已沦为全城人的谈资，躲都躲不掉。

不出一个月，德朗太太就不愿出门了。她被炒了，朋友也不来了。罗斯玛丽不得不辍学，接替妈妈在博伊西亚麻制品厂的工作。德朗太太总抱怨：“他们烦死了。”“谁烦死了?”罗斯玛丽问。德朗太太回答：“所有人，所有人都在我们背后说闲话。你一转身，他们就开始不着边际地议论你，尽说些他们根本不了解的事。”

其实，格丽泽尔达的故事很快就被我们抛之脑后了。她一直没回来。她那每天工作十四小时的胖妹妹和痛失爱女的苦老妈根本就没什么好谈的。学校里新闻总是层出不穷，很快我们就有了新的谈资、新的话题人物。格丽泽尔达的故事一直没有新料，就这样被我们遗忘了。

可是，可怜的德朗太太却一直困在流言里出不来，她始终不相信我们会这么快就忘了这件事。有时，我们散步去丘陵，路上会经过德朗太太家的小屋。看到我们，她会从窗户里伸出头，冲着我们大叫：“给我闭嘴，你们这群造谣生事的人。”后来，德朗太太搬进了格丽泽尔达的房间，睡在大女儿的床上。她面黄肌瘦，整日呆在家中，连邮件都懒得拿。屋里的灰尘越积越厚，院子里杂草丛生，排水沟都被堵住了。整个屋子似乎就要沉入地底。

离家之后，格丽泽尔达一直有给家里写信。每个月，罗斯玛丽都会在邮箱的各种账单中间看到姐姐的来信。信封上有各种邮戳和各式邮票，地址都是小小的印刷字体。她的信都不长，文法不通：

> 亲爱的妈和妹——我们现在所在的城市还专门给死人留了一块地。他们堆得高高的，摆得就像带抽屉的白色橱柜。这些橱柜中间还有草地让人走道，很可爱我们的表演进展得很顺利。暴动是在岛的另一端。和你们一样，我们根本不知道那里发生了暴动。

格丽泽尔达的来信从未对她的离家做任何解释，也从未透露出一丝内疚与悔恨。罗斯玛丽常常坐在床上，看着信封上各式各样的邮票和邮戳，嘴里默念着一个个地名：莫洛凯、贝洛奥里藏特、基纳巴卢山、大马士革、萨马拉、佛罗伦萨。这些地方远在天边又都近在眼前，她想象着邮戳盖在信封上时发出的既悦耳又和谐的声音，有在西西里岛盖的，有在马萨特兰盖的，还有的是在内罗毕、斐济，或是马耳他盖的。这些地名让她对博伊西以外未知的土地和海洋充满了遐想。每当收到格丽泽尔达的信，罗斯玛丽都会坐在自己的床上，拿着信看上几个小时，想象一路上传递这封信的那么多双手，这些手横在姐姐和博伊西中间，也横在她与尼泊尔的粉色染山霞、京都的千禧花园和里海的黑潮中间。那些地方与博伊西亚麻制品厂、谢弗超市、她们家那幢破旧下沉的小屋迥然不同，那是一个闪闪发光的世界，是另一个世界。这些信就是证据，姐姐就活在信中的世界里。

罗斯玛丽从未向妈妈提起这些信，她觉得让姐姐从她们的世界里永远消失对妈妈才最好，走了也好。

罗斯玛丽的生活围绕着信、妈妈和工作——漫长、枯燥、又乏味。在博伊西亚麻制品厂，罗斯玛丽的工作是看管染色布。她就这么坐着，戴着护目镜，成天盯着这些布，看着它们一层一层地绕到卷轴上，耳旁是绕布机的轰鸣声。时间长了，她的背越来越疼，人越来越胖，鞋底也比以前磨得快了。她去谢弗超市购物之前，总要仔仔细细列一张购物清单，努力平衡开支，一支铅笔用得只剩铅笔头了，她也不舍得扔，要为满脸皱纹的母亲省出一碗热汤。她没心思打扫屋子，也懒得买化妆品。家里的窗帘积了厚厚的灰，沙发垫子下塞着面包的包装纸，窗台上堆着汽水罐，罐口爬满了蚂蚁。

最后，罗斯玛丽把自己托付给了杜克·温特斯。杜克是谢弗超市的屠夫，庞大的身躯里藏着一颗羞怯的心，他的身上总有散发着一股洗不去的碎牛肉味。婚后，杜克搬进了那间下沉的小屋，默默为这个家付出：他把院子修整了一番，一手拿着啤酒罐，一手冲洗高低不平的排水沟；给屋子换上了新的纱门；还填补了屋前过道里的坑坑洼洼。此外，杜克还要忍受德朗太太的一切——她成天疯言疯语，诅咒那些“爱嚼舌根的人”，坚持睡在格丽泽尔达的房间，还总忘记冲马桶。面对这样的岳母，杜克只好用淡啤酒麻痹自己。杜克是那么真诚，但一点也不懂风情，罗斯玛丽玩找词游戏时，他早就进入了梦乡。夫妻俩偶尔也会笨拙地做爱，但那不过是例行公事。

格丽泽尔达的来信依旧是每月一封，从未间断。她的信依旧来自世界各地，文法依旧不通顺，信封上依旧还是那些让人心驰神往的地名：加德满都、奥克兰、雷克雅未克。

格丽泽尔达和吃金属的人私奔后第十年，一天，杜克·温特斯发现岳母死在了浴室，寿终正寝。罗斯玛丽把母亲的骨灰撒在了后院。那天下着雨，德朗太太的骨灰就那样结了块，她在这世上最后的存在就这么淤积在了富贵草叶子上，或是顺着栅栏底下污秽的细流，流到了邻居的院子里。

一天晚上，从谢弗超市下班后，杜克拖着疲惫的身躯回到家中，看到罗斯玛丽瘫在卧室的床上，粗壮的大腿伸得笔直，脸上闪着泪光，膝盖处放着一捆扎得整整齐齐的信，大腿上躺着一只破破烂烂的玩具熊猫。杜克顺势躺在妻子身边，手轻轻摩挲着妻子的脖颈。罗斯玛丽抬起泪眼婆娑的双眼看着杜克，抽泣着说："你知道的吧，姐姐一直都有给我们写信。我只是不想让妈妈知道。"杜克轻声应道："我明白。""她去过好多地方，游遍了全世界。和那个男人。"杜克把妻子拉进怀里，把她的头轻轻放在自己的肚子上，慢慢晃动着身体。罗斯玛丽给丈夫讲了个故事——格丽泽尔达的故事。杜克嘘了一声，示意妻子不用再说了。他亲吻着妻子脸颊上的泪，低声说："我知道。"事实上，所有人都知道。

罗斯玛丽啜泣着，把身子埋进丈夫的怀抱。他们抱在一起，杜克亲吻着妻子的头顶，闻了闻她的头发。他们一起慢慢晃动，苦涩中带着小心翼翼的甜蜜，动作隐忍而温柔。他吻遍了她的全身。事后，罗斯玛丽躺在杜克宽大的臂弯里，小声说："那些是我姐姐的故事，不是我的。现在我们该书写自己的故事了，你说是吗，杜克?"杜克没有回应，或许他已经睡着了。

第二天一早，杜克起晚了。他走进厨房，看到妻子正在烧那些她曾精心保管的信件，就剩最后一封了。他们一起看着最后一封信烧得发黑，变成灰烬，落在水池里。烧完信后，杜克牵起妻子的手出了门。此时天色已开始放亮，大树和小草经过前一天雨水的洗礼都变得绿油油的。两人一起走着，经过邻居家，走进一个不知名的峡谷。他们穿着锐步跑鞋，拖着庞大的身躯，气喘吁吁地穿过一片艾灌丛，艰难地行走在草原之星、独行菜和向日葵之间。轻盈的孢子也因两人的打扰从植物中脱落，飘向天空。最后，二人来到一处高高的山脊，停下了脚步。他们大口喘着气，脚下是整座城市，州议会大厦的圆顶、绿树成荫的街道、北边一排排狭长的居民房，还有远处光彩夺目的奥怀希山都尽收眼底。杜克脱下法兰绒衬衫，铺在野花上，就在这蓝天下，他们俩第一次真正的水乳交融在了一起，耳旁是蟋蟀的鸣叫，眼前是随风飘散的植物孢子，身下是博伊西之巅的山麓。

从那天起，他们开始对生活感到满意，他们终于悄悄学着去了解对方。杜克把屋子里里外外粉刷了一遍，罗斯玛丽在后院为母亲立了一座墓碑。夫妻俩一起把门窗擦得发亮，还把旧衣服、排球奖杯、高中笔记本打包的打包、装箱的装箱，然后用货车统统运走了。他们开始试着减肥。我们甚至还看到他们一起散步，两人手牵手围着公园慢悠悠地走上一圈。格丽泽尔达每月寄来的信，他们连邮戳都不看一眼，就直接丢进了厨房的垃圾桶。

几年后的一天，突然传来一则消息。周日新出炉的《爱达荷政治家报》在滑稽连环画版面刊登了一则广告，宣传吃金属的人正在进行的全球巡演。广告称这场风靡全球的华丽表演即将来到博伊西，一月份就要在博伊西高中的体育馆开演了。这则广告占据了整张报纸版面，显得十分阔气。滑稽的字体中间是一位衣不蔽体的卡通女郎，宣布着令人匪夷所思的事：这位表演者吃金属从来不带重样的。就在两周前刚结束的全球巡演费城站，他吃下了一整辆福特皮卡。

“亲爱的，这也太不可思议了。”杜克一边吃着全谷干麦片和甜甜圈，一边对妻子说。

全城的人都沸腾了，简直一票难求，谁也不想错过这场精彩的表演。演出票仅仅四小时就售罄了，没买到票的人把博伊西高中的电话都快打爆了，强烈要求换个更大的演出场地。但罗斯玛丽却不想去，她不愿听，也不愿想。她向丈夫发着牢骚：“二十五美元一个人！你不是在开玩笑吧。杜克，我们就不能好好过日子吗？就不能忘了她吗？”一周后，罗斯玛丽又收到一封格丽泽尔达的来信，这回信封上盖的是坦帕市的邮戳。她把信撕成碎片，扔进了垃圾桶。

就在吃金属人在体育馆演出的前一天下午，谢弗超市的管理层向员工宣布了一个坏消息：超市月底就将关闭。他们给出的理由是：“现在人人都去艾伯森商场购物，超市已经亏损好几年了。”所有的员工都得立马卷铺盖走人。

杜克系着血迹斑斑的围裙，拖着沉重的步子走向超市的卸货区。他看到地上有个装牛奶的木箱，就坐了上去。外面下着雪，成片的雪花落在巷子里，融化了。农产品经理拍了拍杜克的背，举起一箱啤酒示意他一起喝。他们边喝边聊了聊今后的打算，尿意来袭就直接在雪中解决。后来农产品经理接到妻子的电话，说不能和丈夫一起去看晚上吃金属人的表演了。于是，经理想把原本属于妻子的票转售给杜克。

杜克嘟哝着：“我老婆，她不会让我去的。她说这太浪费钱了。”经理抱怨道：“杜克，我们刚刚都失业了，还不能任性一晚吗？”听了这话，杜克不以为然地耸了耸肩。看他这样，经理接着说：“今晚，这家伙就要表演吃金属了。听说他这次可能会吃一辆雪地摩托呢！”

最后，经理补充道：“说不定格丽泽尔达·德朗也在呢。”

博伊西高中的体育馆早早就搭建了一个舞台，用红褐色的幕布遮挡着，周围摆满了折叠椅。二十五美元的天价门票，现场还是座无虚席。半小时后，幕布吱吱呀呀缓缓升起，人们看见吃金属的人坐在台上，面前摆了一张桌子。这个男人正襟危坐在桌边，看上去五十上下，穿着黑西服，系着黑领带，里面搭着白衬衫，身材矮小却保养有方，可惜已经谢顶了，露出粉色油亮的天灵盖，周围围着一圈白发，看上去就像吃剩下的半个鸡蛋。他那灰色的双眼深深凹陷，大大的眼睛和小小的脑袋不甚相配。他就这么坐着，两手交叉搭在腿上，一副心满意足的样子。他身后那块镶满闪光饰片的蓝色幕布略微动了动，随即又停了下来。

男人迟迟没有动作，我们都等得不耐烦了，忍不住跺着雪地靴。那个不起眼的男人静静坐着，面对着一张光秃秃的桌子，头顶是体育馆单调的灯光。台下观众窃窃私语，再也坐不住了，都急出了汗。我们头顶的看台上坐着一群身穿派克大衣的观众。

外面下着大雪，学校停车场里的小货车和手推车上都积了厚厚的一层雪。空气中有股腐烂泥土的味道，整个场馆弥漫着烦躁的气息。突然，一个婴儿大哭起来；折叠椅也开始骚动，虽然椅脚上都裹着橡胶，但还是把硬木地板蹭得嘎吱作响；雪地靴更是失去了耐心，使劲儿跺着地上画着的三分线。

我们仔细打量着手中的传单，字体很夸张，还故意排成了出血版的样子，已达到惊世骇俗的效果：见过吃金属的人吗？小到废弃的罐头，大到一整个舷外发动机，都是他的胃中之物——口味挑剔的他，同样的东西从不吃两遍！台上这位身材矮小的男人竟有这样的本事！真叫人难以相信。这时，杜克和农产品经理一起走了进来，他们在后面找了位子坐了下来，两个大胖子就差没把椅子压垮了。

随后，男人身后闪闪发亮的蓝色幕布缓缓拉开，舞台后走出来一个女人——毫无疑问就是格丽泽尔达。格丽泽尔达穿着亮闪闪的高开叉礼服，露出长长的腿，踩着恨天高走了出来，鞋跟细得堪比针眼——她是怎么做到的，穿着这样的鞋子还能站立甚至走路？——两条细长腿像模特般走着猫步，身上的礼服光彩夺目，让人为之疯狂。台下有几个男观众吹起了口哨。格丽泽尔达身材高挑，举止优雅，步履轻盈，走起路来就像一头长颈鹿。她眼如秋水，长发在脑后梳成一缕一缕的，像拿老虎钳烫过似的。她那纤纤玉指推着一辆手推车，在凹凸不平的地板上缓慢前行，最后停在男人身边。

格丽泽尔达往男人身边一站，吃金属的人就显得更矮小了。绚丽的礼服藏不住格丽泽尔达呼之欲出的酥胸，露出她那柔软而幽深的事业线。她从手推车上拿起一块白色餐巾，在男人光秃秃的油头上方展开，猛地将餐巾撕开，低下身子，把餐巾系在男人的脖子上。随后，她又依次从手推车上拿出一把黄油刀、一把叉子和一个铁盘。先是刀叉相互碰撞，发出清脆的响声——向观众证明这些都是真材实料——然后她又用刀叉在盘子上敲了敲——证明盘子也是金属做的。最后她把刀叉和盘子在桌上摆放整齐。

吃金属的人面对着桌上的餐具，终于有点坐不住了。格丽泽尔达风情万种地转了个身，推着手推车往后台走去，高开叉礼服下，古铜色的大长腿闪着耀眼的光泽。随着手推车叮当远去，最后归于安静，格丽泽尔达也消失在了亮闪闪的幕布后面。舞台上，只留下吃金属的人一个人坐在桌旁，头顶的灯泡嗡嗡作响，撒下一片白光。

男人今晚会吃什么呢？格丽泽尔达会呈上什么可怕的金属大餐呢？是电锯还是办公椅？报纸上说他曾吃下一台割草机，吞下一架赛斯纳飞机的机翼，他是怎么做到的？格丽泽尔达会在他的餐盘里放些什么呢？一根钉子？一枚剃须刀片？一个小图钉？我们花二十五美元可不是来这边人挤人，看这个矮子吃图钉的。农产品经理抱怨说，如果杜克老婆的亲姐姐十分钟内还不上台，他就要去把门票钱退回来。

吃金属的人坐在台上，脖子上系着餐巾，满脸得意。他用他那粉色的小手拿起面前的刀叉，把餐具头朝下竖在桌上，像个等晚餐等得不耐烦的孩子。随后，他看似不经意地突然做了个惊人之举：他拿起餐刀吞进嘴里，刀顺着他的喉咙往下滑落，然后他闭紧了嘴巴。男人就这么坐着，盯着眼前的观众，显得体面而平静。有些观众来不及反应，完美错过了这场视觉盛宴，他们身旁的兄弟和叔叔们紧张得直拉他们的袖子，而他们此时能做的只有惋惜地摇摇头。见到这情景，吃金属的人嘴角露出一丝微笑。他全身静止，只有喉结在动。他的喉结很诡异地上下左右抽动着，像被铁链拴住脚踝的猴子，浑身的劲儿使不出来，在那乱发脾气。

吃完了餐刀，吃金属的人又开始吃叉子，他把叉子塞进喉咙，一边吞咽着，一边用手把盘子对折了两次。男人的喉咙极度扭曲，肩膀却纹丝不动。接着，他又把盘子放进嘴里，用一根手指使劲把它塞进喉咙。他的喉结剧烈抽动，整个喉咙被金属塞得鼓鼓囊囊，大约半分钟后，突然一松，又恢复了原来的平静。吃金属的人解开脖子上的餐巾，擦了擦嘴角，站起身朝观众鞠了个躬，然后把餐巾扔向第一排的观众。

人群里慢慢响起掌声，起初只有坐在后排的农产品经理和其他几位观众鼓了掌，后来全场观众都反应过来，爆发出雷鸣般的掌声。我们发了疯似地狂叫，鞋跟狠狠跺着地板。“太棒了！这家伙简直神了！”农产品经理不停地狂叫。

喝彩渐渐平息，三个系着多功能安全带的彪形大汉匆匆上台，把桌子抬了下去。掌声散去，体育馆顶部的灯一盏接一盏灭了。越来越深的寂静中，灯渐渐失去温度，关灯的咔嗒声也越来越清晰。最后，全场只剩下门上方红色的安全出口指示灯还亮着。

这时，一盏蓝色的聚光灯突然打开，一束光从天花板垂落，正对着舞台中央，光束中站着一个高高的身影，全身穿着镀金铠甲，头上戴着面罩头盔，顶上还粘着一撮鸵鸟毛。突然，又一盏聚光灯打开，一束黄光亮起，正对着吃金属的人，他在铠甲女神身边静静站着，像个衣着讲究的乡下小矮人。他搬了张凳子，面向观众，蹲在上面，从西服口袋里掏出一把圆头手锤，在手中快速转动。然后，他从铠甲女神身上取下一片护胫，对折一次，放在地上，用锤子敲平后再对折一次，再敲平，这才把那块金属塞进嘴里。他蹲在凳子上使劲吞咽着，看上去安然自得，只有喉结在剧烈抽动。蓝色的光束下，铠甲女神露出一条修长的小腿和一只光脚丫子。

不到一分钟，吃金属的人就吞下了那片金属护胫，很快，他又把目光移向了另一条腿。“他想干吗？他是来真的吗？”农产品经理一边摇着杜克的肩膀，一边小声犯着嘀咕。观众的情绪被台上的表演带得越来越亢奋，吃金属的人每取下一块铠甲，台下就报以热烈的掌声。吃完了小腿的，他又开始吃大腿的，当大伙儿认出那黝黑粗壮的腿属于格丽泽尔达时，全场都忍不住站了起来，我们狠狠跺着地板，大声笑着、叫着，沉浸在演出中无法自拔。吃金属的人还在继续，随着喉结疯狂地抽动，一块块金属铠甲被他吞入腹中。

不到二十分钟，吃金属的人就基本吃完了整套铠甲。他站在凳子旁，细嚼慢咽地吞下第二块臂铠。现在就只剩下一顶头盔和一大块胸甲了。格丽泽尔达高举双手，手心朝上。事实上，她全程都保持着这个姿势。我们用力跺着地板，节拍配合着男人的每一次吞咽。

用力吞下最后一块臂铠后，吃金属的人把凳子挪到格丽泽尔达身后，爬上凳子，站了起来。见到这情景，观众忍不住又跺起脚来。他双手举过头顶，轻轻解开女人头上的鸵鸟毛，任凭羽毛飘到两人身前，落在地上。然后，男人用他灵活的手腕和手指迅速摘下女人的头盔，一头橘色的长发散开。

此情此景让我们陷入了狂喜，叫着、笑着、吹着口哨。吃金属的人爬下凳子，把头盔放在地上，抬起一只锃亮的翼纹皮鞋，把头盔一脚踩扁。他把扁扁的头盔又对折了一次，再敲平，然后放进嘴里，用牙齿狼吞虎咽起来。他花了两分多钟才把头盔吃下去，最后完成的时候，全场都沸腾了，震耳欲聋的欢呼声几乎要把这座旧体育馆的椽木给震下来。农产品经理紧紧抱着杜克，满脸泪水地大叫着："这场表演真是精彩绝伦，让人大开眼界啊！"

吃金属的人又爬上凳子，用尽全身力气展开四肢，双手顺着格丽泽尔达的双臂摸过她的二头肌、她的肩膀，一直摸到她的胸甲下。他解下格丽泽尔达的胸甲，举在她胸前，举了很久很久，久得让人心烦意乱。最后，他把胸甲高高举起，举过两人的头顶。蓝色聚光灯下，格丽泽尔达美得连灯光都颤抖了起来。我们看向格丽泽尔达，视线顺着她宽大而平坦的小腹，转向她的肚脐、她的胸，最后停在她张开的双臂上。真是上帝的杰作啊！格丽泽尔达像一座大理石雕像般站在舞台上，蓝色的灯光衬得她魅力四射。在观众热烈的欢呼声中，吃金属的人把这最后一块金属反复折叠、敲打，直到能塞进嘴里，最后一口吞下。这时，系着多功能安全带的壮汉再度上台，用一件红色的和服把格丽泽尔达裹了起来，抬下舞台。

演出结束，喧嚣渐渐平息。观众还意犹未尽，一次又一次要求表演者上台鞠躬谢幕。体育馆的灯一下子全亮了，那几个壮汉已经在那儿拆卸舞台了。杜克坐在椅子上不停摇头，全身都被汗水浸湿了。他拿起宽大的羽绒服穿好，站起来，踉踉跄跄走向被车灯照得雪亮的停车场。他拖着步子，踩着新雪，走在泥泞的路边。

停车场后方，一辆挂拖车的十八轮大卡车轰轰作响，雨刮器在挡风玻璃上慢慢划动，行驶灯的黄光从上到下，从前到后，将卡车驾驶室和后面的拖车照得雪亮。卡车周身被喷上了夸张的绿漆，绿漆上吃金属人的标志皎如日星。看到吃金属人的车，杜克想都没想，下意识地走过自己的车，走向停车场后方，敲了敲驾驶室的车窗。

开门的是格丽泽尔达，她靠在半开的车门上，一只脚踩在踏板上，弯着腰，把头探出车外。橘色的秀发下是一张似曾相识的脸，她看上去就像高一些的罗斯玛丽。她斜视着杜克，表情和罗斯玛丽思考问题时一模一样。杜克向她做自我介绍："我叫杜克·温特斯，我知道你的一切。"他顿了顿，笑了。“方便到我家喝点什么吗？茶、啤酒、什么都行。”他接着说，“我觉得，你应该见见你妹妹。这样好歹今天还有些好消息，我今天刚失业。”他努力挤出一丝微笑，但脸看上去更像是在抽搐。格丽泽尔达笑着说：“好，但要等卡车装完货才行。”

于是，午夜过后，杜克·温特斯开着车回家了。雪天的夜晚，街道异常安静。他驾着车小心翼翼地行驶在博伊西北部的居民区，离后保险杠不过几英寸的地方跟着一辆华丽的拖挂车的卡车。卡车驶过街道，车顶惊动了路边的树枝，连树上的积雪都抖落下来。

罗斯玛丽是被街上传来的刹车声吵醒的，她听到脚步声在自家门前停下，有人在低声说话，冰箱门砰的一声打开。她从床上坐起身来，看到杜克在客厅里欢呼雀跃，地毯上留下一串雪迹。他面色潮红，头发被汗水打湿了，看上去溜光蹭亮。还没来得及脱下连指手套，杜克就忙不迭地把双手搭在妻子肩上，轻声说：“老婆，你醒啦？猜猜谁来看你了？”他突然大叫：“你肯定猜不到！”

杜克抓起老婆的手腕，把她从被窝里拽了出来。罗斯玛丽顶着一头蓬松的卷发，只穿了紧身T恤和绿色运动裤。杜克牵着老婆走到客厅，然后一路踩着地上的雪迹，来到厨房门口。此时，罗斯玛丽终于看到了格丽泽尔达。她就坐在餐桌旁，高挑的身形加上那件红色的和服，整个人看上去光彩夺目，她的手紧紧握着身旁的矮个子男人，男人穿着黑色花呢西服，神色尴尬。餐桌上，两人面前各摆了罐还未开启的啤酒。

罗斯玛丽简直没法直视姐姐，格丽泽尔达是那么的耀眼，而这厨房是这么的破败：操作台面开了裂，橱柜的贴面也剥落了，一盒甜甜圈早已发臭，塑料罐里一棵蔫儿了的喇叭花无力地垂下，窗台上摆了个陶瓷做的圣诞老人，几星期前就该扔掉了。月光透过窗，照进厨房，在地面形成一个平行四边形。水槽里留着一只没洗的碗，里面还剩半碗黏糊糊的麦片粥。

杜克从妻子身边挤过去，进了厨房。他似乎很激动，大惊小怪地抽抽着，甚至跳了起来，夹克衫下的大肚腩不停起伏。他突然开口，滔滔不绝地讲了起来：“这是你姐姐，这是她丈夫吉恩。你真该去看看今晚的演出，罗斯。他们的表演简直太精彩了，精彩得让人难以置信！罗斯，你和你姐姐，我想你们应该好好谈谈，这可是她二十年来第一次回家！她说她给你写过信。他们能来简直太好了，不是吗？他们的卡车就停在外面，他们竟然就住在一辆卡车上！要是你们不喜欢啤酒，我们还有茶。”

罗斯玛丽注意到厨房的窗边聚集了许多人，大约有二十多位邻居都赶来凑热闹。我们艰难地穿过草坪，围着吃金属人的卡车驾驶室仔细研究了一番，又挤到客厅的窗边往里偷看。格丽泽尔达问起罗斯玛丽是否收到她的来信，罗斯玛丽不情不愿地点了点头。格丽泽尔达又称赞起水池上方的新灯具，罗斯玛丽始终没说话，只是盯着地板上一只拖泥带雪的鞋印，看着它一点一点化成水。

杜克跌跌撞撞地在厨房里乱转，把冰箱翻了个底朝天，最后给客人端上了一份熏香肠面条沙拉，还往妻子手里塞了罐啤酒。他指着吃金属的人，骄傲地对妻子说：“他的胃里装着一整套铠甲呢。而此时此刻，罗斯，他就坐在这儿，坐在我们的厨房里，是不是很神奇啊！”

罗斯玛丽光着脚，浑身僵硬地站在厨房门口。她的姐姐、她的丈夫、吃金属的人、偷看的邻居们，还有门外那辆十八个轮子的大卡车，所有的一切都在她眼中模糊了。她眨了几下眼睛，手中的啤酒罐一片冰冷，厨房瓷砖上残留的雪融化成了水。

罗斯玛丽走进厨房，把啤酒放在餐桌上，从水槽下的架子上撕下一张纸巾，擦了擦地上的鞋印。看着纸巾吸着灰色的水渍，她再也忍不住了：“我和杜克，我们结婚十五年了。你知道吗，格丽泽尔达?”她很高兴自己说这番话时没有哆嗦。

她站起身，靠在餐桌上，攥紧拳头，手中湿漉漉的纸巾早已变得皱巴巴。她说：“你知道妈要抱着你的排球奖杯才能入睡吗？你知道她走后我们把她的骨灰撒在了后院吗？你知道吗？我的工作就是整天给笨重的亚麻布染色，然后把染好的布绕到卷轴上，就像妈妈那样。我们上学的时候，她也是这样工作的，天天如此。”

她抓住杜克的手，握在手心，说：“以前，我想一走了之，想离开博伊西这个鬼地方。但是这里……”她指了指厨房、那剩下的半碗麦片粥、喇叭花和圣诞老人，接着说：“这里至少能生活，好歹算个归宿。”

听了妹妹的话，格丽泽尔达哭了，像是低语般小声啜泣起来。罗斯玛丽没再说下去。四个人围坐在桌旁，厨房顶上，布满灰尘的灯洒下一片悲伤。此情此景，无论她再说什么，也都无济于事了。罗斯玛丽走向吃金属的人，抓住他的手腕，把他赶出了屋子，赶到大雪里。她大喊了一声，对着十八轮大卡车，对着月光下耸立的丘陵，对着此刻站在她家草坪上的所有人。她指着吃金属的人尖叫着说："快来看，他就在这儿，你们都给我瞧仔细了。好好看看他。"她的声音近乎歇斯底里："你们都觉得他吃金属很难？可他的日子过得有我难吗？有你们难吗？你们都觉得他很了不起？那就好好看看他吧！"

记忆中，我们当时谁也没有看吃金属的人，而是把目光都投向了罗斯玛丽本人：她的头发在头上打着颤，仿佛一团燃烧着的火焰。她挺直了腰板，胸前不断起伏——俨然力量与愤怒的化身。在这雪夜，她赤着脚，只穿了T恤和绿色运动裤，对着我们怒吼，整个人就像要炸裂一般。格丽泽尔达冲出门，拉起吃金属人的手臂，一起回到了卡车上。杜克也把妻子拖回了屋里，猛地关上门，灭了灯，窗帘也给拉上了。看着那辆巨型卡车点了火，轰隆隆开走了，我们也都踩着雪，陆续回了家。最后，夜晚终于安静了下来，只有从丘陵吹来的雪飘落在我们的窗户上发出的轻微声响。

街上突然传来一声大叫。听得人心猛地跳到嗓子眼，脑袋一下充满了血，久久不能平静。格丽泽尔达依旧每月一封信，罗斯玛丽和杜克继续过着他们的小日子。杜克在一间牛排餐厅找了份烧烤厨师的工作，罗斯玛丽从一位已故同事那儿继承了一头小猎犬。那段时间，博伊西城发展很迅速，不断有新的人涌进，他们在丘陵上建起大厦，他们根本不知道那儿曾有过一家谢弗超市。

有时候，春天里，我们散步时会经过罗斯玛丽的小屋。她就坐在门前的台阶上，拿着《政治家报》做猜词游戏。她咬着铅笔头，努力思考着，杜克则躺在一旁的椅子上呼呼大睡，那只猎犬就躺在两人腿间，盯着我们。每当这时，我们总会和身边的人说起格丽泽尔达的故事，一边说一边比划，一边说一边沿着陡峭的山路爬到山顶。在那里，我们能看到连绵不绝的群山，高低起伏，层峦叠嶂，在太阳的照射下熠熠生辉，就这么一路延绵至天堂。

（王亚男　译）

七月四日

到七月四日的时候，事情已经无力回天了。那几个美国佬去涅里斯河钓最后一次鱼。他们在巴拉顿纳旅馆门口上了一辆无轨电车，和那些神情冷漠的立陶宛人肩挨着肩挤在一起——有脸上汗毛茂盛的老女人，有闷闷不乐系着窄领带的男人，还有一个穿着迷你裙戴着一串鼻环的年轻女子。美国佬们都穿着橡胶防水连靴裤，把竹制的鱼竿伸出窗外以免折断。电车沿着皮利斯大街开，一路上经过很多卖蔬菜的货摊和装有遮阳棚的小商店，在驶过海角上的大教堂和城堡底下的钟楼后，电车嘎嘎嘎地停靠在了扎里亚西斯桥。美国佬们迫不及待地下了车，顺着桥拱下一片光秃秃的没有一棵草的斜坡一下滑到河边，河水猛烈地拍打着两岸的混凝土堤坝。他们沿着鹅卵石路四散开来，把面包块固定到鱼钩上，然后把鱼钩甩进河里。

中午时分，他们放下鱼竿，垂头丧气地坐在人行道的石头上，没有一个人说话。过了一会儿，那个每天中午准时出现在河边的长腿女老师果然带着她的学生们又来了，那帮美国佬免不了又要被嘲讽了，都一个星期了，孩子们每天都指着他们的鼻子，管他们叫大傻瓜。

这些都是后话，还是让我们回到故事的开头吧。

要想知道故事的根源，就得回到美国的曼哈顿，从那儿的一家钓鱼俱乐部讲起。那是一家传统守旧的俱乐部，里面的扶手椅都是真皮的，茶水壶都是黄铜的，墙上装饰着枪鱼标本，大家说话的声音都很小。那些美国佬都是退了休的产业工人，他们全都是这家钓鱼俱乐部的会员。此时他们在吧台前面坐成一排，正小口地吃着天妇罗，喝着伏特加马提尼。在他们身后，是一群英国的钓鱼爱好者，他们一边大口喝着玛格丽特，一边讽刺着美国佬的钓鱼技术。好戏就要开场了。很快英国佬就绕着台球桌跳起了木屐舞，一边骂骂咧咧说着讽刺美国佬的脏话，一边还不忘炫耀一下他们最近捕捞鲨鱼的成果。美国佬一开始还强忍着继续蘸着酱吃他们的天妇罗，可到最后终于还是忍无可忍大爆发了。

要想激怒英国人再简单不过，按套路出牌即可：喝一口龙舌兰，重提一下马歇尔计划，再八卦一阵女皇的性别和首相的枕边逸闻。走完这一整套流程，事态便上升到了挑衅的高度，于是一场对决就这么拉开了序幕：英国佬对阵美国佬，旧世界对阵新世界。

比赛规则是这样的：角逐将分洲进行，每个洲以一月为限，率先钓到最大淡水鱼的一方胜出，而输的一方就得举着“我们不会钓鱼”的牌子在纽约时代广场裸奔。第一站是欧洲。比赛马上开始。

早上，那些宿醉的美国佬吃着香肠，喝着血腥玛丽，开了个会，讨论该去哪里钓鱼。有人提出，海明威去西班牙钓过鱼，但是又有人说海明威是去德国而不是西班牙钓的鱼，而且他一条鱼也没钓到。还有人说罗斯福总统曾经在威尼斯的运河里钓到过一条十五磅重的太阳鱼。听到这话大家一下子都安静了下来，纷纷在脑中勾画起这样一幅画面：矮胖的罗斯福使出浑身解数将一条井盖那么粗的鱼弄到摇摇晃晃的贡多拉小船上，阳光肯定还特刺眼，反射在他其中一块眼镜片上，模糊了他的视线，增加了动作难度。最后，他们接到一个电话，是里昂比恩户外用品店的一个小伙打来的，他告诉他们可以去芬兰的驯鹿岛试试。小伙打着包票说：“两个礼拜，你们准能钓到大鱼。”

在赫尔辛基的头几个晚上，美国佬们天天喝着法国白兰地，往美国打价格昂贵的跨国电话，还时不时和旅馆的女服务员调调情。他们交给旅馆服务员一张购物清单，上面列着他们要买的东西：瑞士燕麦坚果能量棒（十三箱）和挪威伏特加（三十六瓶）。

他们先是坐上了一辆开往北方的火车；接下来又坐上了一辆年代久远的公共汽车，座位上铺着紫罗兰色的天鹅绒软垫；最后他们上了一艘船舱里湿嗒嗒的船，以每小时四十英里的速度顺着一条黑色的河逆流而上，来到了拉普兰德的一片银色沼泽地。船还在继续前进，四周越来越荒凉，一点儿声音都没有，湿气却很重。河流两侧是浓密到难以穿越的灌木丛，两只毛发杂乱的熊在河畔的冰碛石上走着。美国佬们靠在船头的栏杆上，好像有点晕船。

船长把船停靠在一个破破烂烂的船坞旁，船坞的后面是一个废弃的淘金人住的小屋，小屋的窗上装着铁丝网，屋顶还有一个歪斜的烟囱。他把美国佬的野营装备和钓竿套丢到岸上，便调转船头呼啸而去。美国佬站在摇晃的船坞上，拍打着身上的蚊子。天上突然下起雨来，乌云是从峡湾那边飘过来的，飘着飘着这雨就下到了河上。瞬间天气变得阴暗而昏沉。

雨下了整整两周，每天晚上，当美国佬们浑身湿漉漉地回到那个四面漏风的小屋时，都冷得瑟瑟发抖，也顾不得穿的是戈尔特斯防水服了，就用袖口一个劲地擦着鼻子。一回到小屋，他们就赶紧脱下防水连靴裤，抓过羊毛衫捂在自己潮湿的胸口上。整整十四天了，他们天天就吃这些：烤焦的鲑鱼肉串，燕麦坚果能量棒，喝一瓶又一瓶的挪威伏特加，伏特加看上去晶莹剔透，喝下去却火辣辣的。外面，毛毛雨还在下，丝毫没有要停的样子，水位在不断地上升，河水也越来越浑浊，泛出了茶色。

他们钓到几百条一英尺长的鲑鱼——没有更大的了。美国佬们一个个浑身湿透，脑袋生疼，面色铁青，可他们还是坚持每天从黎明钓到黄昏，忍受着时间的煎熬和周围成群的蚊子。两周就这么结束了，他们钓到最大的鱼是一条十三英寸长的鲑鱼，他们给鱼拍了照，然后迅速取出内脏。

船长来接他们出去时，随船还带了一名驯鹿牧人，他穿着皮草，围着一条苏格兰格子花呢的围巾，操着一口支离破碎的英语。牧人说如果他们想钓大鱼，应该去波兰，那里有个叫比亚沃耶扎的野牛保护区。他告诉美国佬：“那儿有很大很大的鳟鱼。”说着还用手比划了一下大小。

回到在赫尔辛基，美国佬们一边吃着带骨眼的西冷牛排和多力多滋玉米片，一边重新部署下一步的行动计划。服务员递给他们一个信封，里面是一张拍立得，照片上的英国佬们提着一串虹鳟，每条都超过二十四英寸，银色的鱼身在相机的闪光灯下闪闪发光。照片的背景是熠熠生辉的埃菲尔铁塔，在六月的日光下，是那么的耀眼，可看在美国佬的眼里，却是那么的刺眼。

还剩十四天了。

未被吓倒的美国佬们决定前往波兰，但由于飞机席位超额预定，他们不得不分两批搭乘德国汉莎航空公司的飞机来到华沙。他们拖着沉重的脚步走出华沙海关，一个看上去很粗鲁的计程车司机在机场外和他们搭讪，领他们上了一辆日本产的厢型计程车。“啊，你们要去比亚沃耶扎野牛保护区呀。”他点点头，靠在座位上，眨了眨眼。“要知道，那地方可有些危险啊。危险啊危险。”

他又眨了眨眼，关掉计价器，重重地踩了一脚油门，车子一下子冲了出去，驶上了一条脏兮兮的土路，蜿蜒曲折好像迷宫一样。一片片湿漉漉的树林从他们眼前闪过，有细长的白桦树，也有高大的橡木树，树林间隔着一片片田野和一幢幢灰色的小屋。计程车停下来的时候天已经快黑了，他们停靠在一棵茂盛的角树下。司机拉开门，把他们的钓具扔到地上，说一周之后会来接他们，到那时他们应该已经钓到大鱼了。说完他又眨了眨眼，一副神秘兮兮的样子，然后开着计程车走了，溅起一路的小石子。

美国佬们开始徒步前行。那是一片泥沼地：平坦，潮湿，很肥沃的沼泽，里面有一丛丛的云杉树，地上还有腐烂的圆木，每一脚踩下去都是脏兮兮的感觉。穿过泥沼，展现在他们面前的是一大片森林，就好像一块绿黑相间的海绵；树干上长满了菌类，昆虫在灰色的树顶上盘旋。

美国佬们大声咀嚼着能量棒，翻过几道篱笆，第一道是横木篱笆，最后一道是铁丝网围栏。黄昏时分，他们到达了河边，黑色的河面上飞舞着成团的小虫子，几乎把整条河都遮住看不见了。他们在几棵被风吹得嘎嘎乱响的酸橙树下搭起了帐篷，一尾尾硕大的鳟鱼在他们的梦里欢快地跳跃着。

突然，他们被几头北美野牛惊醒了，黑色的牛鼻子拱破了帐篷的网格窗户，它们的呼吸中散发着迷迭香的气味。一群毛发杂乱头上长角的野牛正在河边反刍，嘴边淌下绿色的唾液。美国佬们拉开拉链钻出帐篷，发现一个穿着短裤的野牛牧人正在翻看他们的装备。

那个野牛牧人有一杆自动步枪，而且油盐不进，想通融都没辙。他坐在白俄罗斯边防站外面的一把长椅上，一边吃着被充公的能量棒一边等着。与此同时，带着头盔的警察打开了美国佬的钓竿套，冲着飞钓盒端详了好一会儿，然后把他们的钓鱼工具统统倒了出来。作为审讯的一部分，一名穿着充气篮球鞋的小个子队长向这些呆若木鸡的美国佬问了一些有关职业篮球的问题：帕特里克·尤因有没有结婚？美国裁判对三秒违例是不是吹得很严？美国人买一双内置气垫的篮球鞋要花多少钱？

他似乎对答案很满意，点了点头，把一只鞋子的气放了又再充上。可末了对着他们的钓鱼工具做了一个手势说："这些都得没收。"

"可我们来这儿只是钓鱼，钓鳟鱼。"美国佬们不甘心。

"哦，是吗？"队长点点头，给他的另一只鞋子也重新充了气。"哦，没错，在别布扎拉确实有鳟鱼，而且还是大鳟鱼。"他对手下说了些什么，他们异口同声地重复了一句"大鳟鱼。”还用手比划了一下那鳟鱼有多大。

可说来说去，那个小队长还是摇了摇头，开口道：“美国人不可以在这里钓鱼，那是非法的。以前沙皇在这里捕杀野猪，在沙皇之前，波兰的国王，立陶宛的王子，他们也都过来这儿捕猎野猪。”

“可我们没有捕杀野猪，我们甚至都没钓上鱼，我们一直都在睡觉。我们以为我们在波兰。”美国佬赶紧为自己辩解。

“要不这样，你们跟我们比一场篮球赛，要是你们赢了我就把东西还给你们。”说话间，小队长已经摘下了他的头盔。

在边防站的后面有一个土球场：铁丝网做的篮网，胶合板做的篮板。那些白俄罗斯人解开了他们的警服腰带，开始进行赛前热身。比赛一开始，他们就一次次从两边底线成功切入篮下，跳投出一粒粒漂亮的高抛弧线球，接着他们又施展出完美的掩护转身挡切战术。最终他们以四十分的大比分优势战胜了那些稀里糊涂的美国佬。赛后，那些白俄罗斯人把他们的小个子队长扛在肩膀上，对着他唱起歌来。坐在长椅上的野牛牧人又撕开了一根能量棒，心满意足地欢呼着。

浑身是汗的美国佬们被送上了一辆公共汽车，汽车的挡风玻璃上都是裂缝。“这车会送你们到罗兹市，回波兰去吧，那里风景特别好。”小队长已经穿上了刚赢来的戈尔特斯防水服，一边拉着一个线头，一边跟他们告别。

在去罗兹的半途中，汽车的挡风玻璃掉到了司机身上，整辆车猛地冲向一个排水涵洞，翻倒在一边，乘客们从车顶的天窗里爬了出来，蹲在路边，周围是一片鼠李木。天开始下雨了，那几个美国佬坐在一堆湿乎乎的人群中，他们的袜子都能挤出泥浆来了。

几个小时之后，他们搭上了一辆高速行驶的平板卡车，车上装满了塑料筐，里面是即将送往斯洛伐克屠宰场的肉鸡。美国佬们坐在肉鸡中间瑟瑟发抖。波兰南部的景色在他们眼前飞驰而过：摇摇欲坠的公寓楼，蜿蜒的道路，生锈的水箱，饱经风霜的教堂尖顶，干草堆，被淹没在锯齿草丛里的苏维埃坦克残骸。所有的一切都象征着随意而杂乱的波兰式忧郁。当他们到达克拉科夫的时候，全身没有一处是干的，肚子也唱起了空城计。那些皮肤黝黑的波兰人，穿着丝绒的慢跑运动衣，叼着烟，坐在街角，机警地怒视着那群美国佬。

美国佬们非常气馁，还有十二天了，可他们的钓鱼工具都被没收了。他们在克拉科夫的一家麦当劳里擤着鼻子，挤作一团，中学时学过的那一幕幕历史画面在他们脑海中浮现：

康沃利斯投降，革命圣地福吉谷，波士顿倾茶，还有战士们为了共和国的胜利不惜拖着流血的双脚在雪中跋涉的场面。“我们现在不可以放弃。”他们喃喃自语道，拿起手中的麦乐鸡沾了沾无味的酱料。

黎明的天空是蓝色的，昨晚梦见了华盛顿、韦恩、班扬和巴尔博厄的美国佬们，此刻又对自己充满了信心：用十一天时间来打败那些土包子英国佬绰绰有余。他们用万事达信用卡预支了一些现金，购买了橡胶防水连靴裤、竹制钓鱼竿、日式鱼钩和三卷单丝粗鱼线。在户外用品商店，一个波兰人极力推荐他们去波普拉德斯格湖钓鱼，就一个小时的路程。“那可是钓鱼最好的地方，可以疯狂地钓鱼——你们可以钓到从明尼苏达州进口过来的北美狗鱼。”他讲得眉飞色舞的，还用手比划了一下湖里的北美狗鱼能长到多么惊人的长度。

当天下午，美国佬们就搭了一辆巴士，来到喀尔巴阡山，山顶延绵起伏，山体呈孔雀绿和芥末黄。猎鹰在云杉上空翱翔，微风送来冰川上康乃馨的芳香。美国佬们相视而笑，重新感受到了希望的喜悦。下山的路虽然崎岖但并不难走，路的尽头是一家舒适的湖边旅馆。

这里——他们用力拍打着彼此的背——可是钓鱼的好地方。这是一家颇有档次的山中旅馆，壁炉上放着一只山猫标本，水晶花瓶里插着龙胆草，穿着白色围裙满脸微笑的斯洛伐克女服务员，把他们领进了铺满地毯的房间。他们刮了胡子，洗了澡，在有顶篷的露天平台上举杯畅饮，头顶上环绕立体声扬声器播放着断断续续的弦乐四重奏，美国无线电公司巨大的家庭影院屏幕上重播着美国橄榄球超级杯大赛。

暮光中，美国佬们带着杜松子酒和汤力水，去湖边租了几条天鹅外形的脚踏船。他们把夜钓用的大蚯蚓鱼饵装在鱼钩上，然后抛下竹制鱼竿，喝着小酒，对着那些踩着脚踏船从他们中间经过的情侣们点头示意，所有人都出了神，迷失在了橘红色的黄昏里。

三天来，他们每天都踩着天鹅脚踏船在湖里钓太阳鱼，他们想要钓大鱼，可惜钓到的最大一条身子也就主菜盘那么粗细。美国佬把那些鱼都放生了，看着它们在船正面天鹅胸脯处的玻璃丝上一个劲地扑腾，直到跌落水面重获自由。美国佬们知道波普拉德斯格湖里确实有北美狗鱼，因为旅馆的女服务员给他们看过照片，可惜的是那些狗鱼就是不上钩。

六月二十七号那天，他们在一个浅滩用乐伯乐钓竿第一次钓到了一条北美狗鱼，他们在那片水域抛钩不下五十次才钓到的。那条狗鱼很大，大约有三十五英寸，鳃是淡绿色的，鳍是红褐色的。美国佬欢呼雀跃地用一只酒瓶底把鱼敲晕，然后又精神饱满地继续钓鱼。

还剩一周时间，美国佬钓到了一条四十一英寸长的狗鱼，正在兴高采烈地把鱼拖入船内。这时，一辆联邦快递货车开进山谷，他们看着那辆货车停在了旅馆门口。一个身穿紫色连衫裤工作服的司机小跑到湖边，向他们挥手，让他们签收了一盘录像带。

美国佬把录像带塞进旅馆的放映机，超大尺寸的荧幕上出现了那几个英国佬的脸：他们胡子拉碴的，身上都是蚊子块，像是围拢在一艘锈迹斑斑的平底船的船尾。镜头拉进，停留在一个蹲着的英国佬身上，他刚刚从漆黑的河水里钓到一条超大的鲑鱼，他的手完全消失在那条鲑鱼的鳃腔里。那庞然大物，大得让美国佬们直犯恶心：惊人的下巴，黑色纽扣般的眼睛，下垂的肚子和硕大无比的尾巴。一个美国佬结结巴巴地说：“这条鱼有一个一年级小孩那么大。”

画面外是英国佬们滔滔不绝的嘚瑟。画面又推近了，定格在那条大得离谱的鲑鱼身上，停留了好一会儿，看得美国佬们忍无可忍。最后，镜头平移，美国佬们惊恐地认出了那个破烂的船坞——铁丝网窗户，歪斜的烟囱，不就是驯鹿岛上那个淘金人的小屋么。画面以一种原始的、超现实主义的清晰度呈现在他们眼前，绝对错不了。美国佬们坐在那儿，惊恐万分，环绕立体声里传来一阵阵英国佬对他们刻意的侮辱与明显的挑衅。

这回波士顿倾茶事件也救不了他们了。美国佬们笼罩在一片愁云惨雾之中，怎么也无法抹去刚才那骇人的一幕，此时此刻，那条体型严重超标的鲑鱼比他们周围任何一件事物都要真实，不管是壁炉上落满灰尘的山猫标本，还是窗外不远处的湖泊。这是第一次他们认真考虑在时代广场裸奔的事情，白花花大腿上的鸡皮疙瘩，硌脚的粗糙路面，还有看热闹的欧洲人发出的讥笑声，他们可是专程扛着相机来纽约，为的就是想看看美国这个新世界。太丢人了，丢脸丢到家了。在整个波兰恐怕再也找不出比那条鲑鱼更大的北美狗鱼了，他们得回芬兰，说不定还得坐火车去挪威，进到深山老林里去。这些想想就让人反胃。

美国佬们垂头丧气满脸沮丧地回到克拉科夫，在公用电话里和汉莎航空公司的一个工作人员起了争执。“赫尔辛基遭恶劣天气影响，有雷暴雨，飞机都不敢往那儿飞了。”工作人员解释道。他说他可以设法让他们先去立陶宛的维尔纽斯，那是目前能飞的距离赫尔辛基最近的地方了。

于是他们飞去了维尔纽斯。午夜时他们在一家旅馆办理了入住手续，在酒吧点了炸土豆片，然后服务员用精致的瓷盘子装着送到他们房间里。黎明时分，他们又给那个汉莎航空的工作人员打了个电话：今天还是没有去赫尔辛基的航班。前台的女孩说起英语来非常害羞，娇小的身材可爱得就像一个立陶宛娃娃，她拿出一张卡通地图，指着涅里斯河说：“你们想要钓鱼，可以去这儿，就在维尔纽斯。”

他们坐上一辆无轨电车，前往冯吉思公园，一路上开过很多混凝土结构的公寓楼，楼宇间的空地上一片萧条，索然无趣：丛生的杂草，开裂的人行道，还有刺眼的垃圾，有奇巧巧克力的包装袋，百事可乐的易拉罐。公园里，因为下过雨，草还是湿湿的，空气中有浓重的水汽，树木都矗立在那儿一动不动，一个裹着灰色头巾的女人弯着腰在人行道上扯着从裂缝里长出来的野草。

这条河没救了：所谓河其实就是一条污浊的底部都是淤泥的水道，蛇形在城市的中央，水流很慢，河也不深，里面很脏，很多塑料袋漂浮在水面上。美国佬把切好的面包块钩在鱼钩上，把鱼钩甩到深褐色的河水里，鱼竿一拉一条鱼，一拉一条鱼，条数倒是不少，可惜全都是小鲤鱼，就是那种喜欢钻在泥里、通身深绿色、鱼鳍带红边的小鱼。美国佬们愁眉不展地把这些鱼都放走了。

整个早上他们都在上游钓鱼，那儿正好位于维尔纽斯的市中心，他们一会儿扎在房屋堆里钓，一会儿下到人头攒动的石头广场下面钓，一会儿上到车水马龙的桥上钓，一会儿又跑到年代久远的教堂旁边钓。

教堂每小时都会敲一次钟，突兀的钟声响彻整个城市，音调低沉又哀伤。十二点钟声响起的时候，美国佬们抽上了万宝路香烟，坐在光滑的石头上，河岸边多得是这样的鹅卵石。一个班的女生两个一排两个一排地向他们走来，她们穿着及膝的白袜子和马鞍鞋，踩着重重的脚步声，迈着整齐的步子，T 恤衫上印着狮子王、米老鼠或者兔八哥的图案。她们紧紧跟着老师轻快的步伐，一边走一边还用作文本拍打着短裙上的褶裥。带队的老师是个身材苗条的长腿美女，脚蹬凉鞋，身穿棕褐色的宽松长裤和蓝色带铜扣的运动上衣，一条黑色的发带在她身后摇曳。

她们正在练习说物体的名字。老师抬起胳膊指着桥，她的手腕从带铜扣的袖口中伸出来，女学生们用她们特有的高八度音高欢快地叫嚷着英文单词：BRIDGE（桥）。老师又指着河：RIVER（河），然后指着交通工具：AUTOBUS（公交车），CAR（汽车），MOTORBIKE（摩托车）。随后老师又指向楼房侧面张贴的一块万宝路广告牌，这时女孩们大声喊道：AMERICAN CANCER, NO THANK YOU.（美国癌症，不用了谢谢。）

当女孩子们从美国佬身边走过时，队伍已经变得歪歪斜斜，美国佬们看着她们露出了微笑，他们的膝盖上放着竹制的钓鱼竿，不透气的连靴裤闷得他们满头大汗。女老师纤细的手指突然指向他们，女孩们欢快地大声喊道：FOOLS（傻瓜）。在一片欢笑声中，女孩们沿着河道走远了。

晚上，美国佬们爬上他们的小床，做着非常可怕的噩梦，梦见了英国佬和他们的捕鲸船。第二天，还是没有去赫尔辛基的航班（“发洪水了。”那个汉莎工作人员尖声尖气地跟他们说。）美国佬们只好又回到涅里斯河，他们非常沮丧地坐上电车，步履沉重地在扎里亚西斯桥下了车。

中午时分，那个女老师又带着她的英语班来到河边，她的食指一样一样地指着周围的事物，女学生们便一个一个地高声喊出它们的名字：RIVER（河），TREES（树），TRAFFIC（交通工具），SIDEWALK（人行道），FOOLS（傻瓜）。那些美国佬感到有些不好意思，蹚进了脏兮兮的河里，给女孩们让道。

不会有去赫尔辛基的航班了；美国佬们只好死了那条心，涅里斯河将是他们钓鱼的最后一站了。每小时钟声都会响彻整个城市，仿佛是悲鸣的丧钟。美国佬们还在继续钓鱼，只是他们已经不再奢求什么了，除非奇迹降临。可美国佬毕竟是美国佬，一点点小东西也能让他们感到快乐，因为他们从小受到的教育就是教他们如何坦然处事。比如说，当他们吃到用昂贵的瓷盘装的土豆片的时候，当旅馆女服务员满怀诚意地问他们有没有钓到鱼的时候，他们就很快乐。每天早上给汉莎航空的那个工作人员打电话也是一种快乐，听他支支吾吾地解释为什么去挪威的航班取消时，他们觉得很有趣。看到落日的余晖正好完美地洒落在教堂的尖顶上时，他们为教堂的设计而感到快乐。他们也会因为沿着河道走到公园，能看到穿着迷你裙的女人戴着耳机躺在草坪上而感到快乐。他们甚至会因为那些小女生排着队跟在她们漂亮的英语老师后面，每天中午叫他们傻瓜而感到快乐。

只剩下最后一天了，七月四日。清晨的钟声在屋顶上空的薄雾中回荡。美国佬们排着队上了电车，出发去钓鱼。到中午了，他们还是什么都没钓到；深褐色的河水也闷闷不乐的，他们抛钓钩的动作都充满了绝望。

那个班的小女生又来了，照例踩着重重的脚步声，跟着老师兴高采烈地沿着河边走着，她们一边有节奏地拍打着她们的作文本，一边哇啦哇啦大声说着英文单词：RIVER（河），CHURCH（教堂），FOOLS（傻瓜），WALL（墙），STONES（石头）。老师带着女学生爬上那片没有一棵草的斜坡来到大路上，然后朝着扎里亚西斯桥走去。她们在桥上停下来，伏在栏杆上，嘴里还在尖声念着英语单词：SIDEWALK（人行道），STATUES（雕像），FLLOWERS（花），FOOLS（傻瓜），BILLBOARD（广告牌），AMERICAN CANCER，NO THANK YOU（美国癌症，不用了谢谢）。

美国佬们叹着气站起身来，费力地走到河里，将鱼钩抛入水中，用作鱼饵的面包块都已经吸饱了水。女学生们还在那儿尖叫，黄铜色的河水依然流过这座城市，当美国佬们抱着最后一丝希望收竿的时候，他们其中一个人的钓竿颤动了，拉出了一根陡峭的抛物线。绕线轮上的单丝鱼线被迅速拉出，鱼竿被拉弯了，越来越弯，末端都快靠近把手了，随时都有可能折断。美国佬们以为鱼线一定是被煤渣砖、旧轮胎或者锈水槽之类的东西给缠住了，或者更糟，可能卡在水道底部了，钩在了整个城市地底结构的中央铁柱子上。“你钓到了维尔纽斯。”其他人开着玩笑，这家伙继续试着收线。

这时，桥上那些脸蛋白净倚着栏杆的女学生，突然兴奋地用立陶宛语大叫起来，指着美国佬拼命地点头。那个鱼竿快被拉断的美国佬也开始兴奋地欢呼起来，其他美国佬赶紧蹚着水围到他旁边，一起盯着水面，只见鱼线被拉着开始在河道的两岸间来回摆动，不急不躁地，几乎是漫不经心地，在水中划着S形，最后划到靠近美国佬一边的堤岸，停了下来，一动不动。这准是一条体量惊人的鱼。

握着鱼竿的美国佬紧张极了，嘴里不停地咕哝着什么，最后他用力一拉，那鱼被拉到浅滩上，躺在他的两脚之间。

他放下鱼竿，张大嘴巴，痴痴地看着那条鱼，其他几个美国佬也都不可置信地摇摇头，目瞪口呆地看着。桥上那些女学生叫得更大声了，她们边叫边跳，一会儿都从桥上冲到了河边。她们在距离几码外的地方停了下来，喘着粗气，瞪大眼睛看着那几个美国佬。他们把一条巨大的长相丑陋的鱼抬起来放到了鹅卵石路上，那条鱼一直在大口喘气。

那是一条鲤鱼：全身呈灰褐色，仿佛这座城市最阴郁的一面都附体在了它的身上。几片鱼鳞被蹭掉了，散落在石头上，看上去就像透明的五角硬币。它破烂的鳍上镶着一圈红色的边，没有眼睑的眼睛是美国佬的两倍大。此外，它的口须是卷曲的，这让它看上去就好像是一个不苟言笑又德高望重的西班牙人。这会儿它躺在那儿喘着粗气，身上还带着伤。

美国佬们站在旁边，垂着手，有些不好意思地看着它。上面的桥上，各种车辆发出隆隆的声音。那条鱼很大，肯定比英国佬捕到的那条鲑鱼要大，肯定也是迄今为止捕到过的最大的鲤鱼了。它慢吞吞地摇着胸鳍，一会儿举起来，一会儿又放下去，这姿势看得人糟心。

一个美国佬把鱼举了起来，用两只手抱着它，说这条鱼至少有五十磅左右，可能有六十磅。他抱着鱼，不知道该拿它怎么办。鱼的肚子在他两手之间垂着，一条粪便从它的肛门里掉下来。太阳在薄雾中渐渐西沉，那个英语老师皱着眉头跑过来，在学生身后大发雷霆。

那条鲤鱼动了一下，轻轻扭了扭身子，虽然只是很轻微地扭了一下，但足以让它从那个美国佬手里滑下来了。它下巴朝下砰然着地，又侧着身子在河岸上滑了一段，滑过石头的时候在上面留下了很多黏液。最后它停下了，躺在那儿，弯着尾巴。美国佬们拿出一个一次性的旅游照相机，可是当他们想按下快门的时候，照相机卡住了。他们手忙脚乱地捣鼓了一阵，结果照相机掉进了河里，沉了下去。

那条鲤鱼还在大口喘着气，它那圆圆的嘴巴和四根像杠铃一样粗的口须无力地在空中围成了〇形。还有它的一行血，虽然在鳞片上看不大出来，但还是从一侧鱼鳃缓缓流下。女学生们哭了起来，那个英语老师也在抽泣。

美国佬们看着那群女孩子，她们穿着凉鞋，手里紧紧攥着作文本，张大着嘴巴，惊讶地盯着他们。她们的脖子上都带着金色的十字架，有几个膝盖上还有瘀青，蜷曲的刘海垂在额前，及膝的袜子因为七月四日这天过热的温度正在往下掉，眼泪都已经流到了下巴上。她们身后是她们的老师，她手肘抵着胸口，手指按着太阳穴，牙齿咬着嘴唇，一直在发抖。

“傻瓜，”她说，“你们这帮傻瓜。”

好大一条鱼啊！那些女学生，还有那些美国佬，居然把它放回到了水里，也真有他们的！它的鱼鳍在水面上拍出阵阵涟漪，态度懒散地，姿态丑陋地，慢慢游向这条城市河流的最深度。教堂的钟声又响了，这个时候美国佬们暗自决心一定要在下个洲的比赛中好好表现。他们会做好调查，规避风险，不去非法的地方钓鱼，不喝太多的酒，不随便听信陌生人的建议。他们会每样东西都带上两份：每人两根鱼竿，两件羊毛衫。下一次，他们绝不会再拖到最后一天，他们会提前规划好路线，制定好应急计划。而且美国幅员辽阔，资源丰富，有一望无际延绵起伏的洼地，有如浪翻滚的麦田，有暮光下会从白色变成淡紫色的粮仓，还有很多很多的零售商店和能工巧匠，他们都会很乐意帮助他们的。

他们不会输，也不可能输；他们是美国人，他们已经赢了。

（陈亭羽　译）

守护者

约瑟夫·撒里比长到三十五岁，一直都是母亲帮他整理床铺，准备一日三餐。每天早上，约瑟夫出门前，母亲总要拿出自己的那本英文字典，随意选一栏，让儿子读一读。母子俩的小屋坐落在西非利比里亚首都蒙罗维亚郊外的山丘上，很是破落，似乎随时都有倒塌的可能。约瑟夫个头很高，体弱多病，沉默寡言。超大的眼镜下，露出淡黄色的眼白。约瑟夫那短小精悍的母亲在梅泽恩的集市上有一个小摊位，一周两天，她会头顶着两大篮子蔬菜，徒步六英里（1英里约合1 609米）去到集市卖菜。每当有邻居称赞约瑟夫母亲的菜园，她总是笑着递上可口可乐，提醒邻居："约瑟夫还在休息。"邻居小口啜着可乐，目光越过约瑟夫母亲的肩膀，看向小屋拉上了的百叶窗，想象着窗后的约瑟夫躺在小床上，大汗淋漓，神志不清。

约瑟夫在利比里亚国家水泥厂工作，负责把发票和采购单誊写在一本厚厚的皮革装订的总账簿上。每隔几个月，约瑟夫都要多誊写一张发票，把支票开给自己，记在公司账上。他告诉母亲这笔额外的钱也是他工资的一部分。他对这个谎言越来越满意。每天中午，母亲都会亲自去水泥厂给儿子送饭——米饭上堆了厚厚的一层辣椒。母亲一边看着儿子在办公桌前吃着午饭，一边提醒他辣椒能赶走疾病。她总说：“你很了不起，你在帮助利比里亚变得越来越强大。”

一九八九年，利比里亚陷入了一场内战，谁也没想到这场战争一打就是七年。水泥厂停工了，后来成了游击队的军械库。约瑟夫发现自己失业了，他开始倒卖商品——运动鞋、收音机、计算器、日历——都是从市中心的商店里偷来的。他安慰自己：“这没什么，人人都在趁乱打劫，我们需要钱。”他把偷来的东西装进盒子，藏在自家地窖里，骗母亲说是在帮一位朋友保管盒子。趁母亲去集市卖菜，约瑟夫便会叫来一辆卡车把这些赃物运走。到了晚上，他就花钱让两个小男孩去小镇上转悠，弄弯了东家的窗格条，卸下了西家的大门板，他们把战利品都放在约瑟夫家屋后的院子里。

大多数时候，约瑟夫就蹲在门前的台阶上，看着母亲照料菜园子。母亲用她那灵巧的双手拔掉野草、剔掉蔫儿了的藤蔓、收获豆角，她把采下来的豆角扔进一个金属碗里，发出有规律的叮咚声。做农活的时候，母亲也时常咒骂战争的磨难，并强调要始终维持有序的生活方式。她对儿子说：“我们不能因为战争就停止生活，我们必须坚持下去。”

渐渐地，炮火染红了山丘，飞机从屋顶轰鸣而过。邻居们不再来串门了，山丘遭受了一轮又一轮的炮轰。夜晚，树林里也燃起了熊熊大火，似乎预示着更大的灾难即将来临。警察开着偷来的货车从约瑟夫家门前呼啸而过，他们把枪架在车窗上，眼睛藏在反光太阳镜下。约瑟夫真想朝这些人，朝这些贴了防晒膜的车窗和镀了铬的排气管大喊“来抓我呀”“你试试看”。但他不敢，他只是低着头，装作在玫瑰丛里忙活。

一九九四年十月的一天，约瑟夫的母亲清晨就带着三篮红薯去了集市，此后再也没有回来。约瑟夫在母亲的菜园里踱步，远方传来砰砰的大炮声，警报器也在哭嚎，可除此之外便什么也听不见了，世界陷入了无止尽的沉默。最后，当天边最后一束光消失在山丘之后，约瑟夫走向邻居的家。邻居躲在卧室里，透过走廊外的栅栏门盯着他，并发出警告：“警察都死了。泰勒的游击队随时都会打过来。”

“可我妈……”

“你先救救你自己吧”，说完，邻居用力关上了门。约瑟夫听到防盗链落栓发出咔嗒的响声，邻居拴上了卧室的门。约瑟夫离开了邻居家，走上尘土飞扬的街道。一团团浓烟从地平线升起，飘向红色的天空。不一会儿，约瑟夫就走到了这条铺面道路的尽头，于是他转弯走上了一条泥泞不堪的小路，这是通往梅泽恩的路，就是那天早上母亲走过的路。集市里的场景和他预想的一样：到处都是火堆、生了锈的卡车、被人胡乱劈开的板条箱、争夺摊位的少年。在一辆手推车上，他发现了三具尸体，但没有一个是他母亲，他一个也不认识。

他见到的人当中，没有人愿意和他说话。最后，一个女孩从他身边跑过，他一把抓住了女孩的衣领，女孩一下子顿住了，口袋里掉出许多盒磁带。女孩并没有把目光落在约瑟夫身上，而是看向别处，并且拒绝回答约瑟夫的提问。母亲曾经的摊位现在只剩下一堆烧焦的胶合板，整整齐齐堆在一起，仿佛已经有人占用了这个位子。他在集市待到天亮才回家。

第二夜——母亲仍未回来——约瑟夫又出门去找。他在被炸坏的摊位间仔细搜寻，朝着空无一人的走道大声呼喊母亲的名字。他走着走着，看到前方伫立着两根铁柱，那儿曾经挂着集市的招牌，如今却挂着一个人，头朝下，内脏都被掏了出来，垂在胳膊下就像来自地狱的黑色索命绳，整个人就像被剪断了牵线的木偶般无力地下垂。

接下来几天，约瑟夫走得更远了。他看到男人用链条绑住一群女孩牵着往前走。有时，他会靠到路边，给经过的自动倾卸卡车让路，车里总是堆满了尸体。总有人骚扰他，中途他被拦了不下二十次。在临时检查站，他被士兵拦下，步枪的枪口就顶在他的胸膛上。他们问他是利比里亚人还是克兰人？既然身为利比里亚人，为何不帮助他们打击克兰人？放行前，他们总要往他衬衫上啐几口唾沫。他听说一群头戴唐老鸭面具的游击队员已经开始吃敌人的内脏了，还听说一群脚穿碎钉足球鞋的恐怖分子公然踩踏孕妇的肚子。

他去了许多地方，可没有一个人知道他母亲的下落。他回了家，坐在台阶上，看着邻居们把他家的菜园洗劫一空。之前雇来打劫商店的那两个男孩也不再来了。收音机传来一个名叫查尔斯·泰勒的士兵的声音，吹嘘着用四十二发子弹干掉了五十个尼日利亚维和人员："他们太不经打了，杀死他们就像往鼻涕虫背上撒盐那样简单。"

一个月后，约瑟夫的寻找仍然没有任何进展。于是，他把母亲的字典夹在腋下，往衬衫、裤子、鞋子里塞满钱，锁上地窖——里面堆满了偷来的笔记本、感冒药、便携式音响，还有一台空气压缩机。他离开了家，打算再也不回来了。他和四个逃往象牙海岸的基督徒一起走了一程，随后又碰到一群孩子。这些孩子背着砍刀，从一个村庄游荡到另一个村庄。一路上，他看到了身首异处的孩子、磕了药的男孩们剖开一位怀孕女孩的肚子、挂在阳台上的男人嘴里含着一只断手，场面血腥，不堪详述。短短三周，他看了太多这样的场面，足以让他做十辈子的噩梦。那场战争中，利比里亚的一切都未能入土为安，那些已经入土为安的又都被挖了出来：数不清的尸体被堆在粪坑里，伤心的孩子拖着父母的尸体穿街过巷，嚎啕大哭。克兰人杀害马诺人，吉奥人杀害曼丁哥人。公路上，一半的人都持枪核弹，一半的十字路口都弥漫着死亡的气息。

约瑟夫四处为家：叶子里、灌木下、废弃屋子的地板上，到处都是他的床。他的头越来越疼，每隔七十二小时，还会发一次高烧——一会儿热，一会儿冷。不发烧的时候也好不到哪儿去，他连呼吸都感到疼痛。他几乎是用生命在行走。

最后，约瑟夫到了一个检查站，遇到两个士兵，横竖看他不顺眼，就是不给放行。约瑟夫尽力把自己的故事讲得催人泪下——老母亲失踪了，自己背井离乡受尽磨难只为寻找母亲的踪迹。他申明自己并非克兰人也不是曼丁哥人。他向士兵展示母亲留下的字典，结果被他们没收了。约瑟夫吓得头上血管突突直跳，他真担心这些士兵会杀了他，于是忍不住说道：“我有钱。”他解开衣领，向他们展示自己藏在衬衫里的钱。

见此，其中一个士兵对着无线电通讯设备讲了几分钟，然后命令约瑟夫坐上一辆丰田车的后座，把他带走了。车子开了很久，一路上经过很多关卡，最后停在了一个农场。农舍的屋顶盖有瓦片，四周是一排排橡胶树，一眼望不到头。那名士兵把约瑟夫带到房子后面，穿过一道大门走进一个网球场。球场上，十几个男孩正坐在草坪边的躺椅上休息，看上去约莫十六岁的样子，膝盖上都横着突击步枪。水泥地面反射出强烈的日光。就这样，这些男孩坐着，约瑟夫站着，阳光照在他们身上。谁也没有说话。

几分钟后，一位大汗淋漓的上尉拖着一个男人从后门走进来，穿过通风走廊来到网球场，把那男人一把扔在了中线的位置上。男人戴了顶蓝色贝雷帽，双手被反捆在身后。有人把男人翻了个身，约瑟夫这才看清：他的颧骨被打断了，整个脸都凹了进去。“这可恶的寄生虫，开着飞机对蒙罗维亚东部的城镇狂轰滥炸了一个月。”上尉边骂，边用脚尖踢着男人的肋骨。

听了这话，男人试图站起来，他的眼睛深陷在眼眶中，眼神飘忽不定。“我是个厨师，我从耶凯帕来。有人告诉我走公路可以去蒙罗维亚，所以我就照做了，结果莫名其妙地就被抓了。求求你放了我，我只会煎牛排，我从来没有轰炸过任何人。”男人辩解说。

听了男人的话，那些坐在躺椅上的男孩不屑地哼了哼。上尉一把夺过男人头上的贝雷帽，丢在了围栏外。约瑟夫的头突然疼得厉害，他只想瘫在地上，躺在树荫下，好好睡上一觉。

“你是凶手。爽快点招了吧。老实交代吧。城里到处都是死去的母亲和女孩，你敢说你的双手没有染上她们的鲜血?”上尉质问这名囚犯。

“求你了，我只是个厨师。我在耶凯帕是个烤牛排的，就在斯蒂尔沃特饭店干活。我是来见未婚妻的。”

“你一直在轰炸乡村。”

男人还想解释，上尉的一只运动鞋堵住了他的嘴。远处传来一阵刺耳的声音，像是好多鹅卵石在破布袋里你撞我我撞你。上尉指着约瑟夫说：“你，你就是那个没了母亲的家伙?”

约瑟夫眨了眨眼，回答说："她去梅泽恩的集市卖蔬菜，我已经有三个月没见过她了。"

听了这话，上尉从腰后的手枪皮套里掏出手枪，递给约瑟夫，说："死在这个寄生虫手里的人估计都有一千了，有母亲，也有女儿。看着他就让人恶心。"上尉把手搭在约瑟夫的屁股上，把他往前一拉，两人就像在跳舞。强烈的日光经由网球场地面的反射，很是晃眼。椅子上的男孩们注视着这一切，窃窃私语。那位把约瑟夫带到这儿来的士兵背靠着护栏，点了一根烟。

上尉凑近约瑟夫，对着他耳语："替你母亲报仇吧，替整个国家报仇！"

此时，枪已经到了约瑟夫手中，枪把上还残留着上尉的体温与汗水。他的头疼又加剧了，眼前的一切——成排的树积满了灰，一动不动；耳边传来上尉的呼吸声；柏油地上的男人缓缓蠕动，像生病的孩子般无力——向远方无限延伸，最终变得模糊。连他的眼镜镜片似乎也开始熔化。他想起了母亲最后一次去集市的场景，想起了那条狭长小道上的阳光与树荫，想起了穿梭于林间的风。他本应该陪着母亲，那天去集市的人应该是他，他才应该去体验那种土地在脚下裂开的感觉，他才应该是最后消失不见的那个人。可是他们却将母亲炸成了烟，炸成了雾，而这一切仅仅是因为母亲以为我们需要钱。约瑟夫追悔莫及。

“他配不上身体里流淌的血液，他更配不上肺里面的空气。”上尉在约瑟夫耳边低语。

约瑟夫举起手枪，朝眼前的囚犯开了一枪，子弹从男人的头部穿过。这一声枪响很快就被吞没，消散在厚重的空气中和茂密的树林里。约瑟夫重重跪倒在地，他的眼睛里闪烁着火光——他心中的火箭被引爆了，一切都化为白烟盘旋升起。他面朝下瘫倒在地，昏了过去。

醒来的时候，约瑟夫发现自己躺在农场屋子的地板上，头顶的天花板光秃秃的，还开了裂，一只苍蝇在那儿嗡嗡乱叫。他踉踉跄跄地走出了房间，发现自己身处一条走廊，走廊两端都没有门，两边是成排的橡胶树，仿佛一直延伸到了天边。他的衣服湿嗒嗒的，他的钱全都不见了，甚至连他藏在鞋底的都未能幸免。

门口，两个男孩懒洋洋地靠在躺椅上。他们身后就是那个网球场，透过护栏约瑟夫看到那个死在他手上的男人，尸体还没有入土，就这么趴在柏油地上。约瑟夫顺着成排的树林往下走，士兵看到了也都无动于衷。他走了约一个小时，终于看到了一条马路。他站在路边，朝着经过的第一辆车挥手，车停了下来。车上的人给他喝了水，还把他载到了港口城市布坎南。

布坎南目前还是一片和平——街道上没有成群的男孩扛着枪到处巡逻，头顶上也没有飞机轰鸣。约瑟夫坐在海边，看着肮脏的海水来回冲击着木桩。一种新的疼痛侵袭了他的大脑，虽不似先前那么剧烈，却总是让他精神恍惚。他想大哭一场，想一头扎进这海湾里，把自己淹死算了。他想逃得远远的，永远离开利比里亚，但又绝望地感到那似乎是不可能的。

他登上了一艘化学品运输船，求得了一份在厨房洗盘子的工作。他盘子洗得很仔细，每次遇到海浪船身摇晃时，热水就会泼到他的身上。运输船在大西洋里乘风破浪，然后驶入墨西哥湾，穿过巴拿马运河。船员舱内，他开始打量起船员来，不知道他们是否看得出自己杀过人，不知道自己的额头上是否写着杀人犯三个字。晚上，他靠在船头的栏杆上，看着船体将黑夜劈开。一切都让人感到空虚，让人精疲力竭。

他感觉自己仿佛抛下了一千件尚待完成的任务、一千本算错了的账簿。海浪继续着它们不知去向的旅程，轮船搅动着海水，向北驶向太平洋沿岸。

他在俄勒冈州的阿斯托里亚下了船，移民警察告诉约瑟夫他属于战争难民，并给他发了一张签证。几天后，在借宿的旅社里，他看到报纸上登了一则广告：急需一名熟练工人，负责冬季照料海滨草场、一片占地九十英亩的私人庄园、果园和房屋。急！急！急！

约瑟夫在浴室的水池里洗着衣服，他看向镜中的自己——胡子长得很长，还打了很多结，镜片下的眼睛看上去有些变形、发黄。他想起母亲字典里对于绝望一词的定义：恢复无望，孤注一掷。

他搭上一辆公交车到了班登，又沿着 101 公路坐了三十英里的车，最后沿着一条没有路名的泥土路走了两英里。所谓的海滨草场，其实是一个破产的蔓越莓农场改建的，如今成了夏季的游乐场。农场原来的房子被拆了，原地竖起了一栋三层豪宅。他走近门廊，发现扔了一地的破酒瓶子，只得小心翼翼地避开那些碎片。

他敲了敲门，开门的是一个穿着牛仔靴的胖男人，就是这家的屋主特怀曼先生了。他告诉屋主："我叫约瑟夫·撒里比，来自利比里亚。我今年三十六岁，我的国家正在打仗，我只想过太平的日子。我可以帮您修理屋顶和露天平台，我什么都会做。"说这些话的时候，他的手一直在发抖。特怀曼和妻子退回厨房，关紧了门，大吵大闹起来。他们的女儿身形削瘦，始终沉默不语。女孩端了一碗麦片粥，坐在餐桌旁安静地吃了起来，吃完就离开了。墙上的钟敲了一次、两次。

最后，特怀曼再次出现在门口，并告诉约瑟夫，他们决定雇佣他了："我们让人登了整整两个月的广告了，你是唯一的应聘者。今天是你的幸运日。"话毕，他小心翼翼地打量着约瑟夫的靴子。

夫妇俩给了约瑟夫一件旧工作服，让他住在车库楼上的房间。在约瑟夫工作的第一个月里，这栋楼挤满了各式各样的客人：小孩，婴儿，坐在露天平台上冲着手机大喊大叫的小伙，面带微笑从眼前飘过的姑娘。屋主夫妇是百万富翁，靠着和计算机相关的工作发了家。他们每次下车，总要检查车门上面有没有划痕。要是发现了一道，就要舔舔拇指，在划痕上抹一抹，试图淡化它。栏杆上放着半杯掺了汤力水的伏特加酒，扩音器里传来吉他声，音乐一直飘到门廊，大黄蜂围着残羹冷炙不甘心地嗡嗡直叫，圆滚滚的垃圾袋堆在棚屋里：这些都是客人留下的，都是约瑟夫的活儿。他修好了火炉的点火器，清扫了走廊里的沙子，把食物大战后残留在墙上的三文鱼擦洗干净。不干活儿的时候，他就待在自己的房间里，坐在浴缸的边上，盯着自己的手看。

九月，特怀曼先生带着一张冬季职责清单来找约瑟夫，他的职责包括：安装风雪护窗，给草地打孔通气，清理屋顶和走道上的积雪，确保没人来抢劫。“你能应付得了吗？”特怀曼问。特怀曼给约瑟夫留下了作业卡车的车钥匙和一个电话号码。第二天早上，他们全家都走了，只留下约瑟夫。寂静湮没了这里，树在风中摇头晃脑，仿佛要摇下一串咒语，三只白鹅从棚屋底下爬了出来，晃晃悠悠地穿过草地。约瑟夫在这硕大的房屋里荡来荡去：装有巨大石砌壁炉的客厅、玻璃中庭、宽敞的衣柜间。他把一台电视机抬下楼，可抬到一半却没了偷走的勇气。他要把偷来的电视机放哪儿？又该如何处置？

每天早上他都能预见接下来的一整天会是什么样，漫长而空虚的一天。他漫步海滩，捡起石头，仔细寻找这些石头的独特之处——有的包裹着化石、有的留有贝壳的印记、有的闪着亮晶晶的矿石纹理。他几乎次次都要捡起石头装进口袋，因为它们都是那么独特，那么美丽。他把捡来的石头带回自己的房间，堆在窗台上——成排的小石子把他的屋子变成了一个小小的、还未完工的城垛，防御着小小的入侵者。

整整两个月，他没和任何人说话，也没看见任何人。只有两英里外 101 公路上的车灯在缓慢而平稳地移动，还有喷气式飞机从头顶呼啸而过留下一道道航迹云，而这声音最终也消失在天地之间的某个角落。

抢劫、杀人、婴儿被人踢到墙上、男孩的脖子上挂着一串干枯的耳朵：噩梦中，约瑟夫重演了人类对彼此做过的最邪恶的事。他的汗水沾湿了毛毯，醒来时双手紧紧掐着枕头。母亲、金钱、整洁有序的生活：全没了——不是因生命走向终点而结束，而是突然销声匿迹，仿佛有个疯子绑走了他生活中的所有元素，把它们拖进地牢底层锁了起来。他迫切地想做一些善事，想做一些正确的事。

十一月，五头抹香鲸搁浅在了距庄园半英里外的沙滩上。其中最大的一头——倒在同伴以北数百码（1 码约合 0. 914

米）的沙滩上——有五十多英尺（1英尺约合0.3米）长，体积足足有约瑟夫所住的车库一半那么大。约瑟夫并不是第一个发现这些鲸的人：沙丘那儿早就停了十几辆吉普车。一群人正提着一桶桶海水往返于这些鲸之间，手上还摆弄着注射器。

几个身穿亮色滑雪衫的女人在最小的那头抹香鲸的尾片上绑了根绳子，试图借助一台摩托小艇把这头鲸拖回大海。摩托艇发动机响起，在海面掀起一阵浪花，绳子瞬间拉紧，随即打滑，扯断了鲸的尾片。撕扯之下，鲸尾露出了白色的鲸肉，鲜血直涌。但鲸鱼没有移动分毫。

约瑟夫走近一群围观者：一个男人手里拿着鱼竿，三个女孩拎着塑料篮，里面装了半篮子蛤蚌。一个穿着实验服的女人身上沾满了鲜血，正在向人们解释这些鲸已经营救无望了：它们早就体温过热，经历了大出血，器官呈浆状，关键血管受体重压迫严重。她说："即使这些鲸能够被拖回海里，它们也许还会转身游上岸。"她以前就见过那样的场景。但她又补充说："不过，这是个学习的好机会。一切都必须小心处理。"

这些鲸的体表布满伤痕，它们的背部坑坑洼洼的，布满了藤壶。约瑟夫轻轻抚摸着其中一头鲸鱼，感觉到伤痕周围的皮肤在他掌下轻轻颤动。另一头鲸在沙滩上重重地拍打着它的尾片，发出咔嗒咔嗒的声音，这声音似乎来自鲸鱼的腹部。它那棕色的眼球布满血丝，先是转向前方，然后转了回来。

约瑟夫觉得自己噩梦的大门仿佛已经开启，恐惧蜷缩在门口，不停地对着门吹气，它们穿门而过了，正扑向自己。返回海滨草场的这半英里路，他举步踟蹰，不得不单膝跪地，全身发抖。姿态万千的云彩从头顶掠过。他泪如泉涌。他突然意识到自己的逃离不过是一场空，一切都没有被掩埋，都漂浮在面上，远远的一阵微风就能让这一切都再次浮现。为什么？“你先救救你自己吧”，邻居曾告诉他，“你先救救你自己吧。”约瑟夫想，自己是不是没救了，是不是只有从一开始就不需要救赎的人才能得救。

他在小路上一直躺到天黑，前额传来阵阵疼痛。星星在昏暗的天空闪耀着、纠缠着、翻腾着、不停燃烧。他想知道那个女研究员说的是什么意思，他应该从中学到什么？

第二天早上，五头抹香鲸中有四头都死了。从沙丘望去，它们就像一支搁浅了的黑色潜艇舰队。它们周围已经打上木桩，围起了黄色的警戒线，围观的人越来越多了：这些新的观众都不是什么专业人士——十几名女童子军，一个邮递员，还有一个穿着尖头皮鞋的男人正摆着姿势在拍照。

这些鲸鱼尸体的内部充满了气体，它们的侧面凹陷进去，就像瘪了气的气球。死后，它们背部白色的十字形伤疤看起来像可怕的闪电，那是渔网缠在它们身上留下的印记。它们当中最先搁浅也是体型最大的那条——也就是和其他鲸鱼相距数百码的那条——已经身首异处了，它的下颌骄傲地对着天空，拳头大小的牙齿里沾了些许沙子。借助链锯和长柄刀子，身着实验服的男人从这头鲸的肋腹剥着鲸脂。约瑟夫看他们从鲸鱼身上拉出一个个紫色的囊，还冒着热气，那一定是鲸鱼的器官了。旁观者围着鲸鱼转来转去。约瑟夫看到有人还带走了纪念品——他们剥下鲸鱼皮的薄膜，卷起来握在手中，看上去像是灰色的羊皮纸。

穿着实验服的研究人员在最大的那头鲸的肋骨之间忙活着，最后成功剥取出心脏——一团巨大的横纹肌肉，一端是隆起的瓣膜。四个研究人员合力才把心脏推到沙滩上。约瑟夫简直不敢相信一颗心脏居然有这么大，会不会是这头鲸的心脏特别大呢，还是说所有鲸的心脏都有这么大？但这颗心脏足足有一台坐骑式割草机那么大，连接的血管也粗到能塞下约瑟夫的头。其中一名研究人员拿出一根针筒，从鲸鱼的心脏抽取了一些组织，装进一个广口瓶。先前推心脏的其他几个人早就回到了鲸鱼身边。约瑟夫听到电锯启动的声音。这时，拿着针筒的研究人员也加入了他的同伴，一旁的心脏静静躺在沙滩上，微微冒着热气。

约瑟夫注意到沙丘上有个林务局警察正吃着三明治。

“那是心脏吗？他们留下来的那个东西？”约瑟夫走上前去问。

女警点了点头，说：“他们要的是肺，我觉得。看看鲸鱼是否患了肺病。”

“那他们会怎么处理那些心脏呢？”

“烧了吧，我猜。他们最后会把所有的东西都烧了，因为这气味实在太难闻了。”

一整天，约瑟夫都在挖土。他在山丘上选了一块地，掩在森林中不易被发现，但从那儿能看到庄园主屋的西边一角和屋前的一片草地。透过身后的树干，他恰好还能看到树梢掩映下波光粼粼的大海。他一直挖到日落，天暗下来了便拿出一盏灯笼，就着白色的光亮继续挖。那里的土壤潮湿多沙，布满了石头和树根，因此挖土工作进展艰难。约瑟夫感觉自己的胸口仿佛裂了个洞。他放下铁锹，感觉自己的手指都伸不直了。不一会儿，这个洞就挖得比约瑟夫本人还要高了，洞的周围堆了一圈高高的土。

深夜，约瑟夫把一块防水的油布、一把铁锹、一把伐木锯和一台镀合金的手摇绞车搬上卡车的车厢，然后驾着车灵活穿过屋后的大草坪，又顺着狭窄的小路开到海滩，一路上车厢里的工具晃来晃去，颠得咔咔响。成片的白桦树被风暴刮倒，堆在地上，车前灯下，东倒西歪的就像一捆捆碎骨。一路上，白桦树枝不断刮擦着卡车的车身。

南边四头鲸鱼的旁边依稀燃着两团篝火，而北边的那头鲸鱼身旁却没有人。约瑟夫不费吹灰之力，绕过涨潮线附近的一条条海藻，把车停在那头身首异处的黑色抹香鲸旁边。这头鲸鱼在沙丘脚下躺着，就像一艘失事的船只，船体深深凹陷。

沙滩上，鲸鱼的内脏和鲸脂随处可见，铺展开来的肠子像游行的彩带一般。约瑟夫嘴里叼了个手电筒，在鲸鱼巨大的肋骨间，研究起鲸鱼的内部构造：一切都湿湿的，黑乎乎的阴影里什么也看不清，内脏都缠在了一起。几码之外，鲸鱼的心脏就立在沙滩上，像一块巨石。螃蟹从它的身侧撕扯食物，海鸥躲在阴影里拌着嘴。

他把油布铺在沙滩上，把手摇绞车和卡车车厢前面的一根横杠拴在一起固定好，然后把弓形卸钩和油布四角的索环钩在一起。他费了好大的劲才把心脏滚到油布上，接下来就是用绞车把这血淋淋的肉块拉进车厢了。他转动手柄，棘轮开始转动，发出巨大的响声，绞车的滑轮也运转起来。在绞车的带动下，油布的四角被提了起来。心脏在沙子里拖行，一点一点向他靠近，不久，卡车就装货成功了。

等约瑟夫开始卸货的时候，天边已经亮起了第一束光。他把车停在山丘上事先挖好的那个洞旁，放下卡车后挡板，把油布摊平。车厢里的心脏沾满了沙子，像一头被宰杀的野兽。约瑟夫挤到心脏和驾驶室中间，用力往外推，没想到他轻轻松松就推动了这么重的心脏。心脏在光滑的油布上滚动，最后猛然掉落，啪嗒一声落在洞里，仿佛还能听到液体飞溅的声音。

他把车厢里剩余的肉块、肌肉和凝固的血块都踢了下去，然后恍恍惚惚开着车慢慢下了山丘，又回到那片海滩。那儿还躺着另外四头抹香鲸，腐烂程度各异。

篝火烧得只剩下草木灰了。一旁站在三个男人，他们浑身是血，手里拿着一次性纸杯，正低头喝着咖啡。有两头鲸的头部不见了，剩下的两头鲸，牙齿也被人拔光了。沙蚤在这些尸体间跳来跳去。约瑟夫注意到沙滩上又出现了第六条鲸，是个足月的胎儿，被人从母鲸的肚子里拖了出来。约瑟夫下了车，跨过黄色的警戒线，向这几个人走去。

“如果你们处理完了，我想把这些心脏拿走。”他说。

三个男人盯着约瑟夫。他从卡车车厢里取出伐木锯，向第一头鲸鱼走去。只见他掀起鲸鱼皮，走进巨大的肋骨丛林。

其中一个男人抓住约瑟夫的胳膊，说：“我们打算烧了它们。把有用的留下，然后把剩下的都烧掉。”

“我要把它们的心脏埋了。”约瑟夫没有看那个男人，而是把目光转向地平线。“这也能减轻你们的工作。”

“你不能……”男人嘴上喊了喊但还是放了手。约瑟夫早已回到鲸鱼肚子里，拿伐木锯锯着鲸鱼的组织。他把伐木锯当成了剥皮刀在用，成功砍断了三根肋骨，又切断了一根很粗很厚的血管，应该是一根动脉。血喷溅在他手上：黑色的血液有些凝结，还带着温热。鲸鱼的身体里早就散发出腐烂的味道，约瑟夫不得不两次退出来，呼吸一下新鲜空气。他手里拿着锯子，前臂血迹斑斑，工作服的正面也被黏液、鲸脂和汗水浸透了。

他曾告诉自己这活儿就像清洗一条鱼，但事实上两者完全不一样——这更像是在给某个巨兽去除内脏。鲸鱼的血管形状巨大，家猫可以在其间飞驰。当剥开最后一层鲸脂，他摸到了一个东西，他觉得这一定就是心脏。这东西仍有些潮湿，带着温热，颜色发黑。他想：我挖的那个洞还不够大，装不下五颗这样大的心脏。

他花了十分钟才锯掉了剩余的三根血管。随着最后一根血管的断开，心脏也解开了束缚，向他滑来，重重砸向他的脚踝和膝盖。他不得不用力抬脚，挣脱开来。这时，一个男人走来，朝心脏插入一根针筒，取走了一些物质，然后说："好了，拿走吧。"

约瑟夫把这颗心脏拖回卡车。他从日出一直忙活到日落，才把这些心脏都剥落出来，放到山丘上的洞里。之后取出来的心脏没有第一颗那么大，但也都不小，个个都有特怀曼厨房里的炉灶或卡车的发动机那么大。就连那条鲸鱼胎儿的心脏也不同凡响，足足有一个人的躯干那么大，也有躯干那么重。他双手都抱不过来。

当约瑟夫把最后一颗心脏推进洞里，他的身体已经快支撑不住了。眼睛看出去，不管什么东西周围都有一个紫色的光圈在旋转，后背和手臂都僵得直不起来了，只能微微弯着腰走路。他把洞填上了，走的时候已是深夜。小山丘上，树莓丛中，隆起了一个土堆，下面埋了六颗心脏，周围横七竖八的云杉树干让土堆显得格外突兀。他感觉自己都不是自己了，身体仿佛成了一个笨拙的工具，很快就不再被人需要了。他把车停在院子里，然后回屋摊在床上，顾不上满身血迹，连澡都没洗，房间的大门就这么敞着。六头鲸鱼的心脏埋在地下，慢慢冷却。他想：我从来没有这么累过。他想：至少我埋葬了一些东西。

接下来的几天，他一直在床上躺着，没有力气也不想下床。他不停地问自己：为什么没有感觉好点，没有得到治愈？什么是复仇？什么又是救赎？那些心脏还在那里，就静静地躺在地下，等待着。埋葬它们究竟有什么用？噩梦中，地下的心脏总是试图爬出来。他母亲的字典里有这样一个词：悲痛欲绝：无法安慰，无精打采，无可救药，痛彻心扉。

虽然他和利比里亚中间隔了一个大西洋，但他仍然得不到救赎。一阵风夹带着黄黑色的烟吹来，吹过树梢，经过他的窗子，吹动他的窗帘。空气中有一股焦油味，像是炸腐肉的味道。他将脸埋进枕头，不让这股味道钻进口鼻。

冬天，雨雪在树枝间呼啸，地面结了冰，冰融化后又再次冻住，硬邦邦的，像厚厚的淤泥。约瑟夫从没见过雪，他仰起头，任凭雪花落在自己的眼镜上。他看到镜片上的雪花融化，看到雪花的尖角和精致的拱顶。冰晶渐渐软化成水，那光芒耀眼得像成千上万的微光在闪烁。

他忘了工作。透过窗，他注意到割草机被他落在了院子里，但他并不想把它放回车库。他知道自己应该给主屋冲洗水管，清扫露天平台，安装风雪护窗，开启电加热给屋顶融冰。但他什么活儿也不想干。他告诉自己他是因为埋葬鲸鱼心脏才这么累的，不是因为令他身心俱疲的生活，更不是因为压得他喘不过气来的沉重的记忆。

有时，早晨的空气感觉暖和了点，他就会出门走走。他脱掉工作服，穿上自己的长裤。从主屋出发，沿着泥泞的小路走向海边，爬到沙丘的顶端。从沙丘之巅望去，大海一望无际，在蓝天下闪着银光，像是融化了的白银。海岛灌木丛生，成群的海鸥盘旋在海岛上空，一场冷冷的冰雨胡乱拍打着树叶。眼前的景象突然让他心生恐惧——他无法想象有朝一日自己要离开这里。他感觉自己要被劈开了，一个楔子从天而降，落在他身体中间。他按住自己的太阳穴，转身离去。回到庄园，他走进工具房，坐在一堆斧头和铁锹中间，黑暗中，他试图稳住呼吸，等待这一阵恐惧过去。

特怀曼曾说这里的海岸不怎么下雪，但现在这里的雪却下得很猛。大雪连着下了十天。由于约瑟夫没有开启电加热，厚重的大雪让屋顶难以承受，有部分屋顶坍塌了。主卧里，被压弯的三合板和绝缘板掉落在床上，斜在那儿，仿佛通往天堂的坡道。约瑟夫四仰八叉地躺在地板上，看着成团的雪花从屋顶的缺口落下，堆积在自己身上。融化的雪水顺着他的身体往下流，流到地板上又结成了冰，看上去像一条光滑而纯净的地毯。

他在地下室找到几个罐头，拿到餐厅，坐在巨大的餐桌旁，用手指挖出罐头里的食物，品尝美味。他找到一块毛毯，在上面剪了个洞，把头套进去，像是穿了件斗篷。热病像野火般来来去去，每次来袭，他都不得不跪着，把自己裹在毛毯里，等待寒颤过去。

在超大的大理石浴室里，他研究起镜中的自己。很明显，他瘦了很多，前臂的肌腱突起，凸出的肋骨在他的两侧留下显眼的圆弧，眼中呈现出一种类似鸡汤的黄色。他用手拨了拨头发，能感觉到头皮之下坚硬的头骨。他想，自己离死已经不远了。

他睡了又睡，梦到埋在地下的鲸鱼心脏，它们在土壤里翻滚，就像在水中游泳一样，动静之大连树叶也跟着震动。它们从草丛间破土而出，在树根和鹅卵石之间翻滚，然后又倒回去，消失在地底，地面在它们上面又重新缝合起来。

鸟儿在雾里飞翔，瓢虫爬过窗户，蕨菜窸窸窣窣地探出头来——春天来了。他披着毛毯穿过院子，检查番红花长出的第一枝嫩芽。成片的污泥在树荫下融化。记忆中的一幕涌入脑海：每到四月，他的家，蒙罗维亚郊外的山丘上，风从撒哈拉沙漠风尘仆仆地赶来，在房子的外墙上堆积起几英寸（1英寸约合 0. 025 米）厚的红土。他的耳朵里、舌头上都是灰。母亲举起扫帚和撣子跟这些尘土奋力抗争，还叫他来支援。

他总会问母亲："为什么？既然明天台阶还是会被尘土覆盖，为什么还要清扫呢?"母亲总会看着他，既生气又失望，什么也不说。

他想到了尘土，这会儿正透过百叶窗叶片间的缝隙吹进来，堆积在墙上。每每一想到家中的现状，他总心痛不已：他们的家，空无一人，寂静无声。桌椅上落了厚厚的灰，菜园遭到洗劫，杂草丛生。偷来的赃物还堆在地窖里。他希望有人往家里塞满炸药，把那里炸成碎片。他希望尘土能盖到屋顶，将那间屋子永远埋葬。

不久——也不知过了多久——车道上传来了卡车的轰鸣声。特怀曼回来了。约瑟夫被抓了个正着。他躲回自己的房间，蜷缩在窗台下，和他那些摆得整整齐齐的鹅卵石躲在一起。他拿起一块鹅卵石，握在手心里。主屋传来一阵咆哮。透过窗，约瑟夫看到特怀曼大步跨过草坪。

牛仔靴把楼梯踩得砰砰响，特怀曼已经忍不住开始吼叫了。

"屋顶！屋顶都发大水了！墙泡发了，割草机锈得能见鬼了!"

约瑟夫用手指擦了擦眼镜，说："我知道，这不是很好。"

“不是很好？见鬼！见鬼！真见鬼！”特怀曼吼得喉咙充血，连句完整的话都说不出来，他费了好大的劲才吐出一句：“我的天呐，你这混蛋！”

“没关系。我理解。”

特怀曼转过身，看了看窗台上的鹅卵石，嘴里不停地骂着：“混蛋！混蛋！”

特怀曼太太开了辆锃光瓦亮的卡车，载着约瑟夫向北走。车内没人说话，雨刮器在挡风玻璃上平稳地滑来滑去。特怀曼太太一手放在手提包里，似乎紧握着什么东西，约瑟夫猜想那可能是狼牙棒，也许还是手枪。约瑟夫想，她一定觉得我是个白痴。对她来说，我就是个非洲来的野人，对工作一窍不通，根本不懂怎么看守房子。我不值得她尊敬，我是个黑鬼。

车子开到班登，在一个红灯时停了下来，约瑟夫说：“我就在这里下吧。”

“这里？”特怀曼太太环视了一圈，仿佛以前从没来过班登镇。约瑟夫爬下车。特怀曼太太的一只手始终没从包里拿出来，她说：“职责，这是职责问题。”她连声音都在发颤，约瑟夫看得出她已经怒火中烧了。“我叫他不要雇佣你。我问过他，聘用一个逃离祖国、一眼看上去就麻烦的人有什么好？这样的人不懂什么叫职责，根本没有责任心。可他就是不听。现在好了，看吧。”

约瑟夫站在车旁，手搭在车门上，听见特怀曼太太说：“我再也不想见到你了。把这该死的门关上。”

约瑟夫在一家自助洗衣店的长椅上躺了三天，研究天花板上的裂缝，看着各种色彩从眼睑下方飘过，各色衣服在烘干机的透明视窗后面转着圈圈。职责：道德上应尽的行为。特怀曼太太说得对。他根本不懂什么叫职责。他想起了那些堆在地下的心脏，里面爬满了地底的微生物，心脏成了它们口中的美味佳肴。难道埋葬这些心脏不是一件得体而正确的事吗？他的耳边又响起了邻居的话：“你先救救你自己吧”“你先救救你自己吧”。他在海滨草场的确学到了一些东西，但还远远没有学完呢。

他的身体明明很饿了，但大脑却没有意识到这种饥饿，他沿着马路往南走，大步穿过泥泞的草地，杂草足足有他肩膀那么高。他感到周围的树都在晃动，每当听到有轿车或卡车经过，轮胎在潮湿的路面上嘶嘶作响，他都会躲到林子里，用毯子遮住自己，等待车子开走。

天没亮，他就走回了特怀曼的庄园。他徒步穿过茂密的树林，来到主屋后面高高的山丘上。雨停了，天也亮了，约瑟夫感觉四肢轻盈，他爬上一小片林间空地，这里四周都是高大的树木，鲸鱼的心脏就埋在这儿。他抱了些枯死的云杉树枝，铺在地上，睡在树枝上，身下是那些被埋的鲸鱼心脏。他半个身子埋进树枝，看着漫天繁星在头顶旋转。

“从此我将隐身，”他想，“我将只在夜里活动。我会非常小心，这样他们永远也不会怀疑到我身上。我将像水沟里的燕子、草地里的昆虫那样，隐藏起来，吸天地之灵气，化作万物的一分子。风吹树动我亦动，九天雨落我亦落。这将是另一种境界的消失。”

他环视四周，觉得从此以后这里就是他的家了，事情本该如此。

早上，他拨开荆棘，紧紧盯着下方的房屋。他看到草地上停着两辆货车，房屋的侧面架起了梯子，一个体型瘦小的男人跪在屋顶上。其他的人把车上的盒子跟板材搬进屋子。

隔了好远，约瑟夫还能听到工人们干活发出的砰砰声。

空地下方有个阴坡，约瑟夫在潮湿的树叶间找到一些蘑菇。虽然这些蘑菇尝起来像淤泥，吃得他胃难受，但他还是把它们全都放进嘴里，逼自己吞下。

他一直蹲在地上，直到黄昏，看着雾气在树林里慢慢凝聚。等到天完全黑下来，他才下山。他径直走向车库旁的工具房，从墙上取下锄头，又在黑暗中摸索种子盒。最后，他在一个纸袋里摸到了种子，把种子装进裤袋，然后撤退。他循着来时的脚印，内八字脚跨过蕨草丛，再次踏上潮湿的、铺满了针叶的林地，穿过那几棵大树，最后回到了自己的小天地。借着朦胧的月光，他从裤袋里掏出种子，约有两把那么多，有些又细又黑的像是蓟的种子，有些又粗又白的，还有些黄胖子。他把种子又装回裤袋，然后站起身，拿起锄头，开始刨土。泥土的味道传来：香甜而充沛。

整个后半夜他都在翻土，可奇怪的是鲸鱼的心脏消失得无影无踪了。黑黑的土壤翻得松松的，蚯蚓从地底冒出来，不断蠕动，在月光下闪闪发亮。黎明时分，他又睡着了。蚊子围着他的脖子嗡嗡乱叫。这一次，他安眠无梦。

到了晚上，他用食指在地上抠出了一排排小洞，往每个洞里丢下一粒种子，仿佛在投放迷你炸弹。他饿得没了力气，只能不时停下来休息。猛然一起身，他就会感到头晕眼花，天旋地转。有那么一瞬间，他感觉自己就要消散了。他吞下几粒种子，想象着这些种子在自己的内脏里生根发芽，藤蔓从喉咙涌出，树根在鞋底盘虬。鲜血从他的一只鼻孔滴落，尝起来像是铜的味道。

在一片杂乱的蔓越莓丛中，他发现了一只生锈的桶，容积有五加仑。沙滩附近的岩石中间流淌着一条活力四射的小溪。他在桶里装满溪水，提到山丘上的秘密菜园，他走得晃晃悠悠，水洒了一路。

他以海藻、美莓、榛子、幽灵虾为食，偶尔还会捡到一条被潮水冲上岸的杜父鱼——可惜早就死了。他从岩石上掰下贻贝，放在捡回来的那只桶里烹煮。一个午夜，他爬下山丘，回到草地，采集了一些蒲公英。这种植物尝起来极苦，他的胃都痉挛了。

屋顶修好了，就是他先前看到的那些工人修的。一天下午，特怀曼太太带着一身任务回到这里。她一身职业套装，在露天平台上转来转去，身后跟着个年轻人，正拿着笔记本在记些什么。她的女儿一个人在沙丘间绕了好久。晚宴开始，屋檐挂上了纸灯笼，一支摇摆乐团在露台上吹着喇叭，空气中飘来阵阵欢笑声。

约瑟夫耐心等了好几个小时，终于用锄头击中了一只栖息在矮树枝上的山雀，并杀了它。深夜，他生起一小团火，把山雀放在火上烤。他简直不敢相信，山雀身上竟然只有这么点肉，几乎全是骨头和羽毛，也没什么味道。现在，他思忖着：我真成野人了，捕杀小鸟，用牙齿撕咬鸟骨上的肌腱。特怀曼太太要是看到我这副模样，大概也不会吃惊。

每天除了把溪水运上山丘，给成排的种子洒水，约瑟夫几乎没事可做，只能干坐着。森林的气味像河流一般在林间流动：那是生长和腐朽的气味。他想起了许多问题：这里的土壤是不是足够温暖？母亲难道不是先把种子放在小罐里培育，然后才移栽到地上的吗？这些种子需要多少阳光？又需要多少水？这些种子会不会是因为不能发芽或是坏死了才装到袋子里的呢？他还担心浇水用的桶上有锈迹，可能会污染菜园。于是，他用一个楔形石块使劲把桶上的锈迹尽可能地刮干净。

回忆也不由自主地涌上心头：一辆梅赛德斯汽车浓烟滚

滚，废墟里隐约可见三具烧焦了的尸体，一只蟑螂在一只断手的手背上爬来爬去，一个男孩躺在红土地上，头让人给踢破了。约瑟夫的母亲推着一车肥料，穿过院子的时候，腿上的肌肉因使劲绷得紧紧的。过去整整三十五年，约瑟夫一直觉得生命中有根安全线悄悄地指引着自己——一根为他量身打造的线，不容置疑、命中注定。无论是去集市还是去上班，午饭都有米饭拌辣椒，账簿上那么多数字做点手脚总是可以的：这就是生活，规律而可信，就如同太阳每天会升起一样。但到头来，事实证明那根所谓的安全线不过是他的错觉——既给不了他安全，也给不了他指引，约瑟夫找不到生命的真谛究竟在何处。他是个罪犯，而他母亲是个菜农，可一旦尘归尘土归土，母子俩就像这花园里的玫瑰和海里的鲸鱼，无所谓孰是孰非。

现在，他终于重塑了一种生活秩序，一种适合自己的生活节奏。这种感觉很好，翻翻土、浇浇水。这种感觉很健康。

六月，他撒下的种子终于冲破地面，露出第一株绿苗。他在夜间醒来，微弱的月光下，他看到这株嫩苗，这让他的心狂跳不已。一周前还颇为平整的黑土地，短短几天时间就已经铺满了小小的绿芽。这是最伟大的奇迹。他开始相信有些嫩芽是西葫芦——就是那些骄傲地对着天空竖着大拇指的，大约有一打那么多。他跪在地上，两手撑地，透过布满刮痕的镜片，仔细研究这些小小的植物：茎干上早就长出了许多叶片，小小的圆叶伸着懒腰。这些真的是西葫芦吗？这些嫩芽长大以后真的会变成晶莹饱满的蔬菜？看上去似乎不太可能。

他苦思冥想，不知道接下来该怎么做。是多浇点水还是少浇点水？是该修剪、盖上覆根物、埋植还是扦插？他该砍去附近大树的树枝、清掉一些荆棘，让更多的阳光照进来吗？他试图回忆过去母亲是怎么做的，回忆她栽种植物的流程，但他只记得母亲站在田间的样子，手里拽着一把刚拔出来的野草，低头看着自己种的那些植物，如孩子般趴在她的脚下。

他找到一张被海浪冲上岩石的渔网，解开绕成结的单丝，把它缠到一根浮木上。渔网上的钩子早就发钝、生锈，他往钩子上装了条蚯蚓。他坐在一块暗礁上，掂了掂鱼线的分量，然后把鱼线放进海里。好几晚，他都钓到了三文鱼。他抓住三文鱼的鱼尾，把鱼头重重砸向岩石。月光下，他把三文鱼放在一块平整的石头上，用牡蛎壳给鱼去除内脏。他生了一团小小的火堆，把处理好的鱼放在上面烤了烤，草草吃掉。他急急忙忙爬上岩石，躲进草丛，一边跑一边嚼着鱼肉。他压根没考虑味道，吃鱼对他而言就像挖洞：只是一项任务，有些麻烦，很难让他满意。

特怀曼的屋子和这菜园一样突然有了生机。每天晚上，那里都会传来宴会的欢声笑语：有音乐，有笑声，还有觥筹交错的声音。他能闻到香烟的焦土味、炸土豆的香味、庭院里除草机和拖拉机的汽油味。车道上车来车往。一天下午，特怀曼出现在露台上，他扛着猎枪，朝树林里放了一发子弹。他下身穿着短裤，脚上是一双黑色的袜子，一个不小心还被平台上的木板绊了一脚。他再次给子弹上膛，扛起枪，开枪射击。约瑟夫蜷缩着身子，躲在一棵大树后面。被他发现了？特怀曼看到他了？子弹穿透了树叶。

六月中旬，那些植物的茎干长到几英寸高了。凑近一看，他发现有好几个花骨朵儿都开出了娇柔的小花。那里里外外一片绿的嫩芽实际上是一团裹得紧紧的花苞。他高兴地想要大叫。鉴于有些幼苗叶子颜色黯淡、四周呈锯齿状，他觉得这些幼苗可能是西红柿。于是，他用树枝和藤蔓搭了些小小的支架，母亲过去也经常用铁丝和绳子给植物搭支架。有了这些支架，植物就能爬藤了。搭建完毕，他小心翼翼地走下山丘，来到海边，在沙丘上踢了个坑，躺在上面睡起大觉。

一小时后，他醒了，看到一只运动鞋拖着沙子从他身边走过，那鞋距他还不到十码。肾上腺素瞬间冲到指尖，他的心脏在胸腔里跳得飞快。这只白色的运动鞋码数不大、鞋面很干净。随后另一只运动鞋也从他身边走过，拖着沙子，走向大海。

约瑟夫本可以跑，或者可以伏击那个人，把他掐死，丢到海里溺死，甚至可以往他喉咙里灌满沙子。约瑟夫也可以站起来大喊一声，然后随机应变。但这一切根本来不及——约瑟夫趴在那儿，尽可能地把肚子吸进去，希望自己在黑暗中看上去像块浮木，或是一团乱糟糟的海藻。

但那双运动鞋并没有减速，鞋主人艰难地翻过沙丘，弯着腰，双手用尽全力拖着个篮子。从约瑟夫的角度看去，篮子里似乎放着两块煤渣砖。当那人跨过涨潮线，约瑟夫才抬起头，辨认人影：披肩卷发、小小的肩膀、瘦弱的脚踝。是个女孩。她看上去怪怪的，歪着脖子垂着头，肩膀拉得很低——她看上去很难过，像是被什么东西彻底击败了。她走走停停，每当她使劲拖着篮子往前走时，她的腿都绷得紧紧的。约瑟夫垂下眼睛，感受风裹着凉爽的沙子吹向下巴，他努力平复自己的心跳。头顶的云被风吹走了，黯淡的星星在海面撒下微弱的星光。

当他再次抬起眼，女孩已经在一百英尺以外了。她蹲在海浪里，正要把一根绳圈的两头穿进煤渣砖的两个洞里——她的手腕似乎也套在了绳圈上。他看着她把一只手腕和其中一块煤渣砖套在一起，又把另一只手腕和另一块煤渣砖套在一起。然后她挣扎着站起来，拖着砖头，摇摇晃晃地走进海里，海浪拍打着她的胸口。煤渣砖掉进海里，激起高高的浪花。她先是跪下，然后躺下，漂了起来，系着煤渣砖的双臂却沉在海里。潮水涌来，一下子把她托高，随即没过她的下巴，女孩不见了。

约瑟夫明白了：煤渣砖能把她拖进海里，她要溺死了。

他把前额埋进沙子。四下一片寂静，只听见海浪拍打海岸，沙里的云母反射出黯淡纯净的星光。约瑟夫想，深邃的夜空，全世界都一样。他想知道，要是自己睡在了别处，要是自己在菜园里多搭一个小时的架子，要是那些嫩苗没有冒出来，要是他没有看见报纸上的广告，要是他母亲那天没有去集市，情况会怎样？秩序、机会、命运：是什么把他带到这儿来的已经不重要了。成群的星星聚在一起燃烧，海面下，每分钟都有数不清的生命在成长。

他跑下沙丘，跳进海里。此时，女孩已经没入海浪，她双眼紧闭，头发被海水冲散，像把扇子。她的鞋带松了，随着潮水上下飘荡。她的双臂下垂，藏在黑黢黢的海水里。

约瑟夫突然意识到，她是特怀曼的女儿。

他潜到水下，拎起其中一块砖头，解开她的手腕。他双臂托着女孩，把女孩连同她手腕上的另一块砖头一并拖上岸。“没事儿了。”他想说，但他太久没说话，破了音，并没有说出口。许久，女孩没有任何反应。突然一阵凉意袭来，女孩的喉咙和胳膊都起了鸡皮疙瘩，她终于咳出了声，然后睁开双眼。只见她踉踉跄跄爬起来，抖了抖腿，一只手腕上仍系着砖头。“等等，等一下。”约瑟夫终于发出了声音，他伸出手捡起砖块，帮女孩松开她的手腕。女孩害怕地连忙抽回手，她的嘴唇不住发抖，胳膊也哆哆嗦嗦的。约瑟夫看着女孩，她还这么年轻——也许只有十五岁，耳垂上缀着小小的珍珠耳环，粉嫩的面颊光洁无瑕，上面点缀着一双大眼睛。她的牛仔裤在不停地滴水，鞋带也散在沙滩上。

“求求你，不要。”约瑟夫恳求女孩，但女孩早就走了。她飞速越过沙丘，朝房屋的方向拼命奔跑。

约瑟夫瑟瑟发抖，一直跟随他的那条破毯子也在不断滴着水。要是她告诉了别人，他估摸着，就会有人来搜捕他了。特怀曼会带上猎枪，把树林里里外外搜上几遍。他的那些朋友们会把这当成是一场游戏，以抓捕躲在树林里的入侵者为乐。他绝不能让这些人发现自己的菜园，他必须另找个地方睡觉，必须要离房屋远远的，可以是灌木丛中的一片潮湿洼地——要能地下挖个洞就更好了。他将停止生火，只吃那些无需烹煮也能下口的玩意儿。他将每三晚去一次菜园，而且是挑夜最深最暗的时候去，提水去浇灌植物，还要小心掩盖自己的脚印……

海面倒映着点点星光，波涛翻滚，星星也跟着起舞。每波海浪的潮头都装点着星光，仿佛一千条白色的河流齐头并进——甚是美丽。这是他所见过的最美的景色，约瑟夫看着海面，一边感叹，一边不住颤抖，直到太阳给他身后的天空上了色，他才匆忙跑过沙滩，走进森林。

四晚后：爵士乐响起，一个女人站在门廊里，只见她在黄昏下慵懒地舞动，裙角飞扬。约瑟夫静悄悄地潜入自己的菜园，想要除掉杂草，赶走不速之客。音乐飘到森林，约瑟夫听到有人在演奏钢琴，还有人在吹奏萨克斯风。他紧张地看着从土里冒出来的嫩芽，发现好多叶子的中心部位都出现了严重的黑斑，是枯萎病。另一株嫩芽上一只鼻涕虫吃得正欢，好几株植物都已经被害虫啃得掉落在地。超过半数的幼苗要么已经死去、要么濒临死亡。他知道应该用栅栏把菜园围起来，要给这些植物喷洒药水，让它们免受虫害。他应该扎一个稻草人，警告那些前来偷吃东西的不速之客，把它们吓跑，或者挥舞锄头把它们赶走。但是，他不能——拔除杂草对他来说都是奢侈。一切必须悄无声息，必须看上去像是没人照料。

他不再下山去海边，也不再穿越农场的草地——这让他感觉自己像是暴露在阳光下，仿佛没穿衣服。他更喜欢树林的遮蔽，喜欢高耸的冷杉、斑驳的苜蓿叶子和枫树林。在这儿，他只是芸芸众生中的一个，在这儿，他是渺小的。

一天晚上，女孩拿着手电筒，开始在树林间搜寻。约瑟夫知道是她，因为当时他就藏在一根中空的树干里，等她走过。一开始，手电筒的灯光在蕨草丛间发了疯似的搜寻，然后又照向女孩自己，她的脸皱成一团，眉眼中流露出害怕，眼睛眨也不眨。她走动的动静很大，脚步压断树枝，在山丘上喘着粗气。但她似乎下定了决心。她打着手电，在树林中潜行，在沙丘边徘徊，在草坪上穿行。连续一周，他每晚都能看见灯光穿梭在草场各处，像是一颗无家可归的星星。

曾经，有那么一刻，他鼓起勇气说了声“你好”，但她没有听见。她继续搜寻，穿梭在树林的黑影中间。她的动静越来越小，手电筒的光也越来越暗，直到最后女孩和光都消失不见。

距菜园不足百码的地方有个树桩，她开始在那儿留下食物：一个金枪鱼三明治、一袋胡萝卜、用餐巾包着的薯条。他把这些食物都吃了，但对此感到有些内疚，仿佛他在骗人，仿佛他不值得女孩如此的善待。

又去了七个夜晚，看着女孩跌跌撞撞地在森林里穿行，约瑟夫再也忍不住了，他走到女孩的灯光中。女孩一下子定住了，本就睁大了的眼睛瞪得更大了。她把手电筒关了，放到树叶上。树枝上升起了一层淡淡的雾。两人陷入了某种对峙。虽然女孩像狙击手那样双手靠近臀部，做出防卫的姿势，但她似乎没有感觉到任何威胁。

然后她开始摆动双臂，跳起一支十分简短却异常复杂的舞蹈：用一只手掌的外侧敲打另一只手掌的掌心，手指在空中画着圈圈，然后碰了碰右耳，最后用两根食指锁定约瑟夫。

他不知该怎么解读女孩的动作。她又跳了一支舞：她用手在空中画了个圈，然后掌心朝上，最后把两只手十指交叉。她动了动嘴唇，但是没有发出声音。她的手腕上戴了只巨大的银色手表，随着手势在她手臂上滑上滑下。

“我不懂。”由于许久未说话，他嗓子都哑了。他朝房屋的方向挥了挥手，说：“走吧。抱歉。你绝不能再来这儿了。会有人来这儿找你的。”可是女孩又跳起了第三支舞：一只手画着圈圈，拍了拍胸脯，又动了动嘴唇，却依然没有发出声音。

这回约瑟夫看懂了，他把双手捂在耳朵上。女孩点了点头。

“你听不见？”女孩摇摇头。“但你能明白我说的话？你能明白吗？”女孩点了点头。她指着自己的嘴唇，然后摊开双手，像是在打开一本书：读唇语。

她从衬衫里掏出一本笔记本，打开本子，拿起挂在脖子上的铅笔，在本子上快速写着什么。写完了，她拿给约瑟夫看。昏暗中，他看清了本子上的字：你怎么生活？

“我找到什么就吃什么，睡在树叶里。我什么都不缺。请回家吧，小姐，回去睡觉吧。”

我不会说的，她写道。

他一路目送女孩离开，看着女孩手电筒的灯光渐渐远去，最后只剩一点小火花，像一只萤火虫一闪一闪地穿梭在黑夜里。看着女孩的灯光渐渐消失，他感受到了孤独。这着实让他吓了一跳，仿佛他嘴上让女孩走，心里却希望她留下。

两晚后，满月。女孩的灯光又回来了，在林间摆动。他知道自己应该离开，应该向北走，不要停，一直走到加拿大，越过国境再走一百英里。然而，他却穿过树林，最终走向了女孩。她下身穿了条牛仔裤，上身是一件连帽运动衫，肩上还背了个双肩包。她照例关上了手电筒。月光洒满树枝，斑驳的树影落在他们肩上。约瑟夫领着女孩踏过荆棘，穿过马鞭草，来到一处暗礁，在那儿能眺望大海。地平线上，一艘货船闪烁着微弱的灯光。

约瑟夫对女孩说："我差一点也做了你曾经试图做的那件事。"女孩抬起双手叠在一起，就像两只瘦弱苍白的小鸟。"我靠在一艘运输轮的船头，看着下面一百英尺处翻滚的海浪，我们行驶在大洋中央，我只需要轻轻一跳，就彻底解脱了。"

女孩在笔记本上写道：我觉得你是天使，是上天派来带我入天堂的。

"不，不。"约瑟夫赶紧否认。女孩看着他，又看向别处，接着写道：你为什么要回来？在你被解雇以后？

船的灯光变暗了。"因为这里很美，因为我没有别的地方可去。"他回答说。

第二天晚上，他们又在黑夜里见面了。女孩把手放在胸前，不停地画着圆圈，然后抬到脖子，再到眼睛，最后碰了碰胳膊肘，指着约瑟夫。

"我要去提水，你想来的话也可以一起。"他说。

女孩跟在约瑟夫身后，他们往下穿过森林来到小溪旁。他站在一块长满苔藓的岩石上，俯下身子，找到了那只锈迹斑斑的水桶，往里面装满水。他们手脚并用，穿过蕨草和苔藓，跨过一堆枯木，又爬回了山丘。他走在前面，清除一些挡路的云杉树枝。

“这就是我的菜园。”他一边说一边走了进去。嫩绿的卷须牢牢附着在架子上，匍匐枝在光秃秃的地面上伸展蔓延。土地、树叶和大海的气息交织在一起。“就是为了这里，我回来了。我不能丢下它们不管，所以我留下了。”

接下来几晚，女孩每晚都会来到他的菜园。他们一起蜷缩着身子，蹲在植物中间。她给约瑟夫带来一条毯子，还有一根法棍面包，约瑟夫只得不情不愿地嚼起来。她还带了一本手语书——里面有数千张手部卡通图画，每张画的下面都附有一个单词。有的手下面写着树，有的写着自行车，还有的写着房子。他仔细翻阅这些图画，好奇一个人怎样才能把这些动作全部掌握。有一个叫贝拉的女孩，她就全都会：约瑟夫伸出他长长的手指，笨拙地在空中比划着女孩的名字。

他教女孩捉害虫——鼻涕虫、色彩斑斓的甲壳虫、蚜虫、小小的棉红蜘蛛——女孩把这些虫子放在她的指间碾碎。有些藤蔓长得有膝盖那么高了，它们在地上蜿蜒，雨水敲打着它们的叶子。“感觉怎么样？这儿是不是特别安静？是不是很清静？”他问女孩。女孩也许没看到约瑟夫在说话，也许根本就不想回答。她坐了下来，盯着山丘下的房屋。

女孩带来一包植物肥料，两人混合着溪水，把肥料浇灌给了成排的植物。女孩每次离开，他都会下意识地看着女孩，看着她的身影穿梭在树林间，下了山丘，最后出现在草地上，看着一个模糊的身影溜进屋子。

有些夜晚，他坐在远离菜园的蕨草丛里，看着远处一个个车前灯沿着 101 公路爬下坡。他用手掌捂住自己的耳朵，试图想象没有声音的世界是个什么样子。他闭上双眼，让自己平静下来。有那么一刻，他觉得自己感受到了：那是一种空虚，一种虚无，一种被遗忘的感觉。但这种感觉转瞬即逝，无法持续很久。总是有噪音来干扰，他的身体机器在涌动和低吟，脑袋里总是嗡嗡响，他的心脏在胸腔里搏动、伸缩。每当这时，他都会感觉自己的身体像管弦乐团，又像摇滚乐队，更有时声音吵得仿佛整个监狱的囚犯都被关在了一间囚房里。如果不曾听到这些声音会怎样？如果从未知晓脉搏的跳动会怎样？

菜园突然迸发出生机。约瑟夫觉得即使全世界都陷入永久的黑暗，他的菜园也会继续勃发生机。每天晚上菜园都在悄悄地变化：西红柿的茎上长出了一个个绿色的小球，眼看着一天比一天大；藤架上开出了黄色的花朵，像一盏盏烧得正旺的灯。他开始想那些体形硕大、葳蕤茂密的匍匐枝会不会是绿皮西葫芦——或者是南瓜，总之是某种葫芦科植物就对了。

但事实证明那些都是甜瓜。几天后，他和贝拉在几片宽大的叶片下发现了六个浅色的小球。每晚，这些小球似乎都会长大一些，从土地里吸收更多的养分。这些瓜通体光亮，在午夜闪着耀眼的光泽。他在瓜的外面抹了一层泥巴，又把枝条压低，把它们藏了起来。他用同样的法子给西红柿也穿上了外套——在他看来，这些淡黄色和淡红色的瓜果就像灯塔那样明亮，是那么耀眼夺目，人站在庄园的草坪上就能轻易捕捉到这亮光。

女孩坐在菜园里，俯瞰着山丘下的房屋。约瑟夫也从森林的掩护里走出来，坐到女孩身边。他拍了拍女孩的肩膀，对着她做出了夜晚和问好的手语。女孩的神情一下子变得明亮起来，也用手语回应他。

“慢点，慢点，我只学会了晚安一个手势。”约瑟夫笑着说。

女孩笑了，站起身，拍了拍膝盖上的泥土。她拿起笔记本写了起来：我有东西要给你看。她从背包里拿出一张地图，铺在泥地上。地图的折痕处磨损得甚是厉害，摸上去一点不挺括。约瑟夫把整张地图看了一眼，发现那是一张美洲太平洋沿岸的地图，从最北的阿拉斯加，一直到最南端的火地岛。

贝拉指了指自己，又指了指地图。她用手指点着地图上几条南北走向的公路，她已经用彩色笔把这几条公路都标出来了。然后，她想象自己坐在驾驶座上，手握着方向盘，做着开车的动作。

“你想开车过去？你要开这么远？”

是的，她点点头。她往前探了探身子，拿起铅笔写下：等我长到十六岁，我就能从我父亲那儿得到一辆大众汽车。

“你会开车？”

她摇了摇头，举起十个手指，然后又举起六个手指。等我十六岁就会啦。

约瑟夫研究了一番地图，问：“为什么？我不明白。”

她看向了别处，打了许多约瑟夫看不懂的手语，最后在纸上写下：我想离开。她还用力在这行字下面划了线，笔尖都断了。

约瑟夫说："贝拉，没有人能开车开那么远的。有些地方可能连路都没有。"女孩看着约瑟夫，嘴巴张得大大的。

"你有，十五岁了？你不能开车去南美。你会遭到绑架，会把汽油用光。"他笑了，然后用手捂住嘴。不一会儿，他又开始工作了，他用手指从甜瓜下面捉出来一条潜叶虫。贝拉一直就着微弱的光线研究着她的地图。

当他再次抬起头，女孩已经走了，手电的灯光朝山丘下快速移动，然后消失不见了。他看着她单薄的身影匆匆穿过草坪。

女孩不再来树林了。据他观察，女孩连门也不出了。或许女孩是从前门进出的，他想。他想知道女孩何时有了这个奇怪的念头——从俄勒冈州开车到火地岛，一个人，一个失聪的女孩。

一个星期过去了，约瑟夫时而蜷缩在通向海边的一条小路旁，时而睡在沙丘的边缘，有好几次睡到下午才醒来，醒来后去兜了兜圈子，心跳得飞快。日出后，约瑟夫研究起了那本手语书，直练得手指打结，双手疼痛。这让他想起贝拉的手语，打得那么精准：双手突然捧在一起，像是在倒水，然后突然停下，像磨齿的齿轮相互撕咬。他从未想过人的身体可以如此具有表现力。

但约瑟夫一直在学习手语，仿佛从头开始学习如何用语言表达这个世界。一棵树就是一只手张开，在右耳旁边摆动两次；鲸鱼就是三根手指浸入由另一只手的前臂做成的海洋；天空就是双手合拢高举过头，然后分开，仿佛云层中出现了一道裂缝，而你正穿过这些云层，进入天堂。

海面雷声滚滚，乌鸦在高高的枝头鸣叫。再过几天，约瑟夫想，西红柿就快成熟了。天空下起了雨——冰冷的雨滴重重地打在树枝上。他已经有两周没有见过贝拉了，当他再次在菜园里见到贝拉，女孩穿了件蓝色雨衣，在成排的植物间弯着腰，拔着地上的杂草，用力扔进荆棘丛里。雨水滴在她的肩上，又飞溅开去。他看了一会儿。电闪雷鸣间，雨水从她的鼻尖滴落。

他走进菜园，西红柿沉甸甸地挂在枝头，瓜透过外面的泥巴露出里面浅浅的绿色。他拔下一根细细的杂草，甩了甩根部的泥土，说："去年，鲸鱼死在了这里，就在海滩上。一共有六条。鲸鱼也有它们自己的语言，滴滴答答、嘎吱嘎吱、叮叮当当，就像瓶瓶罐罐被砸碎的声音。它们躺在海滩上，临死前还互相告别。就像老太太一样。"

女孩听了直摇头，眼睛红红的。"对不起。"约瑟夫打了个手语，然后接着说："是我太蠢了，我的每一个念头都比你的那个更加不靠谱。"

片刻后，他又补充道："我把那些鲸鱼的心脏埋在了森林里。"他在胸前打了一个"心脏"的手语。

女孩看着约瑟夫，歪着脑袋。她的脸柔和多了。"什么？"她打着手语问。

"我把它们埋在了这儿。"约瑟夫想说更多，想告诉女孩鲸鱼的故事。但他自己知道吗？他知道它们为何要到岸上来，在海里又会怎样呢？那些没有搁浅的鲸鱼又怎样了呢——它们是不是有朝一日也会被冲上岸，或者在波涛里翻滚，最终身体肿胀而腐烂？它们会不会沉下去？它们的身体会不会被埋到海底，那儿会不会也有一个奇奇怪怪的深水菜园，从它们的白骨里生长出来？

女孩仔细打量着约瑟夫，双手张开，抚摸着泥地。约瑟夫心想：虽然女孩啥也听不见，但她在集中注意力，她的双眼一直盯着我，我能感觉到她一直都在听我说话。女孩孱弱的手抚摸着植物的茎干，一滴雨水顺着青色西红柿的边缘滑落，约瑟夫突然很想把一切都告诉女孩：他犯下的那些轻微罪行，还有那个早晨，他还在睡梦中母亲就去赶集了——一百句忏悔突然涌上他的心头。他憋得太久了，这些话就像河水，一直被堵在堤坝后面，现在堤坝出现了缺口了，河水冲出了河岸。他想告诉女孩，他所了解的有关光的奇迹，告诉女孩日光在一天当中会随着潮汐而变化：黎明时黯淡，若隐若现；正午时刺眼，让人眩目；傍晚时灿烂，金光闪闪；暮光中则朦胧，留给人无限的希冀——每一天中的每一秒，光都在施展着自己的魔法。约瑟夫想要告诉女孩，事物消失以后会变成别的东西，我们去世后会化作草叶和发芽的种子再度回到这个世界。但他的过去如洪水般袭来：字典、账簿、母亲和他曾亲眼见证过的恐怖。

“我还有个母亲，但她失踪了。”他说着，但不确定贝拉是否在读他的唇语。女孩没有看他，而是从地里拿起一颗西红柿，擦了擦底下的泥土，又放了回去。约瑟夫蹲坐在女孩面前。暴风雨摇得树直晃。

“她曾有个菜园，和这儿一样，不过比这儿更好，更加……有序。”

他意识到自己不知道该如何谈论母亲，他不知道该如何描述她，于是，他开始说他自己：“我偷了很多年的钱。”约瑟夫无法确定女孩是否能听明白。雨水淋在他的眼镜上。“我曾经杀过一个人。”女孩看着他的头顶上方，没有任何回应。

“我甚至都不知道他是谁，不知道他是不是真的像他们说的那样罪不可恕。但我杀了他。”

贝拉皱起眉头看着他，似乎很害怕。约瑟夫不忍看到她这副表情，但他却无能为力。他有许多许多的话要说：他想告诉她，搁浅的鲸鱼是如何堵住自己身体上的黑色喷气孔，把自己活活闷死的；他想跟她描述树林的风声，点点星光装饰的波浪，母亲在田间弯着腰播撒种子的样子。他想用手语来表达，重塑那一幕幕画面。他想让女孩看到他那悲惨、肮脏的个人历史在黑暗里再现：他遇到的每一具不得安葬的残尸败蜕；横尸在网球场上的那个男人；也许现在还锁在自家地窖里的赃物。

但以上他都没有说，而是说起了鲸鱼：“其中一条鲸鱼比它的同伴活得久一些。人们就在它旁边剥着它死去同伴的皮肤和鲸脂。它睁着大大的棕色眼睛看着人们，最后用鳍足用力拍打沙滩，拍得沙子飞扬。当时我离这些鲸很远，大概有我们现在到屋子那么远，我都能感觉到地面在震动。”

贝拉看着约瑟夫，掌心包裹着一个脏兮兮的西红柿。约瑟夫跪在地上，热泪盈眶。

植物成熟了：最后一个暖阳天，六只燕雀栖息在枝头，像一朵朵金色的小花，一排西红柿向着阳光生长。甜瓜花上的花蕊也洋溢着阳光，似乎随时都能燃烧。约瑟夫看到贝拉在草坪上和她母亲吵架——她们刚从海滩跑回来。贝拉在空中使劲挥舞着双手，她母亲气得推倒了沙滩躺椅，用手语反驳着什么。约瑟夫心里打着小鼓：女孩有没有把她的秘密深埋在心底呢？或者她的秘密就在指尖，已经准备好随时爆发成语言，准备好用手语告诉她母亲？被你炒掉的那个非洲佬现在就住在树林里。他曾挪用公款，还杀过人。她内心深处的秘密是否像水壶里的蒸汽一样在沸腾？还是像种子那样埋在土里，等待合适的时机才破土？不，约瑟夫非常确信，贝拉明白的。她保守秘密的本领可比我强多了。

约瑟夫闻到了西红柿香甜的味道，现在西红柿的一边已经泛起了粉红色，另一边也晕染成了黄色。香气浓烈，让人难以忍受。

到了早上，约瑟夫就被发现了。刚刚日出，他正在岩石上采贻贝，把采来的贻贝装进那只锈迹斑斑的水桶。这时，一个人影出现在沙丘顶上，几束光柱划破树林，随即——仿佛连太阳也密谋将他出卖——一束光打在了他身上，他的身影倒映在海里。从那个人影背后又冲出几个人，他们跌跌撞撞跑下沙丘，穿过松软的沙子，冲着他大笑。

这些人手里拿着酒，声音听上去有些喝醉了。此时，约瑟夫真想扔掉手里的水桶，转身逃走，游进大海，然后被海水冲走，冲到很远的地方，撞上一块岩石，从此一了百了。这群人走到离他不远处停了下来，特怀曼太太也在其中，她的脸喝得通红，有些抽搐。她径直走向约瑟夫，把手中的酒瓶重重砸向约瑟夫的胸口，冲他大叫。

约瑟夫还没想起来要扔掉裤腰带里塞着的手语书，就被这群人发现了。事情变得更加严重了。特怀曼太太一把夺过书，翻了翻，然后不住地摇头，似乎连话也说不出了。“他从哪里得到这本书的?”旁人问。两个男人走到约瑟夫身体两侧，脸气得发抖，攥紧了拳头。

他们带着约瑟夫翻过沙丘，沿着小路，穿过草坪，经过他曾住过的车库，还有他曾夜袭找到锄头和种子的小屋。一路上，他都没看到贝拉。听到动静，特怀曼先生来不及穿衣服，抓过一条运动裤套上就冲出了屋子，他脑子一团混乱，不知该说什么，只是一个劲嚷着“疯子”“疯子”。

远处传来了汽笛的声音。站在草坪上，约瑟夫试图确认山丘顶部菜园的位置，看看那云杉丛中的一小块空地，但他只看到了一抹绿。不一会儿，那些人就把他推着向前，押到屋子里，他连那抹绿都看不到了，视线里只剩下巨大餐桌上一片狼藉的残羹剩菜，半空的酒瓶子和许许多多张人脸。那些人把他团团围住，争相质问。

那些人拷住了约瑟夫，开车把他带到班登。约瑟夫被他们丢进了一间办公室，办公室的墙上挂着一个老旧的警报器，架子上摆满了塑料垒球奖杯。两个警察坐在桌子的一边，轮流问着他相同的问题。他们问约瑟夫对女孩做了什么，出于何种目的，又去了哪些地方。大楼里传来特怀曼的怒吼：约瑟夫听不清特怀曼具体说了什么，但能听见他声嘶力竭吼得都破了音。两位警察面无表情，身子微微前倾。

“你都吃些什么？你吃东西了吗？你看上去好像根本就没有进食。”“你和那个女孩相处多久了？都带她去过哪里？”“为什么不和我们说话？我们能帮助你。”当他们第五十次问起约瑟夫是如何得到那本手语书的时候，约瑟夫真想告诉他们：“我只是个菜农，别管我。”但他还是什么都没说。

他们把约瑟夫关进了一间囚室，里面的一切都被粉刷过——煤渣砖砌成的墙、地板、简易小床的床架、窗户上的格条，所有的东西全都涂上了油漆。只有水池和厕所没有上漆，经过上千次的擦洗，就算是钢铁所铸，其表面也留下了一道道刮痕。窗子正对着一堵砖墙，距离窗沿大约十五英尺。天花板上挂着个灯泡，没有灯罩，还挂得很高，根本够不着。即使在晚上，那盏小小的灯泡依然亮着，像个造作的小太阳。

他坐在地板上，想象着菜园里杂草丛生，草叶子快把西红柿给压垮了。鲸鱼的心脏或许还剩下些什么，可即便如此也都被野草的根部紧紧缠绕。他想象着熟透了的西红柿从藤蔓垂下，慢慢地上面长出了黑色的斑点腐蚀了它们的表皮，最后掉落在地上，成了苍蝇的美味。甜瓜翻了个身，表皮变得皱巴巴的。成群的蚂蚁钻进瓜皮，在里面挖起了隧道，然后大摇大摆把战利品扛走，阳光下那一块块被蚂蚁挖出来的小小果肉闪着诱人的色泽。不出一年，菜园里的一切瓜果都会消失殆尽，这里会长满美莓和荨麻，看上去和别的地方没什么两样，它的故事也无从说起。

他想知道贝拉去哪儿了。约瑟夫希望女孩已经走远了，他试图在脑海中勾勒出这样一幅画面：她坐在一辆大众汽车的方向盘后面，一只手的前臂搭在车窗的窗沿上，南方的某条公路在她的车轮下延伸，她转过一个弯，辽阔的大海立刻映入眼帘。

狱卒把花生酱三明治从铁栏下方推了进来，他没有吃。两天后，典狱长走到铁栏边，问他是不是想吃点别的。约瑟夫摇摇头。

“你的身体需要进食。”典狱长声明，又通过铁栏送进去一袋咸饼干，说：“把这些吃了，你就会感觉好多了。”

约瑟夫依然没吃。他并不是像警察想的那样是在抗议或者是病了。一想到吃，想到食物在齿间碾磨，想到要逼着自己把大块食物咽下喉咙，他就想吐。他把那袋咸饼干和三明治一起放在了水池边上。

那名典狱长盯着他足足看了一分钟，然后才转过身，离开时说："既然这样，我们会把你送进医院，你就可以死在那里了。"

一位律师企图从他嘴里撬出个故事："你在利比里亚是做什么工作的？这些人觉得你是危险分子——他们说你是弱智，是真的吗？为什么不说话？"约瑟夫心中既没有反抗，也没有愤怒，更没有对于不公的愤慨。对于这些人的指控，他无愧于心，但他却对许多别的事情感到愧疚。在他心中，这世上没有谁比他更罪大恶极，没有谁比他更罪有应得。他想高呼："我有罪！我这一辈子都生活在罪恶中。"但他没有力气。他换了个姿势，感受自己的骨头贴在地板上。那名律师愤然离去。

此时，他内心已撤去了所有的防线，再也无需任何戒备，他一生中所做的一切仿佛都积聚在他的心中，正在缓缓溢出。他的母亲，那个惨死在他手里的人，日渐荒芜的菜园——他将永远忘不了，永远放不下，一生都不够偿还他偷来的一切。

接下来两天，他依旧什么也没吃。警察把他送进了医院——他们搀着他，感觉他真的只剩一副皮囊了，骨头在里面互相碰撞。他只记得自己胸骨的关节隐隐作痛。醒来的时候，他发现自己靠在医院的床上，胳膊上插了许多管子。

半梦半醒间，他看到了恐怖的一幕幕：一具具没了四肢的男性尸体躺在办公桌或者角椅上，十分逼真；地板上横七竖八躺满了尸体，死相都很难看，苍蝇在他们眼里飞来飞去，耳朵上的血都结了痂。有时候，他从梦中惊醒，会看到床尾有个人在那儿跪着，就是那个被他杀害的男人，头上还戴着那顶贝雷帽，双手依旧被反剪在背后，额头的伤口还是新的，弹孔周围是一圈发黑的血迹，他眼睛睁得老大，对约瑟夫说："我这辈子连飞机都没有坐过。"起先，约瑟夫还担心护士随时会进来，会看到跪在他床尾的那个死人，后来，他想通了，那样也好，是时候偿还这一切了。

有时也会有其他访客：特怀曼太太会坐在角椅上，纤细的胳膊交叉搭在胸前，双眼紧紧盯着约瑟夫，眼眶下一圈紫色，像是伤痕留下来的。"什么?"她总是大叫，"什么?"然后贝拉来了，好像是贝拉吧——约瑟夫醒了，他还记得贝拉打开窗，指着窗外垃圾桶上的海鸥。但他也弄不清自己是不是在做梦，也不知道贝拉是不是已经在去阿根廷的路上了，有没有想起过他。他的窗户紧闭着，窗帘也拉上了。护士打开窗时，他看到窗外根本没有垃圾桶，只有一片用作停车场的草地。

大约又过了一周，来了位律师，胡须刮得很干净，穿了一身粉色，脖子上还长了一圈粉刺。他向约瑟夫宣读了报纸上的一篇新闻，说利比里亚进行了民主选举，查尔斯·泰勒当选为新一任总统，内战结束了，大批难民正赶回国。“你将被驱逐出境，撒里比先生。这对你非常非常有利。你偷了工具，还非法闯入民宅——法庭对此将不再追究。过失罪和虐待儿童罪的指控也将一并解除。你被赦免了，撒里比先生，你自由了。”律师对他说。

约瑟夫靠回床上，意识到自己根本不在乎这些。

一位护士进来，说约瑟夫有位访客。约瑟夫躺在床上，必须得在护士的搀扶下才能下床。当他终于站起来时，他感到两眼发黑。护士帮着约瑟夫坐进轮椅，推着他穿过大厅，从一个侧门出去，来到一个小小的院子，院子四周用栅栏围了起来。

外面的阳光是如此刺眼，约瑟夫感觉自己的头都要裂开了。护士推着约瑟夫来到草坪中央的一个野餐桌旁，草坪四周围着一圈栅栏，栅栏外是一个停车场，里面停着一些车。

安顿好约瑟夫后，护士就原路返回了。约瑟夫眯着眼睛看向天空，阳光炫目，天空中飘着一片碗状的白云，似乎碗里正冒着热气。停车场远处的一排树在风中摇晃——一半的叶子都被吹落在地，树枝也跟着一起摇摆。秋天到了，他意识到。他想象着此时菜园里的植物根部早就发黑、枯萎，西红柿也蔫儿了，叶子也都起皱了，一场霜冻将了结这一切。他想知道他们是不是打算就这样把他丢在这里，让他迎接死亡。护士将在几天后返回，把他从椅子上挪开，把能埋的都埋掉。他身上的毛发会慢慢脱落，心脏里会孕育出一颗黑色的种子，他的骨头会融入泥土里。

通向院子的门突然打开，门里走出来一个人，是贝拉。她仍旧背着双肩包，带着羞涩的笑向约瑟夫走去，坐在野餐桌旁的椅子上。她穿着防风夹克，脖子露在外面，可以看到里面吊带衫的肩带，和苍白的锁骨，锁骨上还有三粒雀斑。女孩的几缕秀发被风吹起，又慢慢飘落。

约瑟夫双手抱头，仔细打量着女孩，女孩也打量着他。女孩用手语问“你好吗”，约瑟夫也试着用手语回复。他们坐在那儿相视而笑。太阳高挂在停车场上，向他们眨着眼睛。“这是真的吗?”约瑟夫问。贝拉仰了仰头。“真的是你吗，贝拉？我不是在做梦吧？”贝拉斜着眼，点点头，似乎在说“当然”。她抬起手，指了指身后的停车场。“我开车过来的”，她打着手语说。约瑟夫什么也没说，只是冲着她笑。由于脖子不足以支撑头部的重量，他只能用手撑着。

然后，女孩似乎才记起来这儿的目的，她取下肩上的双肩包，从里面掏出两个瓜，放在两人中间的桌子上。约瑟夫瞪大眼睛看着女孩，难以置信地问：“这些瓜……”女孩点点头。他拿起其中一个瓜，分量十足，还透着凉气，他用指关节敲了敲。

贝拉从夹克口袋里掏出了一把铅笔刀，刺向另一只瓜，沿着瓜的直径划了一圈，随即，瓜屈服了，砰的一声裂成了两半。顿时，一阵香甜涌上鼻尖。瓜瓤多汁且多纤维，里面还藏了许多种子。

约瑟夫把种子舀了出来，铺在木桌上，白色的种子上带着点果肉，看起来十分完美。阳光下，小小的种子闪闪发亮。女孩从半块瓜上切下一个小三角，那鲜艳欲滴的果肉闪着诱人的光泽，约瑟夫简直不敢相信这颜色——似乎这瓜自带光芒。两人各自拿了一块瓜，凑到嘴边吃了起来。他仿佛尝到了森林、大树、冬季的暴风雨、体格庞大的鲸鱼、繁星还有狂风的味道。一小股瓜汁顺着贝拉的下巴流下，她闭上了双眼。当她再次睁开眼睛时，贝拉看着约瑟夫，冲着他咧嘴大笑。

他们吃着吃着，约瑟夫感觉果汁顺着他的喉咙流下，他吃得双手和双唇都黏糊糊的。喜悦之情涌上心头，仿佛他整个身体随时都能融入蓝天白云间。

他们吃完了一个瓜，又拿起另一个。和上回一样，他们先是把种子舀出来，摊在桌子上晾干。等到瓜都吃完了，两人把这些种子分成两摞，女孩从笔记本上撕下两张纸，把两摞种子分别包了起来，然后他们把湿湿的纸包分别装进了各自的口袋。

约瑟夫坐在轮椅上，感受阳光洒满皮肤。他感觉脑袋轻飘飘的，仿佛要离开脖子飘向远方。他想：如果能重来一次，我要把鲸鱼的整个身体都埋起来，要在地里种下几大桶的种子——不仅种西红柿和甜瓜，还要种南瓜、豆荚、土豆、西兰花和玉米。我要用种子装满一百辆自卸卡车的车厢，然后我就可以扩大菜园的规模了。我要建一个很大很大的菜园，种上各种各样色彩丰富的蔬果，让所有的人都能看到。我要让野草和藤蔓自由生长，在我的菜园里，万物皆可生长，一切都有机会。

贝拉哭了。约瑟夫拉过贝拉的手，紧紧握住，她的手非常瘦弱、关节突出，硌得慌。他想知道蒙罗维亚郊外山丘上那屋子的墙上是不是早就堆满了尘土；想知道蜂鸟是不是还在花朵间飞来飞去；想知道他母亲会不会奇迹般地出现在菜园里，跪在泥土里；想知道自己是否还能和母亲一起大扫除，把灰尘扫在一起，装进簸箕，抬出房门，倒在院子里，然后看着这些灰尘被大风吹起，慢慢散开，如一朵朵铁锈色的红云，最后不知散落在何处。

“谢谢你。”约瑟夫说，但他不确定自己的声音够不够响。云层散开，阳光把天空染成了金色——阳光投射在两人身上，给野餐桌的桌面、两人的手背、被啃得参差不齐还滴着水的瓜皮涂上了一层金色的釉面。一切都是那么缥缈而又极度美好。那一刻，他仿佛横跨了两个世界，一个他来的世界，一个他将去的世界。他想知道母亲是否也有过同样的感觉。临死前，她是否也见过同样的光，是否也觉得一切皆有可能。

贝拉收回了自己的手，指向远处的地平线，打了一个手语：“家，你就要回家啦！”

（王亚男　译）

一团乱麻

该拿的东西马利根都已收拾妥了：钓鱼用的飞蝇钓竿，一只咖啡色的保温瓶，装在密封塑料袋里的薯条、鹿肉干和姜饼。换洗用的袜子放在了一个背包里，他还从地下室拿了一盒飞蝇鱼饵。早饭也已备好：煎得嗞嗞作响的香肠，两块涂着厚厚黄油的德国黑面包，外加一杯咖啡，杯子上有一道缺口。他靠在厨房和卧室间破旧的门框上，一边吃着早饭，一边看着妻子的睡容。她肥胖的身子蜷在毯子下面，木头椅子上搭着她灰色的内衣。自他们在一起的第一个晚上，她就是这副睡姿，像头公牛似的。新婚之夜一开始一切都挺好的，可缠绵过后她便在他怀中沉沉睡去，他久久地搂着她，说了很多很多的话，可她一句都没听见。他曾对她说，那种"对牛弹情"的感觉，就像是一入夜来自冥界的猎人便牵着他们染指垂涎的猎狗将她拽入沉沉的黑暗，直到天亮才放她回来。马利根叫了叫她的名字，而她依然沉睡不醒。他离开前，往壁炉里添了些柴火。

巷子里，一轮白色的弦月挂在胡桃树的上方，冰冷的，像一块漂白的化石，片片云朵向着大海的方向飘飞而去。似乎一夜之间秋天便被赶下了枝头，树枝一下子变得光秃秃的，落叶铺满了院子。马利根嘴里衔着一株棕色的草，打开被冻住的卡车驾驶室的门。他估摸着，冬天说来就来了：青灰色的天空，映衬着老树枝头缭乱的乌鸦，和凶猛贪婪的猫头鹰；圆形的池塘，面儿上结了一层薄薄的冰。很快，当河水流过冰封的河道被冻成冰时，鳟鱼和鲑鱼就会游回河流的最深处，躲在厚厚的冰层下，藏在河底的卵石间，一动不动，连眼睛都不眨一下。到那时，马利根也就不能再去钓鱼了，只能在地下室就着灯光绑绑钓竿上的飞蝇鱼饵消磨时光了。

卡车加满了油，缓缓地开着，远光灯发出微弱的黄光，高速公路上既潮湿又阴暗。路上没什么车，只有一辆运木车，车板上装着切割整齐的湿木材，车轮碾压着路面发出冗长而缓慢的泼溅声，前灯闪耀着刺眼的眩光。旁边的篱笆横木上并排伫立着一群椋鸟，其中一只还单脚站着，它们的眼神在前灯的大光中平静如水。

四点半的时候，马利根来到韦瑟比的便利店，他站在五颜六色的灯光下，周围有堆成叠的杂志，货架上摆着糖果、香烟盒、一卷卷的银色乐透券，还有牛奶打折的提示牌。系在门上的小铃铛不时叮当作响，喷淋式饮料机不紧不慢地搅动着粉色的液体。他往保温瓶里灌满了韦瑟比的陈咖啡，然后把一张报纸和几枚硬币放在柜台上。韦瑟比头枕在胳膊肘上，正在那儿睡觉呢。

韦瑟比眨了眨干涩的眼睛，一副没睡醒的样子。

“是你啊？”

马利根点了点头。

“你比那该死的闹钟还讨厌。”

“等你到了我这岁数，睡着和醒着也就没什么两样了，无非是一个睁着眼，一个闭着眼罢了。”马利根说道。

韦瑟比用手掌使劲地揉了揉双眼，问道：“又要去拉皮德里弗河钓鱼？”

“想去碰碰运气。”

“你每天都去那儿钓鱼，一张报纸，一杯咖啡。”

马利根耸了耸肩，他的目光已转向窗外。“我有吗？差不多每天吧。不过今天肯定是去钓鱼没错。”

韦瑟比一边打着哈欠一边擦着柜台，嘴里还感慨着：“我还以为退休生活就是整天睡觉呢。”话音未落，马利根已转身出了门。

邮局里面很暗，窗户都关着，只有一盏小灯，微弱的灯光笼罩着一排排黄铜信箱。运木车从高速公路上驶过，溅起一路水花。马利根走向其中一个信箱，他打开信箱，朝里面仔细地看了看，里面有一封信，信纸很厚，而且很光滑。他把信悄悄塞进衬衫口袋里，然后从夹克上带拉链的口袋里掏出另一封信，上面有他清秀小巧的字迹。他将这封信放进信箱，关上后便离开了。

他把车开进了山里，两边的山坡上长满了光秃秃的树，落叶慢悠悠地飘向地面，几颗星星在云层后若隐若现。卡车沿着坑洼泥泞的伐木路一路行驶，经过四个没有路标的转角，蹚过一条石块横亘的小溪，终于咯咯咯地驶上了一条光滑的泥路，这一路折腾得车温都有点升高了。为了开路，两边崖壁上的树木被尽数砍去，山脚边堆着一捆捆去了枝丫的白桦树干，看上去像是刚从阴森森的树林里砍下来的，上面还沾满了野生的蕨草和锈病斑斑的黑莓。路的尽头是一小块空地，地面上嵌着一块块巨大的花岗岩石头，那里就是钓鱼人停车的地方。马利根的卡车是第一个到那儿的。

他穿上防水连靴裤，安装好鱼竿和鱼线，把钓竿斜靠在卡车驾驶室的门上，然后把装着鹿肉干、姜饼和薯条的密封塑料袋，换洗用的袜子，和报纸一起塞进背包，把那盒飞蝇鱼饵塞进背心口袋，拉上拉链，最后把一顶羊毛帽子套在头上。忙完这些他坐下来，喘了几口气，呼出的热气使挡风玻璃变得模糊起来。这时，一片乌云把月亮给遮住了。

他摸出衬衫口袋里的信，从平滑的信封里拿出一张厚厚的卡片。他戴起老花镜，打开卡片，里面夹着一朵压平了的干花。就着驾驶室里昏暗的灯光，伴着点火装置滋滋的声响，一行行圆体的草书映入了他的眼帘：

亲爱的马利根：

这日子没法过了，实在太纠结。你说你和我一样，也不好过，但是你却仍旧每天跟个没事儿人似的，照常过着你的日子，照常钓着你的鱼，照常和你的她在一起，就好像一切都很好，再正常不过的样子。可事实是一切都很不好！你我之间的小秘密每天都在折磨着我。虽然我们有邮箱可以互通信件，虽然那些她以为你忙着钓鱼的日子，有一半其实是我们在偷偷约会，可是另一半呢，你另一半的心思仍是悬在那条河上的。这不是我要的，我要的远不止这些。我已经离不开你了，也许是我贪心不足，也许是我自私任性，可我就是想将你全部占为己有。小马利，你对我的爱是真的吧，还是说那不过是另一个谎言而已？

噢，我该怎么办，或许我会永远等着你，和你在一起真的很开心，我喜欢你安静害羞的模样，喜欢你细心体贴的呵护。可此时此刻我是如此的难过，今天只有你的信陪伴着我，今天你真的要去河上钓鱼，今天我终于明白了什么叫如饥似渴。我全身都好痛。你也是时候做个了断了。

附言：如果你和我结婚了，然后说去钓鱼，你会真的去钓鱼吗？

他将干花放回卡片中，又将卡片塞回信封，然后慢慢地将信封塞进背包，夹在了报纸中间。他锁上车门，向河边走去。林间的小道崎岖复杂，苔藓遍地，他穿行在迷宫般的灌木丛中，踩着杂草，躲过荆棘，避开长满菌类的树干，沿着潮湿的沟壑一路走下去。他的靴子陷进了泥地里，几滴泥土溅到了他的防水连靴裤上。树林里的落叶好似地毯一般铺了厚厚的一层，当他走过时，又有很多叶子徐徐落下。各种声音交织在一起听起来韵味十足：鱼竿尖尖头上颤抖的声音，靴子踩在地面上嗒嗒的声音，枯叶飘落下来簌簌的声音，还有树林深处传来的河水低吟的声音。

马利根穿过最后一片丛林，来到河边，拉皮德里弗河水湍流而下，水面波光粼粼，看上去黑亮黑亮的。流动的河水蕴含着一股不可抗拒的力量，让他全身的血液也随之涓涓流动，难以抑制的喜悦之情悄悄爬上了他的嘴角，这似曾相识的感觉让他沉醉其中。他站在岸边，嘴里呼出的白气散在空中好似翻滚的云朵。借着手电筒的光他又读了一遍那封信，他的手指轻轻摩挲着信的边缘，读完后又小心翼翼地将信放回折好的报纸里。西边的云层层叠叠越积越厚，不久就连最后一颗星星也看不见了，斑驳的月亮洒下一片朦胧。他绑了一个飞蝇鱼饵在子线上，蹚进河开始钓鱼。

不久他看到其他钓鱼人的手电筒光，在他右手边的上游处，但他假装没看见他们。他用麻木的手指将飞钓线保持在合适的长度，这样他的飞蝇鱼饵就不会滑来滑去，而是静静地漂浮在水面上。很少有钓鱼人能像他一样操控飞蝇钓竿的。

黎明来得毫无征兆，只是简简单单地在四周镶上一圈淡淡的、粉粉的光边，和八月壮丽的日出景象根本没法比，这让他不由地心生一丝淡淡的失望。很快他身边的天色就变得灰蒙蒙了，新的一天开始了。茶色的河水淙淙流过他的防水连靴裤，天气转凉后河水也变得浑浊而黏稠了。上游的两个钓鱼人也在他们各自的水域内拉开了战线，飞钓线一直滚抛到对岸，离他比较近的是一个大胡子男人，嘴里叼着一根烟。

马利根思忖着：这条河那么长，河里的鱼多得是。于是，他便专心致志地在下游忙他的活，不紧不慢地朝各个水潭抛飞钩，把飞蝇鱼饵散布在每一块大石块的周围，在树枝下和漩涡里寻找鱼儿的踪迹。他知道哪一块石头鱼儿们最喜欢，哪一块石头周围水草最茂盛，他还知道绕过这些石头后河水是怎样的流向。

但事实并不是这样，总有一些新的地方，总有无数细小的变化是他不知道的：一根被水淹没的木头，一段因底部受到河水冲击而坍塌的河堤，树叶团团堵住了几处原本他以为水流很快的地方。好几周没来这里了，他觉得很难过，因为无论他来还是不来，河水都照常流动。

十一点的时候云层淡薄了些，丝丝凉风吹散了乌云，露出一片片蓝色的天空，太阳透过云层斜射出微弱的光芒，照亮了东边的山峦和劈山伐树开出来的泥路。风呼呼地吹着，桦树沙沙作响。马利根拖着麻木的双腿，一步步走出河道，他踢了踢腿，想让自己的双脚暖和起来。他打开背包，给自己倒了一点从韦瑟比店里灌的咖啡，随后又吃了块姜饼，饼干太干了，不过这样一来咖啡倒显得没那么难喝了。他背靠着一棵长满青苔的桦树坐了下来，打开报纸准备看看有什么新闻，可他一个字也没看进去，只是静静地坐在那儿，感受着咖啡温暖他的肠胃，看着黄叶一片片随波而去。他和自己打赌，哪片叶子会最先从他眼前飘过，哪片叶子会陷进漩涡，哪片叶子会被缠住。当看到一片叶子又快又好地落入河中，河水裹挟着它毫不费力地顺流而下，他就感到开心。他感觉世间一切终将归于河流，不仅仅是落叶，还有甲虫尸体、苍鹭骸骨，以及死去的蠕虫。所有生物都生于山中魂归河水，而河水又会将它们带入大海。只有鱼儿能够逆流游弋，这也是他喜欢鱼的原因。

他打了个寒颤，这里的空气冰冷稀薄，令人难以呼吸，闻上去有股金属的味道，又有点像雪的味道。可现在还不到下雪的时候，这让他心神不宁。他靠着树坐着，双手交叉放在腿上。这么冷的天了，一只凤蝶才刚刚破茧而出，它挣扎着停到一株蓟草上，伸开翅膀。马利根朝它轻轻地吹了口气，它飞走了，贴着河面飞得很低，危险地盘旋了一会儿，便消失了。

河面泛起层层涟漪，河水卷起点点漩涡，他陷入了浅睡。河水流过石头，风吹过苔藓覆盖的树枝，云朵飘过层峦叠嶂的山峰。他睡着时很少做梦，但此刻妻子的身影却浮现在眼前，她正在捶打着面团，然后把和好的面放到一只抹了黄油的碗里。妻子弯着腰，他看到她宽大的背部，皮肤皲裂的脚踝，和沾满面粉的手腕。她把一块毛巾盖在面团上，让它发酵。

马利根抬头看到两个人站在他面前。

“嗨，马利根，战绩如何呀?”他们问道。

“还一无所获呢。鱼倒是能看见，可惜大多潜在水底。它们好像都没什么食欲，可能是天太冷了。”

那两人点点头。其中一个就是那叼着烟的大胡子男人。他看着河水，眯着眼睛，挠了挠他的脸颊。另一个是个女的，长得很粗壮，眼光很犀利。她是马利根的内侄女。这个女人会捕鱼，善打猎，还好赌博。

“一定是这样，”她说道。她的嗓门很大，洪亮的声音回荡在河上，马利根皱起眉头。她蹲在他旁边，撕开他的一个密封塑料袋，给自己扯了一条肉干。“该死的，脚都冻僵了。”

大胡子男人点了点头，又补了一句：“今天早上降霜了，晚上该下雪了。”

侄女嚼着肉干，瞪着两个大眼珠子打量着他的东西。

“你看到那只凤蝶了么？”马利根问。

“凤蝶？”

“一只蝴蝶，我刚才看到一只凤蝶。”

大胡子男人给侄女使了个眼色。

“我姑姑过得好吗？”侄女厉声问道，嘴里还含着肉干。

马利根一心想摆脱他们，便敷衍了一句：“挺好的，还不错。”

侄女拿起姜饼袋，又问道：“那你呢，马利根？退休生活滋味如何呀？”

“挺好，挺好，还不错。”

“我还以为我会天天在这里碰到你呢。你去别的地方钓鱼了？还是说我姑姑又让你出去干活了？”

“这她倒没有说。”

“你就是心肠太软，马利根。从来没硬过。”

“你要不要来块饼干？”

她两眼盯着马利根。这时，大胡子男人点了一根烟。“你不想吃么？”她又问了一句，她的手伸在饼干袋里，等着他的反应。

马利根摇了摇头，低头看着他的背心，来回拉着袋子上的拉链。他多么希望他们可以离开。侄女拿起报纸对折了一下，然后说：“我就是想看看赛事。”马利根感到很冷，他们不相信他说的蝴蝶的事，但是他确实看到凤蝶了。

“把报纸也拿走吧。”他说。

“我就看一秒钟。”

“拿去吧。我不看了。”马利根希望他们赶紧离开。靠着桦树坐着多舒服啊，他一点都不喜欢大胡子的烟味和侄女的大嗓门。

“我们可能会去中坝下面试试运气。”大胡子男人说道。马利根点了点头，并没有抬头看他们。侄女站起来，在连靴裤上擦了擦手，然后把报纸草草地折成一个正方形，夹在胳膊下。

“如果我们钓到了会大声喊你的。”她一开口嘴里的姜饼屑就喷了出来。

“好啊。”

“如果钓到很大很大的鱼。”

“好的。”

大胡子吐了一口烟，离开时还挥了挥手。他们低着头沿着小路往下游走去，靴子踩在树根上，把黏附在上面的苔藓都蹭掉了。马利根咕哝着：这两家伙总算是走了。他背靠树坐着，小口啜着已经凉了的咖啡，感觉有点晃晃悠悠，仿佛能感受到整个地球在慢慢转动，树根在岩石下蔓延，云彩在山顶上盘绕。最后，他拿起钓竿，又走回河里。

现在是下午三四点钟的样子，他已经钓了有一会儿了，可除了在钓到第一条鱼时，有一对乌鸦叫着飞过树梢，四周静悄悄的什么也没有，只有他孤身一人。钓那条鱼可是一场拉锯战。马利根用连成串的若虫在同一个石子横亘的水潭里搜寻了不下十次，鱼儿才上的钩。那条鱼一直在殊死拼搏，最后它纵身一跃，结果被马利根网了个正着，马利根把手伸到河里一把抓住了它。那是一条红斑三文鱼，公的，头不尖，眼睛是黑色的。它的下颌被鱼钩钩住了在流血，身体在他手里弯成了一个大大的V字形。

马利根没有把它抓出水面，而是在水里拍打着它的侧腹，然后取下鱼钩放了它。那鱼儿一下子沉入河底，翻了个身，急忙逃生而去。马利根检查了一下绳结，他感到浑身一松，每次钓到鱼时总会有的那种紧张感消失了。直到再一次抛出飞钩时他才猛地一惊，突然想起那报纸里还夹着那封信。

他跌坐在石块上，任凭河水从身边流过，他颤颤巍巍地抓过背包，开始沿着藤蔓遍布的河岸蹒跚而行。他的脸上全是血，脚麻木得不听使唤了。他迈着极其缓慢的步子艰难地跨过一根根树根，地上横着好多烂木头，他深一脚浅一脚，每走一步两条腿都好像被灌了铅一样，好不容易走到了山沟里又摔了一跤，两只手都陷进了黑泥里。他挣扎着站起来，靴子却陷在泥槽里拔不出来，黑莓灌木紧紧缠着他的连靴裤，蓟草籽沾满了他的小腿。他跑到小路上，可茂密的树林又抓住他不放，一直和他作对，让他越来越害怕。这里曾经是他的一方世外小桃源，如今却变得又黑又可怕，好像一下子很多细针刺穿了他的肋骨。

他的步子已经慢得不能再慢了，可是飞蝇钓竿又被黑莓灌木给缠住了，飞蝇线眨眼间便胡乱地缠绕在了一起。这怎么可能呢？刚刚还是笔直的线，怎么一下子就缠得如此乱七八糟？他停下脚步，耳朵里能听见鲜血在咆哮。他拉了拉绕线轮，结果鱼线反而缠得更紧了，像是紧紧绕在一颗浑身长刺的黑莓上，那一根根狰狞的尖刺像鲨鱼的牙齿，牢牢攥着鱼线不放。

他垂下双肩，眯起眼睛，斜视着面前那深不可测的丛林。钓鱼人在丛林里踩出了一条泥泞的小路，他索性坐在冰冷的泥地上，试着把倒刺从鱼线上一个一个解下来。他的呼吸变慢了，鱼线一圈接着一圈被解开了，四周橙黄色的叶子打着转儿落到地上。

鱼线解开后他又将其卷回线轴上。他抬头透过枝丫看了好一会儿阴云密布的天空，身后是河水咯咯细语的声音，还是原来的旋律。他下巴上留着长长的白胡子，但腮须却是银色的。

最后，他转身拖着沉重而缓慢的步子走回河边。第一片雪花从天空落下，飘向一波三折的黄褐色的拉皮德里弗河。

天已经黑了好一会儿了，雪花撒落在灌木丛中，马利根半截身子都在河里，已经快冻僵了，他在阴森恐怖的黑夜里钓着鱼。他的手和脚都是麻木的，因为不停地抛飞钩，他的背也生疼生疼的。形状精致的雪花落在川流不息的河面上，他继续钓着他的鱼。

临近午夜，雪还在不停地下，粗树枝因不堪雪的重负弯下了腰。一条鱼上钩了，它咬着飞蝇鱼饵，带着鱼线向下游冲去，绕线轮都快被它拉坏了，不断发出爆裂的声音，很显然，主动权在鱼那里，马利根完全处于被动的状态。很快连备用线都被抽了出来。马利根的热血在胸口沸腾，绕线轮发出吱吱的尖叫声。那鱼突然跳了起来，一次，两次，一共跳了五次，像一颗愤怒的子弹压着水面，一码一码地向前跳跃，很凄美，又很恐怖，最后它游到一个浅弯处。马利根可以清楚地听见，它正惊慌失措地扑打着水面，备用线被它一码一码地拽出来。鱼儿扑腾的声音，河流飞溅的声音，风吹树动的声音，白雪飘落的声音，声声刺耳，马利根体内一如翻江倒海，鲜血更是潮涌般欲破胸而出。

鱼儿把绕线轮上所有的备用线都抽出来了，马利根笨拙地用没有流血的手指扯着鱼线；那鱼还在拼命地往前游。备用线被绷断，从钓竿的导线环上滑脱出来，绕线轮一下子松了。谁能想到一条鱼竟可以拽出六十码的备用线？马利根猛地扑过去，双手合掌，夹住了已完全脱离了钓竿的鱼线。那鱼拖着马利根手里的鱼线继续向下游去，马利根感觉手里的线又被鱼儿向前拽了一码。那鱼浮出水面，高高跃起，然后又奋力拍向水面，终于，鱼线从马利根的手里滑落，那条鱼自由了。马利根愣在那里，双手向前伸展着，一副忏悔加哀求的模样。

飞蝇线漂浮在水面上，马利根打了个寒颤，他的飞蝇钓竿和空空如也的绕线轮头朝下倒插在沙石中，周围的树木肃静又冷漠，只有河水潺潺地流着，流过树林，流过积雪，发出极其微弱的耳语声。

（卞云韵　译）

流

【流，名词，如水流，潮流，人流，气流，等等。可以指水的流动，包括河水和地面上的积水；也可以指空气的流动，比如空气通过门窗形成的穿堂风，船航行时形成的尾流，动物奔跑时带动的气流。】

一九八三年十月，一个名叫沃德·比奇的美国人受俄亥俄州自然历史博物馆派遣前往坦桑尼亚去采集史前鸟的化石。欧洲古生物学家团队已经在坦噶西部的石灰岩石山上发现了类似中国尾羽鸟的化石——一种带羽毛的小型爬行类动物。俄亥俄州自然历史博物馆也非常希望能拥有一块这样的化石。沃德其实算不上古生物学家（他博士读到一半就中途放弃了），但他绝对是一个很有能力的化石猎手，而且他野心勃勃。虽然他不太喜欢这份工作，每天都得拿着凿子和筛子在野外辛辛苦苦挖掘好几个小时，还没啥前途，就像一条死胡同，等待他的只有无穷无尽的失望。但是，他却很喜欢这份工作背后的意义：他告诉自己，寻找化石就是寻找重要问题的答案。

两个月以来，他每天都开车驶过一座无名山脊去考古挖掘现场。一天他突然看到一个女的在路上急速奔跑，她脚上穿着凉鞋，身上一条薄棉布做的肯加衣裙松松垮垮地垂落在膝盖上方，头发扎成一根粗辫子甩在身后。太阳火辣辣地照着，道路越往上越窄，曲曲折折的，两边的植物都差不多。他试图超越她，但她突然冲到卡车前面。他急踩刹车，轮子打滑，两个前轮滑出路边，车子差点翻下山去。但她连头也没回。

沃德倚靠在方向盘上，心想着：刚刚发生了什么？那个女人突然冲到他的车前？抬头望去，她还在向前飞奔，凉鞋扬起阵阵尘土，他开车紧随其后。这个女人好像在追逐某样东西，像一位高明的捕食者，跑起来的样子相当娴熟，每一个动作都干脆利落。他从没见过这样的女人，她一直没有回头，一次都没有。他把车子靠得更近，直到她的脚后跟快要碰到车的保险杠了。汽车发动机的噪声中混杂着她此起彼伏的沉重呼吸声。两人就这样一个跑着一个追着过了十分钟：沃德坐在车上，屏住呼吸，淹没在某种情绪里——先是愤怒、好奇，现在又变成了渴望。女人向山上跑去，辫子在身后甩来甩去，双腿像活塞一样一上一下有节奏地摆动，丝毫没有放慢脚步。到达山路最高点时，他看见山顶的泥潭在太阳下冒着蒸汽。女人突然一个转身，一步跃到车的引擎盖上。他急忙刹住车，车轮深陷进泥浆里。她转过身，双手抓着挡风玻璃的两侧，大口喘着气。

“一直往前开！我想感受风的速度！”她大声用英语说出这句话。

他呆坐了一会儿，透过玻璃盯着她的后颈看。他都一路追着她到了这里，此刻还能说“不”吗？可是她这么蹲在引擎盖上，他还能开吗？

但事实上，他早就放开了刹车，似乎脚已经不是他自己的了，卡车沿着山坡向山下滑行，逐渐加速。道路到处都是急转弯，他注意到她抓着车架的手臂，肌肉绷得紧紧的。车子开过挖掘现场他没有停，继续向前行驶，又开了半个小时或更久，道路很陡，路面还坑坑洼洼的。她的发辫在挡风玻璃上甩来甩去，肩膀上缠着的绳子也飘了起来。卡车在坑坑洼洼的道路上颠簸，一路开得歪歪扭扭的，她一直牢牢抓着引擎盖，终于路开到了尽头：映入眼帘的是一片缠绕在一起的藤蔓，下面是深深的陡峭峡谷，峡谷底部有一辆锈迹斑斑的汽车外壳，已经破得不成样了。沃德打开车门，已经上气不接下气了。

他先开口：“小姐，你是……”

没等他说完，女孩就说：“听听我的心跳。”沃德照做了——此刻的沃德仿佛灵魂出窍，从远处看着自己的肉身走出车，将耳朵贴在她的胸骨上。那声音仿佛机器声，像是卡车引擎在她心底嗡嗡作响。他能听到她心脏健硕的肌肉将血液送往身体各处的血管，她呼进的气体在肺部怒号。他从未听到过如此生动的声音。

她说：“我在森林里见过你，拿着铁铲在挖泥土，你在找什么呢？”

他结结巴巴答道：“鸟，一只很重要的鸟。”

她扑哧一笑：“你在泥土里面找鸟？”

“这只鸟已经死了，我们在找它的骨头。”

“那你为什么不去找活着的鸟呢？毕竟活鸟不计其数。”

“找活鸟我又没工资拿。”

“是吗？”她从引擎盖上跳下来，往道路尽头的竹林走去。

两天后，他出现在女孩父母家门口，心想着自己到底应不应该来。她叫奈玛，她的父母是老实富足的茶农，住在一栋小房子里，可以俯瞰咖啡豆和香蕉的种植园。他们家有四英亩茶田、一栋三居室的小屋和一间玻璃墙围成的茶树苗圃，坐落在乌萨姆巴拉山上，那是一座崎岖陡峭、草木丛生的山脉，北面是乞力马扎罗山，东边是印度洋。这或许是最后一块雨林了，曾几何时，从西非海岸一直延伸到坦桑尼亚全部都是热带雨林。蝗虫在苗圃后面的一排桉树上唧唧鸣叫，最先亮起的星星在头顶上方忽明忽暗。沃德在卡车的车厢里装满了一篮一蓝的花，有木槿、马缨丹、金银花，还有一些他也叫不出名字的花。

她父母站在门口，奈玛绕着卡车转了几圈，然后把手伸进花里，从茎处采下一朵雏菊插在耳后，随后问："你能追上我吗?"

"什么?"沃德问。

但她已经跑起来了，先是绕着茶树苗圃跑了一圈，然后跑进树林里。沃德先瞥了一眼站在门口的奈马父母，只见他们神情木讷，随后立马跑着去追赶奈玛。树冠遮挡下，树林显得更幽暗了，暴露在外的树根盘踞在路面上，树枝划过他的胸脯。他隐约能看到她：跳过倒在地上的树木，避开那些幼苗，然后消失不见了。这里实在太暗了，沃德摔倒了，一次、两次。小路出现了一个分岔口，又一个分岔口，如动脉一般，小路从中央向四周分散出去，其间又细分了一百次。他完全不知道她走的是哪条路，他仔细搜寻她的声音，但只听见昆虫的鸣叫声、青蛙的呱呱声和叶子的簌簌声。

最后沃德只能返回，小心摸索着回到小房子那里。他帮她妈妈从小溪旁取水，陪她爸爸在炭火旁喝茶，奈玛没有回来。她爸爸啜着茶耸耸肩，说道："有时候她半夜才回来，不过她会回来的，一直都回来的。如果我不让她去的话，她肯定会不开心的。"她妈妈说奈玛已经长大，可以自己做决定了。

沃德离开的时候，奈玛还没有回来。他住的酒店离得很远，要在崎岖的路上颠簸两小时，沃德始终不能把有关她的记忆从脑子里赶出去：她紧紧抓着卡车引擎盖的样子，她手臂上缠绕的绳子紧贴着她的皮肤，她的手指如钩爪锯牙，她的心跳如钟撞鼓擂。两天后，他又去了她家，过了两天又去了。每次他都会给她带些东西：挂在金链子上的三叶虫化石，镶嵌了一系列紫色水晶的小木盒子。她会笑着把礼物举向光亮处，或者将它紧紧贴在自己的脸颊上，她会说："谢谢。"这时的沃德通常只会低头看着自己的靴子，嘟囔着说没什么。

晚饭时，他会描述起自己的故乡：那是俄亥俄州，那里有闪闪发光的高楼大厦和一排排的城市住宅，他所在博物馆里收藏了各种各样的蝴蝶。她如饥似渴地倾听着，手掌平放在桌子上，身体前倾。她会问很多问题：那里的泥土是什么样子的？那里住着哪些动物？你见过龙卷风吗？于是，沃德编造了一部关于俄亥俄州半真半假的自然历史：一群恐龙在平原上打架；一大群史前大雁掠过矮小树丛。但是对于真正想说的，他却怎么也开不了口。他不知道怎么跟她解释那天在路上她的疯狂举动如何叫他又惊又怕，但同时又让他激动不已。他也没法告诉她，晚上在闷热的蚊帐里大汗淋漓的他开始一遍一遍呼喊她的名字，仿佛那是一种魔咒，能将她召唤到自己的房间里来。

始终不变的一点是，天黑以后，她都会往她家后面迷宫一样错综复杂的小径飞奔而去，向他发起挑战，要他在后面追她。每次他追出去的距离都比上一次更远一点，然后要么被一块石头绊倒弄破手掌，要么摔进荆棘地刮破衬衫。慢慢地他在她家呆得越来越晚，和她爸爸在茶树苗圃里修修补补，或者礼貌地陪着她妈妈坐在桌边，安静得让人觉得尴尬。每次他在奈玛回来之前就得走了，往南开回坦噶的旅馆，卡车在路面上颠簸，此时清晨的第一缕曙光已经出现在山峦之间。

几个月匆匆溜走，十二月，一月，二月。沃德为博物馆采集到了一份完整的史前鸟化石：如银针般大小的精美的骨头嵌在石灰石中。博物馆那边催他回俄亥俄州，预定的机票是三月一日，但他推迟了返程时间，还另外央求了两周的休假，在科罗圭订了个房间。科罗圭小镇就坐落在奈玛家那座山的山脚。那两周，他每天都会开车往北，越过一条河，开进那道路泥泞、蜿蜒曲折的迷宫，因为迷宫的尽头是奈玛的家。

他给奈玛带了网球鞋和 T 恤衫，给她妈妈带了几包南瓜籽，给她爸爸带了些平装本小说。奈玛一如既往，总会回赠他神秘一笑，晚饭时，她会问更多关于他的世界的问题：那里的冬天闻起来是什么样子？躺在雪中会是什么感觉？但每个晚上，他追着她到森林深处，她就忽然不见了。他会对着黑暗中的山峦绝望地大喊："告诉我该怎么做！告诉我你走的是哪一条路！"当他筋疲力尽躺在他房间的小床上时，他嘴里念叨的都是她的名字：奈玛、奈玛、奈玛。

他的回程机票过期了，签证失效了，疟疾药也用光了。他写信请求博物馆再宽限一个月，其间可以不领薪水。漫长的雨季来临，数场暴雨过后，到处散发着令人窒息的潮湿气味，道路上弥漫着水汽，山峦上悬挂着一道道彩虹。有时候暴雨会将山羊冲到他旅馆附近的河流里，沃德站在阳台上看着这些山羊漂过去，遇到河面窄的地方速度就会明显加快，山羊会在水里拼命扑腾为了让鼻子不被水淹没。有时候沃德觉得自己也像那些山羊一样，当前的境遇如洪水般将他席卷，使他完全无法自控，只能在水流中奋力游着，内心充满孤独和绝望。也许生活就像这河里的水，注定是要奔流入海的，没有选择的余地，前方只有广阔虚渺的大海，泛着泡沫的海浪，和深不可测、暗无天日的坟墓。

他开始想家了，想念家乡稳定的节气、温和的空气和平坦的陆地。每次一个人半夜开着车沿着蜿蜒的山路驶下山丘时，他都会凝视着西边，那儿的山丘坡度较缓，他会想象俄亥俄州就在山的那边，他的家就在那里，还有他的书架和别克轿车；他想象着冰箱里装满了奶酪、鸡蛋和冷冻牛奶，水仙花在花坛里绽放。他已经厌倦了天天睡在蚊帐里，厌倦了用黄褐色的水洗澡，厌倦了和奈玛父母一起一声不吭地吃煮玉米。虽然在非洲只呆了五个月，他已经感觉到自己身心俱疲了，他的心正在一点一点被吞噬，随时可能裂成碎片。头顶上灼热的太阳和胸膛里熊熊的火焰交织着向他袭来，让他无法承受，他感觉自己快要燃烧起来了。

四月来了，这是一年中最潮湿的季节。博物馆给旅馆发了一封电报，内容是他们找不到代替他的人，希望他赶紧回去，并让他升到馆长职位，薪水也上涨了。如果接受的话，他必须在六月一日之前报到。

还剩两个月。他开始跑步，天空仿佛一个火炉，太阳闪耀着白光。他挑战身体极限，尽全力奔跑，拼命往山上跑，然后冲回旅馆。起初他只能跑几英里就被炎热的天气击退，沿途的路人会毫无顾忌地盯着他看，看着这个怪诞的高个子白人在马路上气喘吁吁的样子。但是后来他的体力越来越强，他们也就很快对他没了兴趣，有几个人甚至为他鼓掌加油。到了四月底，他可以一次跑十公里，然后十五公里，二十公里……他的皮肤变黑了，肌肉变得更加有型了。

每天他都会让一个司机把礼物送到山里：飞蛾标本，珊瑚化石，有时候是一只蓝色的罐子，里面漂浮着八只小小的水母，有的时候是一个小塑料盒，里面有三只燕尾蝶被钉在天鹅绒上。回到旅馆后，听着心脏规律地跳动，沃德开始感觉内心有一丝东西正在萌芽，有一股神奇的、无尽的力量正从心底涌出来。他减掉了很多肉，食欲却变得惊人。到五月中旬，他已经可以跑很长距离了，某天早晨，他跑过卖篮子的商贩，跑过小镇南部的泥坑，浩瀚的大海在他面前波光粼粼，炭火燃烧的蓝色烟雾缭绕在海滩上方，他觉得自己可以一直这样跑下去。

直到五月下旬，沃德才又一次开着车向北驶，越过潘加尼河，沿着错综复杂、坑坑洼洼的道路，开过种植园，往雨林里开去。他的双腿迸发着新的能量，这一次她一定跑不掉了。在门口遇见奈玛时，他激动得有点喘不过气来：他带来了最后一份礼物。他颤巍巍地站着，双手握拳紧张地垂在身体两侧。他看着她解开盒子上的银丝带，里面是一只鲜活的帝王蝶，蝴蝶在她指尖飞舞，随后绕着房子盘旋。

沃德一边看着蝴蝶一头撞在天花板上，一边说："这只帝王蝶从博物馆寄过来的时候还是一只茧，这才刚刚破茧而出。"奈玛看着他。

她说："你看起来不一样了，你变了。"

晚饭时，她一直关注着他的脸、他的手臂和他手背上的青筋，她点了一根蜡烛放在桌子上，双眼里映着跳动的火焰。

他突然大声说道："我来是想让你和我一起回家，做我的妻子。"

他还没来得及站起来，奈玛就已经跑着从他身边掠过，沃德立马跟了出去，撞翻了一把椅子。他在桉树林里飞奔，大踏步追赶着奈玛。夜晚黑蒙蒙一片，没有月亮，但他比之前敏捷多了，感觉到新生的力量在双腿间燃烧。他跳过枝干，跨过藤蔓，飞驰在小路上。不到二十分钟，他就已经到了之前从未到过的森林深处，随后又跟着奈玛攀上了一条陡峭的小径。奈玛穿着一条白色裙子，在往前飞奔的时候，沃德的目光一直紧紧追随着那条白裙子。

他追着奈玛一路向上，先翻过一片树丛，然后越过树丛上方的竹林，最后到达竹林上方一片开阔的林地，那儿巨大的扁平石头之间长着一簇簇草丛，有苔草，还有石南，一片昏暗中，还能隐约看到一些个头很高、样子很怪的植物，根茎在轻轻摇曳着。他有几次遇到了分岔路口，要选择走哪一条路。所以每隔几分钟，他都会抬起头，瞥一眼奈玛灵活跳跃的身影。她跑得这么快，快到难以形容。

他跟着奈玛跑过一片满是巨石的田野，然后又经过一块长长的泥地，他踩着她的脚印，努力跟上她的步伐。他感觉肺在嘶吼，血液在耳朵里激荡。他沿着她的足迹来到一处山脊，经过好几块高耸的巨石，最后到了断崖的边缘，他停下来，地平面下海洋一望无际，反射着令人目眩的星光。他看了看周围，希望能寻到那一抹白色，将她的身影化作一汪河流在黑夜中蜿蜒。但是看不见她，他又跟丢了，前方已经没有路了，莫非他就算如此胸有成竹但还是选错了道？他转过身，后退一步，然后又再次向前靠近悬崖边缘。他确定自己看到她的裙子在巨石间掠过，现在他的双手就放在那巨石上，而且泥土里还有她的足迹。后面就是他来时走的路，前方似乎什么都没有，一片空白，水面倒映着天上的星星，看上去是那么的真实，远处能听到水花飞溅在岩石上发出的唰唰声。

一颗星星划过天际，紧接着又一颗。他感觉血液在耳朵里滴答作响，他站在悬崖边，探出身子，尽管在黑暗中一切都遥不可及，啥也看不清，他却突然莫名地自信起来，下定决心，闭上眼睛，向前迈了一步。

多年以后，回顾往事时他总会想：那脚印，那白裙，那些是她自我袒露的方式吗？是她故意让他追上的吗？他追赶她，是像捕食者追逐猎物一样呢，还是他一直被引诱着向前走，其实他才是真正的猎物？是他将她逼下悬崖，还是她引诱着他迈出悬崖边缘？

往下掉的过程似乎永远没有尽头，持续了很久很久，之后他感觉有东西啪啪冲击着鞋子和前臂，他沉到水下，又浮上水面，依然活着，还喘着气。周围水流缓慢，他明白过来自己在一条河里，四周都是耸立的峡谷。他顺着水流漂到了一个砾石滩，坐了下来，半个身子淹在水里，手臂一阵刺疼，他尽力想缓过气来。

奈玛此时正站在远处的河岸上，她的皮肤如河流一般幽暗，甚至更黑，当她向他走近时，她的下半身似乎已经和水流融为一体了。她走到他面前，向他伸出一只手，他紧紧握住，虽然她的手很温暖，他依旧能感觉到它在颤抖。燕子在他们头上盘旋，一只仙鹤正在远处的河岸上捕猎小鲦鱼，突然它停了下来，喙一动不动，一只脚悬在水面上。

她真的是在冒险啊——多么绝妙神奇、不可思议的冒险！沃德甚至能想象她迈出悬崖边缘，在黑暗之中纵身一跃的样子。她的视线越过他的头顶，望向漫天闪烁的繁星，说道："我愿意。"

接下来的礼拜天，在卢绍托，他们在牧师的见证下结婚了。

他在她父母家里呆了一周，他住奈玛的房间，两人很少说话，彼此眼中只有对方。沃德一刻都无法接受她不在自己视线范围内，连她上厕所的时候都想跟着，想帮她穿衣服。奈玛发现自己无时无刻不在颤抖，她扑向他的怀里，沿着她自己选择的那条道路以身体能承受的最快速度飞奔着。飞机上两人十指相扣，他看着窗外连绵起伏的绿色山峦越来越远时，隐隐觉得有些得意。

奈玛靠窗坐着，努力想象自己在天空中飞翔，不是跟一群陌生人挤在小小的机舱里，而是翱翔在天空中，手臂张开，云层从身边掠过。她紧闭双眼，握紧拳头，可是她的愿景却没有出现。

奈玛十岁时独创了一个游戏，她称其为“流”。所谓“流”就是：在她父母房子后面纵横交错的小道上，她会选择一条从未走过的路，一路走到尽头，到那时她必须再往前走一步。有时候可能只是在荨麻刺上跨过一步，或是爬过一堆藤蔓。有时候小路的尽头是峡谷，前面挡着一条河流——可能是静静流淌的褐色潘加尼河，也可能是其他一些水流湍急的无名小溪，通常她会将肯加裙系在腰间，颤巍巍地涉水走过。如果在峡谷的尽头，小径在一片雪松林戛然而止，她会向上爬二十英尺，站到一根树枝上，然后再腾空往前跨出一步。

她最爱的是那些通向山丘的小路，蜿蜒穿过大片的石南和草丛，尽头是看似摇摇欲坠的顶峰。她会站在小路的尽头，抬起脚。远处望去，树儿在风中摇曳，从地平线处飘来的一簇簇云朵在尘土飞扬的平原上方飞舞。她的身子会微微前倾，感受来自海湾的气流，她的一只脚悬空在那里，整个宇宙都在她周围流淌，她会感到一阵令她恐慌又喜悦的晕眩，努力克制着自己再往前迈出一步的强烈冲动。

她会一直跑，直到感觉不到双腿在移动，直到过去和将来似乎都已消失，只剩下奈玛自己一个人，她全身心地注视着沸腾的、绵延起伏的森林，她会有一种想要不顾一切地加速，在云层下面奔跑，感受内心焕发生命光彩的冲动。偶尔，在某些夜晚，当接近小路终点时，她感到身体的躯壳悄悄溜走了，在那令人振奋的一刻，她感觉自己变成了一束光，向着天空全速飞行。与其说那种感觉是不满足，不如说是好奇；与其说是对静止的恐惧，不如说是对运动的向往。但是，那两样东西——恐惧和不满，也确实存在着。奈玛无法一直坐着不动，她讨厌采茶，她厌倦学校。

后来奈玛慢慢长大了，她目睹了朋友与朋友结了婚，年轻的男孩们接手了父亲的工作，女孩们则变成了她们母亲的翻版。似乎没人离开他们从小生活的地方，日复一日走着相同的路。十九岁、二十二岁，她一直奔跑在丛林之中，遇到荆棘就匍匐前进，遇到河堤就迎难而上爬上去。孩子们叫她“疯子”，采茶人把她当成异类。那时候，“流”已经不仅仅是一个游戏了，而成了她可以确信自己还活着的唯一方式。

后来沃德出现了，他很不同、引人注目。他会谈到她只能在梦里看到的地方，他整个人都那么体贴周到，是她之前从未见过的。（沃德从车里走出来，害羞地盯着自己的脚，用指甲刮着衬衫上的一小块泥土。）他送的礼物、他的关注、他许诺的那些与众不同的、迷人的东西都深深吸引着她。但是，直到他跟着她跳进河里，她才完全说服了自己。那时天很黑，他本可以轻易地回头的。

飞机上，奈玛睁开眼睛，心想，这场婚姻，这张通往另外一片大陆的单程票，只是新一轮的“流”的开启，现在的她只需做好准备，坚强地踏出那最后的一步。

俄亥俄州，阴沉的天气仿佛裹尸布笼罩在城市上空，雾霭如窗帘一般挡住了阳光，直升机在头顶上方不停地来回穿梭，汽车像垂死的野兽呻吟着穿过街道。沃德所住街区的房子间隔不到一英尺，奈玛架起一块板就可以够到邻居家的厨房。

刚开始几个月，奈玛全身心扑在沃德身上，没来得及失望。是爱，是不顾一切的爱在支撑着她。下午的时候，她会隔一分钟看一次钟，等待着他坐的公交车在街区尽头将他放下来，然后听他在门口掏钥匙的声音。晚上的时候，他们会在街上奔跑，避开街灯柱，跨过报纸箱。有时他们会一直聊天聊到黎明，但是周一早晨很快又来临了，奈玛真想把门锁起来，把他的钥匙藏起来，在走廊里拖住他不让他走。

虽然博物馆不是奈玛想的那样：破裂的花岗岩楼梯，陈列柜上堆积成山的哺乳类动物和骨头，镶着塑料眼睛的洞穴人对着石膏做的炊火弯着腰的实物模型，但她还是能明白沃德为何对史前的东西如此有兴趣。那是一个陈腐但令人神往的地方，那是这个国家曾经的样子。晚上他们坐在屋顶上，看着街上怠惰的往来交通；他们在一条雷龙的胸腔化石里野餐。在一个大理石大厅里，四周的墙壁上钉着几乎有五万只蝴蝶标本，地球上各个地区的种类都有。蝴蝶翅膀上的颜色看得奈玛目瞪口呆：令人眩晕的蓝色光圈、虎纹、假眼。沃德微笑着一个一个说出它们的名字，这是他最喜欢的地方，即使后来升了几次职，他也还是会回到这个布满蝴蝶的大厅，擦拭灰尘，把标签摆放好，检查新增的蝴蝶物种。

但是，奈玛在博物馆呆的时间越长就越觉得烦躁。一切都停止了生长，没有生机。甚至连天花板上裸露的灯泡投射下来的灯光，看起来也死气沉沉的。那儿的人们痴迷于给各种东西命名、分类，好像第一只橙色翅膀的蝴蝶刚刚破茧而出时它的名字就叫橙尖粉蝶，好像将风干的样本钉在硬纸板上，再贴上“碗蕨科”的标签，就能解释清楚蕨类植物的本质一样。馆长将沃德的史前鸟带走了，把一张索引卡贴在上面，然后把它锁在一个玻璃橱柜中。难道这就是所谓的自然历史？她真想搬来几车泥土堆在地板上，然后大声说：“看见这条虫子了吗？”说着抓起一条虫子在上了年纪的门卫大爷和前来参观的一年级小学生面前抖一抖，“看见这些鼻涕虫了吗？这才是自然历史，这才是你们的前世今生。”

熙熙攘攘的交通、随处可见的广告牌、充斥于耳的汽笛声、陌生人不愿直视她的目光，这些都是她未曾料到的，也是她无法提前做好准备的。她仅能找到的那几棵树上的叶子，也沾满了工厂的煤灰。超市里也死气沉沉、没有活力：肉都用塑料袋包装起来，她必须要站在超市过道里把包装袋撕开才能闻到肉的味道。她在院子里洗衣服时邻居们都假装没有盯着她看，她站在草坪上，一边拧干沃德的衬衫，一边告诫自己："你得找点事儿做，找点有意义的事儿做，否则你没法在这儿呆下去。"

沃德看着奈玛在房间里走来走去像是在寻找丢失的东西，有时候她会抱怨自己染上了奇怪的病：她的脖子被看不见的钳子夹住了，她的脑袋变得迟钝了，里面一团糨糊。一次沃德带奈玛去一个熟人家里吃饭，是一位来自肯尼亚的大学教授，沃德对她说："多出去走动走动对你有好处。"教授的妻子做了印度薄饼，还用斯瓦希里语轻轻哼着小曲儿。但奈玛一直闷闷不乐地坐在桌边，眼睛直勾勾地盯着外面。晚饭过后，大家都在客厅里喝茶，她却呆在厨房里，坐在地板上，和猫窃窃私语。

晚上沃德辗转反侧，对自己充满了厌恶，他很想知道：为什么你如此渴望一件东西，最终得到了，却还是不满意呢？为什么幸福感这么快就消失了呢？当他终于可以入睡时，梦中却又充斥着青面獠牙的恶魔。梦到利爪扼住自己的喉咙时，他醒了过来，大口大口地喘着粗气。

沃德也在改变，或许只是回到他原本的样子，回到他更加熟悉的生活轨迹上去。回到俄亥俄州才六个月，奈玛已经可以看到他脖子周围的红晕不见了，轮廓分明的肌肉也不那么明显了。她看着他将自己困在工作中：每天晚上八点或者九点回到家，困倦不堪，满心歉意。周末他也会带一些文件回家处理，他现在负责博物馆的出版工作，后来又负责会员管理。他会站在书房门前说："我爱你，奈玛。"但他已经不是那个曾经出现在她父母家门口，像一头处于发情期的雄鹿一样，上气不接下气，不停发抖但却充满激情的沃德了。

他们小心、安静地做爱，但那也无法缓和两人之间的关系，事后他会喘着气问："你还好吗？"便不敢再碰她。她像一朵娇艳欲滴的花，却被他剥去了全部的花瓣，这一切如同一场意外，说什么都迟了。"你还好吗？"

奈玛在这呆的头一个二月，天气一直阴沉沉的。她感受到屋顶上雪的沉重，让人窒息，每天早晨她翻身起床，拉开窗帘，叹息又是灰蒙蒙一片，从没有太阳，空气一直停滞在那儿。一英里以外，市中心高耸的塔楼，单调乏味的外形在阴郁沉闷的天空下，就像一座巨大的牢房。汽车咆哮着驶过烂泥路。

她会想：自己已经来到了俄亥俄州，踏出了那最后的一步，可结果呢？现在该怎么办？回去吗？到八月份，她就来这儿一年了，晚上她会独自抽泣。俄亥俄州的天空已经变成了一张有形的网，重重地压下来，压弯了她的脖子，压垮了她的肩膀。她会一连好几个小时都萎靡不振，沃德急切地想要她振作起来，尝试了各种方法，还开车带她到城外，去看山上的谷仓和田野里的打谷机。他们坐在朋友家的走廊上，吃着涂了厚厚一层黄油和胡椒粉的新鲜玉米。她问道："那些白色的盒子是什么？"

"蜜蜂。"接下来的一整个冬天她都猫在地下室里用榔头敲敲打打地组装架子，四月份的时候她从农场用品商店买回来一只蜂后和一大包工蜂，足有三磅重，在后院搭了一个蜂巢。每天晚上，她会在头上蒙一块帆布，点燃一束束草，用烟将蜜蜂吸引过来，然后她会站在蜂巢旁，看着蜜蜂勤勤勉勉地干活，看着它们恣意疯狂，她很开心。但是邻居们却怨声载道，声称他们家都有孩子，有些孩子对蜜蜂过敏；还抱怨说蜜蜂侵扰了他们种的连翘和盆栽天竺葵；一位妇女甚至在家里的空调中发现了蜜蜂。邻居们开始在沃德车的雨刮器后面留便条，留言机上也多了很多粗鲁的留言信息，再往后就收到了要采取极端措辞的最后通牒，他们把小纸条绑在一个玻璃镇纸上，然后从窗户扔进客厅，威胁着：给你家的蜜蜂来点杀虫剂怎么样？两名警察站在门廊里，手拿着帽子背在身后，说道："城市条例规定，不允许养蜜蜂。"

沃德想帮她处理掉那些蜜蜂，但是奈玛拒绝了，执意自己开车去郊外放蜂。她以前从没开过车，一路上不知熄了多少次火，还差点撞倒两个骑三轮脚踏车的孩子。最后她在州际公路旁边的田野里停了下来，打开行李箱，看着蜜蜂盘旋着飞出来，聚在一起，感觉很不安，不知该往哪儿飞。一群蜜蜂蜇了她的手臂、膝盖还有耳朵，奈玛哭了，她痛恨她自己。

她用吸盘将喂鸟器吸在卧室的窗户上，用佐茶的饼干将松鼠引诱进厨房；她研究屋前走道上穿梭的蚂蚁，观察它们将甲虫风干的尸体扛在肩上，运往草坪。但是这些还不够，这不是原始自然，完全不是，一点也不是。目光可及的只有山雀、鸽子、老鼠、花栗鼠和家蝇，去动物园就为看一对脏兮兮的斑马嚼干草，这就是生活？这就是这儿的人们选择的生活方式？内心深处，她可以感受到风渐渐停了，她的青春气息也消失殆尽。她渐渐明白，在她的生活中，一切的一切，健康、快乐，甚至爱情，都与这片土地休戚相关，世间的天气与她灵魂的阴晴不可分离，她的动脉也会像风一样停滞，她的肺里吸进去的全是灰色的天空。突然她听见耳朵里有脉搏跳动的声音，血管里有血液流动发出的富有节奏的飕飕声，这意味着时间在一点一点流逝，每一刻都留下恒久的印记，无法挽回，永久消失了，奈玛为失去的每一刻哀悼。

冬天来了，这是奈玛在俄亥俄州呆的第三个冬天，她开着沃德的别克轿车来到宾夕法尼亚州，回来时带了两只幼小的红尾鹰，那是两只孤鹰，奈玛是从一位养鸡的农民那儿买来的，那个农民开枪打死了鹰妈妈，并在报纸上刊登了出售雏鹰的广告。这两只红尾鹰羽翼丰满，生性喧闹易怒，长着钩状的喙、锋利的黑色爪子和火红的眼睛。奈玛在它们头上套上了皮制的鹰帽，把它们拴在地下室的一块木头上。每天早上她都会喂给它们好几块生鸡肉。为了训练它们，她会带着它们绕着房子走，给它们戴上头罩，让它们栖息在她带着厚手套的手腕上，用一根羽毛轻抚着它们的翅膀，和它们聊天。

小鹰的内心充满了仇恨，晚上会从地下室传来狂放的嚎叫声，不绝于耳，奈玛会醒过来，体会这奇怪的感觉，好像世界颠倒过来了——天空在她脚下塌陷，小鹰在地下室盘旋，叫声犀利，她躺在床上听着。之后，熟悉的一切又发生了——电话铃响了：邻居们想知道为什么听起来像是有孩子在沃德家地下室里尖叫。

她慢慢懂得：自然并不是她能创造的东西，也不是她唾手可得的东西，自然就在那里，是她某天在路上走着走着，走到路的尽头，足够幸运才有机会遇到的奇迹。她每天晚上都会去看她的小鹰，把它们搬到地下室的另一头，用羽毛轻抚着它们，用斯瓦希里语和查加语对着它们说话，但是它们仍然厉声尖叫。沃德会在书房里大吼："它们还小，你就不能给它们带上口套，让它们别这么声嘶力竭地叫唤？等它们长大点不叫了再取下来。"但是仇恨并不会随着它们的长大而消减，仇恨已深扎在它们的心中，她可以清楚地看到它们的眼神中满是憎恨。

这样过了一周，邻居们不断地打电话过来，警察也上门了两次，沃德只得坐下来和她好好谈谈："对不起，奈玛，警察要来把小鹰带走。"

奈玛说："那就让他们来吧。"但是那晚，她将其中一只小鹰带到后院，解开了它的头罩，放走了它。小鹰笨拙地扑腾着飞向空中，拍拍翅膀，落在山墙上。之后，它开始尖叫起来，声音很有节奏但也很刺耳，如同汽笛发出的警报声。它用喙啄着屋顶，啄下来的木瓦屑飞向空中，又落在前廊，之后它又飞到前排窗户上，片刻后又飞到邮筒上，继续大叫。奈玛跑到屋前，紧张得不知如何是好，都快喘不过气来了。

五分钟后，警察拿着手电筒朝着窗户照来照去，沃德穿着宽松的运动长裤，站在走道上，他朝警察摇摇头，指了指大叫的小鹰，这会儿它已经轻轻落到排水沟上了。门廊的灯亮起来了，接着整个街区的灯都亮了起来。两个穿着工作服的工作人员把车开到草坪上，想用长竿网兜把它逮住，小鹰朝他们大叫，然后俯冲下来袭击他们的头部。最后，在一片嘈杂混乱中，夹杂着汽笛的哀号声，人们的咆哮声，小鹰的嚎啕声，枪声骤然响起，羽毛四处飞散，紧接着是一片死寂。困倦不堪的警官把手枪插回枪套里，小鹰的尸体重重地落在树篱后，掉落的羽毛漂浮起来，在黑暗中打转。

等到警察离开，邻居家的灯都熄灭后，奈玛偷偷下楼，将另一只鹰从后院放走了。小鹰摇摇晃晃地飞向天空，消失在城市上空。她站在院子里，仔细听着，最后一次看着薄雾中的黑点，在灰色的田野上，渐渐隐去了。

沃德对着奈玛说："不能再这样下去了，下次你又会弄些什么东西到家里来呢？鳄鱼？还是大象？"他摇摇头，用宽大的手臂抱着她。才三年而已，他的身体已经变得软趴趴，这让她很反感。随后他问："为什么不去上大学呢？你可以走路去学校。"但她一想到大学，就想到她在卢绍托上学时那沉闷的日子，异常炎热的教室，让人不胜其烦的数学题，连贴在墙上的二维地图也是那么枯燥无味：绿色的是陆地，蓝色的是水域，用五角星标记的都是首都城市。老师们总是热衷于给地图上的各个地方命名，要知道这些地方早已经以无名的形式存在了上百万年了。

每天她都很早上床，却很晚入睡，她大口大口地打着绵长的哈欠，对于沃德来说，与其说她在打哈欠，倒更像是一种无声的尖叫。有一天，沃德去上班了，奈玛跳上了第一辆停下来的城市公交车，一直坐到司机提醒她最后一站已经到了，她才发现自己来到了机场，她在航站楼里徘徊，看着不同城市的名字滚动出现在显示屏上：丹佛、图森、波士顿。拿着沃德的信用卡，她买了一张去迈阿密的机票，并将机票折好放在口袋里，等待登机广播响起。她两次走向登机通道，但最终都停了下来，转身离开。在回去的公交车上，她忍不住哭了起来，她已经忘记如何踏出那最后一步了吗？为什么这么快就忘记了？

奈玛抱怨夏天太潮湿，冬天太寒冷。沃德要带她出去吃饭时，她总推脱说自己病了；他讲述博物馆发生的事情时，她的眼神总是看着别处，甚至都不愿装出在听的样子。四年了，她仍旧不假思索就把房子称作“他的房子”。每次沃德都会用拳头狠狠捶着墙壁，坚持说：“奈玛，这是我们的房子，我们的厨房，我们的调料架。”沃德开始怀疑她是否会不告而别，他很确定在某个早上，他醒来时会发现她已经走了，壁炉架上会贴着一张便条，橱柜里的行李箱也跟着消失不见了。

沃德回家晚了，在楼梯上碰见奈玛，他会说：“我今天工作很忙。”奈玛从他身旁走过，径直向外走去，走进漆黑的夜色，两人一进一出方向正好相反。

他从办公室抽屉里取出一本笔记本，在上面写道：我终于明白了，我给不了你需要的东西，你需要无尽的动感、鲜活的生命，以及一些我甚至无法想象的东西。我只是个普通人，过着普通的生活，如果你想离开我，去寻找你需要的东西，我也能理解。任何人在见过你在树下奔跑的样子、见过你紧紧抓住卡车引擎盖的样子后，都没法忘记你，失去你，他将再也不可能得到真正的快乐。但是我愿意放手，无论如何，我会好好活下去的。

他签上自己的名字，把信折起来，放进口袋里。

他们的生活缠绕在了一起：出生在世界的不同半球，机遇和好奇将两人捆绑在一起，但又因为对彼此生活环境的无法相容而不得不分开。沃德坐着公交车回家时，他的信正躺在他的口袋里，但是，此时此刻，另外一封信也坐着飞机漂洋过海来到了美国，接力了很多辆卡车，经过了好多双手，这会儿正在俄亥俄州他们家的邮筒里等着：那是一封来自坦桑尼亚的信，是奈玛父亲的弟弟寄过来的。奈玛把信拿进来放在餐桌上，直勾勾盯着它看。沃德回家时，发现她坐在地下室的地板上，像阿富汗人那样将自己包裹起来。

沃德在奈玛面前晃了晃手指，给她泡了茶，她没喝。他掰开她的手指，从她的拳头里拽出信，读了起来：她的父母在一场车祸中丧生，通往坦噶的一段路被泥流冲毁，她父母的车被直接卷进了峡谷。虽然葬礼已经过去一周，沃德还是提出要送她回去，他跪坐在她面前，小心询问是否愿意让他来安排一切，她没有回答，他把手放在她的两颊上，抬起她的头，但是一松手，她的头又垂下去了，一直垂到胸口。

沃德穿着衬衫系着领带和衣睡在混凝土地板上，躺在她旁边。早上他将自己写给她的信拿出来撕得粉碎，然后将她抱进车里，开车送她去镇里的医院。护士推着轮椅把她送进一个房间，在她手臂上插进一根管子，对沃德说："我们会照顾好她的，她会好起来的。"

但这并不是她所需要的照顾：这里到处是雪白的墙壁、闪着白光的荧光灯，大厅里弥漫着疾病的气息。他们将药塞进她嘴里，一天两次，她整天昏昏沉沉的，头上能感觉到脉搏在缓慢地跳动。她躺在床上，听着电视里絮絮叨叨的声音，这样有多少天了？她的心已经被掏空了吗？感觉已经变得迟钝了吗？她能感到时常有人俯下身子查看她的情况，他们的脸庞像白色的月亮，在她眼前上升又下落，有医生，有护士，还有沃德。沃德一直陪在她身边。她的手指触摸到病床的金属栏杆，鼻子闻到医院食物中消毒水的味道：速食土豆、药用南瓜。电视里嗡嗡声不断，她不做梦，睡着时周围都是灰色的。有时她努力想要记起父母的样子，但就是想不起来。很快，坦桑尼亚也会完全从她的脑海中消失，她会变得像那两只孤鹰一样，不记得自己的家在哪里，只记得那个困住她的地方，被戴上了头罩，拴了起来，完全违背她的意愿。接下来会是什么呢？他们会突然闯进来，开枪打死她吗？

已经是早晨了吗？她已经在医院呆了两周了吗？她把针管从手臂上拔掉，硬撑着从床上爬起来，步履蹒跚地在房间里走动，她感觉到身体里的药物让她的肌肉收缩变慢，麻痹了她的反应神经。她感觉头就像一颗玻璃球，岌岌可危地搭在肩膀上，一个不小心就会掉下来，然后她就得用她的余生去收拾这个残局。

大厅里，轮床被推来推去，看护病人的人你推我搡的，她看到地上有很多方向引导线，向四面散开，就像她年轻时屋后错综复杂的小径。她随便选了一条，跟着它走，走了一段时间，她也记不清有多久，一个护士过来扶着她的手肘，搀着她转过身，领她回到自己的房间。

他们开始把她的房门锁起来，午饭给她喝汤，晚饭给她吃豌豆。她感觉自己在慢慢逝去，心脏的肌肉变薄，血液渗透出来。她内心深处那股自由奔放的洒脱已消失殆尽，不知怎么就染上了病，任人宰割。怎么会这样？是她没有看好自己的心吗？没有将它放在身体中央保护好吗？

她不知道自己被锁在医院的房间里有多少天，终于沃德把她带回了家，他在窗边给她安了一把椅子。她看着川流不息的公共汽车、出租车，看着低着头拖着沉重的脚步来来回回的邻居。强烈的空虚已经在她的内心深处扎根，她的身体仿佛变成了一片荒漠，没有风，一片漆黑，非洲已经变得遥不可及。有时候她会怀疑是否真的有非洲存在，她的整个过去是否只是一场梦，只是读给孩子们听的寓言故事。讲故事的人会说："看看，冲动会带给你什么？看看，人一旦迷失了方向会是什么下场？"边说边在孩子眼前晃动着手指。

春夏秋，季节更迭，奈玛每天都睡到正午甚至更晚才起床。随着季节的缓慢变化，残留在她记忆中的景象也变得越来越淡薄，她只依稀记得幼小的知更鸟向妈妈讨虫吃时发出的吱吱声，还有雪花在街灯下飞舞的场景。这些记忆的碎片仿佛透过厚厚的玻璃墙突然向她袭来，但它们的意义已经发生了改变，失去了背景，磨平了锐气，已不复当初狂野的味道。甚至连她的梦也回来了，但梦也不是当初的梦了。她梦见一队骆驼缓缓走过森林，橙色的云朵在森林的树冠上若隐若现，但是，在这些场景中，她找不到自己。她只能凝视着这些地方，却无法走近，只能见证美丽，却无法切身感受，似乎她已经从每个时刻中被删除。整个世界变成了沃德博物馆的一个展厅：很美，令人怀旧，但一切都被简单化了，古老的东西被封存起来，不允许人们去触碰。

某些个早晨，奈玛躺在床上看着沃德系领带，衬衫的下摆垂在他肥硕的大腿上，她感到一股厌恶之情从身体里某个正在溃烂的地方悄然升起，她会转过身趴在床上，怨恨他曾在雨林里追逐她，怨恨他曾在悬崖边纵身一跃。他们的关系已变得一发不可收拾：沃德已经放弃走进她的内心，她也对他关上了心门。她已经在俄亥俄州呆了五年了，但是却感觉已经过了五十年之久。

夜晚时分，奈玛蹲坐在屋后的台阶上，半梦半醒间，突然看见一排大雁掠过房子的山墙，它们飞得很低，奈玛能清晰看见它们的羽毛，看见鸟嘴上光滑的黑色曲线，看见它们在同一时间一起眨着眼睛。大雁从她头上飞过，荡起一股劲风，让她突然感受到了大雁翅膀的力量。它们朝地平线平稳地飞去，嘎嘎不休，变换着队形。奈玛一直盯着看，直到大雁消失，眼神还停留在它们消失的地方，忍不住想：它们是沿着哪条道飞的呢？它们脑子里究竟藏着怎样奇怪的开关，一到冬天就会打开？是什么让它们每年沿着同一条看不见的轨迹飞向南方，飞去同一片水域？她不禁感叹起来：天空多么绚烂啊，又是多么不可知啊。大雁消失了很久以后，她的眼睛还是经常不自觉地仰望天空，等待着，希望着。

一九八九年，奈玛三十一岁。沃德正在吃一个纸杯蛋糕，他的下嘴唇上粘着一条糖霜，看上去像一块钟乳石。奈玛走进来，站在他身前，说道："我想去上大学。"

他停止咀嚼，说道："嗯，那好啊。"

体育馆里，学生们在标有"政治学""人类学""化学"的摊位前转悠。一个挂满了精美照片的摊位吸引了奈玛的眼球，照片上是堆满了积雪的火山，一张破裂的椅子，还有一系列照片拍的是一颗子弹穿过一个苹果。她研究起这些照片，并提交了申请表：摄影学一〇〇课程：相机入门。沃德有一台老旧的六三〇尼康照相机，放在地下室里，她掸去上面的灰尘，带到第一堂课上。

她的老师说："这个相机不行。"奈玛说："我只有这个。"老师摆弄着相机后盖，向奈玛解释说，光线会渗透进去，那样照片就毁了。

"我可以用手按住它，或者用胶布把它封住，求求你了。"奈玛恳求着，眼泪在眼眶里打转。

老师说道："那好吧，我们来想想办法吧。"

第二天，老师带着学生来到校园，他大声说道："同学们，我们要在这儿拍几张照片，胶卷省着点用，注意构图。"

学生们四下散开，把镜头聚焦在建筑物的基石、轮廓分明的栏杆末端、消防栓的圆盖上。奈玛走向一棵被压弯了的斑白老橡树，它从人行道中间的一块三角形草坪里斜伸出来。她的相机后盖用绝缘带封了起来，里面有二十四张胶片，她还不太理解在自己的这个小玩意儿中存了二十四张胶片意味着什么。她对 F 光阑、感光度标准、景深这些名词也是一无所知。但她身体前倾，将镜头微微抬起，光秃秃的树干在空中摇曳，奈玛等待着。天上云层很厚，但她能看见有一道裂缝正在慢慢形成，她耐心地等着。十分钟后，云层慢慢地散开了，一束细小的光穿过云层，照射到橡树身上，她按下了快门。

两天后，在暗室里，她看见一条条底片被夹在一根绳子上晾干，老师从绳子上取下她的底片，点了点头，递给她。奈玛学着老师的样子，将底片举高放到灯泡下，突然，她看见了自己几天前拍摄的照片——阳光从薄雾中撕开了一条缝，映照得橡树枝熠熠生辉。她感觉到黑暗在她眼前慢慢消退，寒意顺着手臂悄悄溜走，愉悦之情如泉水般涌出来。那是一种狂喜，是最古老的感受，这种感觉就像是站在森林厚厚的树冠上，然后一个转身，透过树梢向远方眺望，她终于又一次见到了这个世界，这么多年来第一次有这种感觉。

那天晚上她一直无法入睡，感觉全身炽热，第二天的课她早到了三个小时。

他们先做相版，然后再把照片冲印出来。在暗室里，她目不转睛地盯着显影液，等待着自己的那张照片出现在相纸上——它浮现出来了，先是模模糊糊的，然后变成灰色，最后完全显现出来，这是她所见过的最美妙的魔法。显影剂、定影液、定影剂，就这么简单。她突然明白了：原来我来到这里就是为了要发现这种魔力，并将其发扬光大。

课后，老师把奈玛叫了过来，他俯下身仔细看了看照片，指出电话线不应该出现在画面里，还有曝光时间可以稍微再延长一点。“第一次能拍成这样已经很好了，但也有一点失误。你的相机有光线透进来——你能看见这儿边上漏光了吗？还有这棵树看起来过于平淡，没有背景，没有参照物。”他拿下眼镜，身体微微后仰，开始他的高谈阔论：“如何在二维空间里呈现出三维的效果，如何在平面空间里展示世界，这对每一个艺术家来说都是最大的挑战，奈玛。”

奈玛往后退了一步，重新审视了一番自己的照片，心想：艺术家？我要成为一名艺术家？

每天她都会出门捕捉云彩的神态：高雨云、卷积云，捕捉飞机飞过时凝结尾流的交叉影线，以及火车轨道上方飘着的孩童的气球。她捕捉到了云彩下城市的天际线，还有水潭表面倒映出的两团积雨云。几分钟前一辆汽车从一条小狗身上辗过，她捕捉到了小狗眼中那一片蔚蓝色菱形的天空。她开始从光的角度来观察这个世界：窗户、电灯、太阳、星星。沃德会在餐桌上给她留些钱买生活用品，但她都花在买胶卷上了。她漫步到以前没去过的街区，在别人家的前院蹲下，一动不动，一蹲就是一个小时，等待着厚厚的层云出现裂缝，看看光是否可以渗透搭在两片草叶之间的薄薄的蜘蛛网。

又有电话打来了：沃德，我们看见你妻子蹲在一条死狗旁边，在给那狗拍照。她还拍我们的垃圾桶。她还站在你车的引擎盖上，整整一个小时都盯着天空。

他努力想和她沟通，比如说“奈玛，课上得怎么样?”或者“去外面你可要当心啊。”他又升职了，几乎把所有的时间都花在了计算盈利和接听电话上，还要带着捐赠人一起参观博物馆。那个时候，他和奈玛已经相距甚远，他们的生活轨迹已经分道扬镳，向着不同的大陆铺陈开去。她会向沃德展示自己拍的照片，他会点点头说：“拍得真棒。”说着拍拍她的背，随手拿起一张照片说：“我喜欢这一张。”可每次他喜欢的都不是奈玛中意的：比如一团卷云飘过月亮，透射出一抹彩虹色。不过对此她并不介意，她的灵魂已经被点燃，没有什么能让她放慢脚步，随便沃德和他的邻居们怎么嗤之以鼻，她都会独自把目光投向天空。她将独自一人见证这些橙色、紫色、蓝色和白色的世界旅行者，看着这些质感生动、金碧荧煌的“移形换影大师”从头顶上方疾驰而过。每天早晨，踏出家门，她都能感觉到自己体内最硬最暗的地方一团烈火正在熊熊燃起。

摄影学一〇〇课程结束了，奈玛得了个A。秋季学期她又选了另外两门摄影课程：当代摄影和暗室技巧。一位教授对她大加赞赏，并主动提出要带她做一项独立研究，他说：“我觉得，最好是能让你在这条路上继续走下去。”奈玛能够感觉到现在走的这条路会在她脚下越变越宽。她一次次按下相机快门，学期结束了，她凭借那张死去的小狗的照片获得了学生大奖，那些她从未见过的人在大厅里和她擦肩而过时都会上前祝她好运。一月时，一家咖啡馆打电话来说愿意出一百美元买下她的第一张照片，也就是那张沐浴在阳光下的橡树照片。到了夏天，她的作品已经被挂在了一个小型画廊里，成为联展作品的一部分。一位女性曾评论说：“这些照片凝聚着她的耐心，这些照片提醒着你，每个时刻都转瞬即逝，永远没有两片完全相同的天空。”另一个人插进话来说道：“奈玛的作品非凡脱俗，是对无形事物最完美的诠释。”

她很早就悄悄溜走了，避开端着春卷盘子、穿着无尾礼服的服务员，径直走向已趋日暮的阳光，拍下照片：落日的余晖穿过桥拱，月亮躲到建筑后面留给天空一轮光晕。

一九九二年四月的某个夜深人静的夜晚，以前的那种熟悉的感觉又悄然而至，那种奔跑着接近道路终点时雀跃的心情。她站在自然历史博物馆的大理石台阶上研究起星空，下午的时候下了点雨，此刻澄澈的星光穿过大气层投射下来，她的脖颈和肩膀沐浴在银河之光中，血液像潮水般在内心翻腾。天空似乎只有几码高，她伸手便可够着，可以一把抓住冰冷的银河系中心，然后像晃动细小的水银珠子那样晃动那些恒星。既深邃又浅显，天空原来可以呈现这么多面。

沃德正在蝴蝶大厅里，他打开一个装满蝴蝶标本的箱子，发现装箱的时候没注意，很多蝴蝶翅膀都被压坏了，上面的粉状图案也模糊了。他把标本一只只取出来放在地板上，试图将它们修复。她摇了摇他的肩膀说：“我要走了，我打算回家，回非洲。”

他把身子往后靠了靠，但没有直视她的眼睛。“什么时候?”

“就现在。”

“等到明天再走吧。”

她摇摇头。

“你怎么去呢?”

“飞回去呀。”话没说完她已经转过身子，朝大厅外走去，她轻柔的脚步声渐渐远去，听不见了。沃德当然明白她指的是坐飞机回去，但是那晚，当他独自一人躺在床上时，他还是忍不住想象她张开手掌、挥舞手臂，优雅地、轻盈地飞了起来，飞过平原和山丘，朝着海洋飞去。

沃德在邮筒里收到一封信，里面有一张照片：地平线上积雨云漫天密布，一道闪电划过，云层被劈成了青灰色。他倒了倒信封，发现她只寄了一张照片回来。接下来的一周又收到一张照片：一只孤独的犀牛出现在地平线上，两颗陨星的轨迹在它头顶上方交汇。她一个字都没写，也没有署名。但照片还是一直寄过来，每月两张，有时候多些，有时候少些。没收到照片的时光，沃德的生活乏善可陈。

沃德将房子和家具卖了，在市中心买了一套公寓。周末的时候他会给自己置办一些家具：大屏幕的电视机、贴在浴室墙上的两幅瓷砖壁画。他还重新装修了办公室：窗台上放了几枚罕见的贝壳，桌面铺上了西班牙产的高级皮革。工作方面，他越来越得心应手，随便吃一顿海鲜饭，或者金枪鱼和煎饺，几乎就能让任何人为博物馆慷慨捐赠。他学会如何使自己隐身——单纯地只做一个听众，只有在对方需要得到确认或者需要时间来组织语言时，他才偶尔说上一两句。他用孩子们涌进博物馆时激动人心的场景，来拷问他们的良心，用博物馆电影屏幕上数字化恐龙的动画镜头，来挑战他们的胆识。末了，他总会说上一句："我们呈现给孩子们的是整个世界。"他们会拍拍他的肩膀说："当然，比奇先生。"

他尽自己所能让博物馆蒸蒸日上。人们想要互动式展览、构造复杂的机器人、巴西森林的微型复制品，他都尽可能去实现。每天他到得比任何人都早，一直呆在馆中等到把所有事都忙完。他打算在大厅旁的一个房间里造一个模拟冰河时代，每隔四十五分钟就启动一次。他还建了一个微型大草原，里面有晒着太阳的懒洋洋的河马、随风摆动的金合欢树，还有一群体型娇小、谨慎残暴的母狮正在享用一头三英寸高的斑马。尽管做了这么多，他仍旧郁郁寡欢，他脸上的表情出卖了他。

他的邻居和博物馆志愿者都在说：“沃德·比奇默默忍受着这样的痛苦，他应该再找一个人，找一个接地气、合他口味的人。”

他种起了玉米、土豆和豌豆，他坐在咖啡馆的窗前读着报纸，朝着给他找零的服务员微微一笑。每隔几个礼拜就会有一封信如期而至：狮子的湿爪印上反射出的雨云；乞力马扎罗山顶上扭曲的飑线。

又一年过去了，他梦见了她，他梦见她长出了一对巨大而华丽的蝴蝶翅膀，正在绕着地球飞翔。她拍下了夏威夷火山口升起的火山云、空投在伊拉克的炸弹爆炸后燃起的一簇簇浓烟、格陵兰岛上空临风招展的弯曲透明的极光。当她飞过一片森林时，他梦想着抓住她，他的手臂幻化成一张硕大的捕蝶网，正当他把网撒在她的头顶上，准备收网时，他突然惊醒，喉咙像被什么东西堵住了，他不得不靠在床上呼呼喘气。

有时下班后，当他穿过空荡荡的博物馆，鞋子后根咣当咣当地敲着地面时，沃德会走过那只他二十年前从坦桑尼亚采回来的化石鸟。当时在石灰岩里找到这块化石鸟时，就可以看出它的骨骼扭曲得很厉害，尤其是它翼状前肢上的针形骨和保护胸腔的肋骨，它的脖子也被拧得惨兮兮的，它一定是在痛苦中死去的。多么神奇的小玩意儿，一半是鸟，一半是蜥蜴，一半是飞禽类，一半是爬行类，永远被困在两者之间，达不到完美的境界。

邮筒里又收到一封信，盖的是坦桑尼亚的邮戳，这是几个月来第一封寄自坦桑尼亚的信，上面用草书潦草地写着：生日快乐。每个字都透着欢快的少女情怀。再过几天就是他的生日了，信封里夹着一张照片：深色肥美的青草长在被河流一分为二的深深峡谷中，平静的河面上闪烁着星光。他将这张照片放在台灯下面，青草、弯曲的河堤，看着那么眼熟。

他明白了：这是属于他们俩的地方，这就是当年他从悬崖边上纵身一跃跳下去的那条河，正是在那儿她一步步走向他，几乎与水融为一体。他从灯光下收回照片，合在桌上，哭泣起来。

他最后悔的是什么？是在路上与她偶遇时，她大胆地跳到了他车子的引擎盖上？是他毅然决然将她带回了俄亥俄州？是他这么轻易就放走了她？还是以为这么做就能让自己解脱？

他没有她的地址，也没有她的电话，他对她一无所知。他在飞机上两次站起来，走到盥洗室，看着镜子中的自己，大喊："你知道自己在做什么吗？你是疯了吗？"回到座位上，他如饮水般大口灌着伏特加酒，窗户外面，遥远的云彩什么答案也给不了他。

四十七岁时，他来到主馆长办公室，请了两周的假。他买了机票，仔细打包好衣服。他感觉他又一次站在了悬崖边缘，他必须要往前再迈出一步。

在达累斯萨拉姆潮湿的空气中，过往的记忆不断涌现：女性穿的肯加裙上熟悉的图案，风干的丁香的味道，一个被截肢的人歪着头、伸出手掌乞讨钱币。到的第一个早晨，他看着自己映在酒店墙壁上又黑又长的影子，有一种似曾相识的感觉。

当他开车沿着海岸驶向坦噶时，这种感觉一直萦绕在心头挥之不去。马赛大草原上点缀着一个个绿色和棕色的洼地，一缕缕轻烟从洼地升起。他看到两艘三角帆船正朝桑给巴尔岛驶去：他觉得之前这一切都见过，好像他现在是二十年前的自己，第一次开着路虎车行驶在这条路上，车上装满了铁铲、筛子和凿子。

变化也还是有的：现在卢绍托开了一家宾馆，里面还有英文菜单，外面不停有人在推销异彩纷呈的游猎之旅，价格贵得离谱。乌松布拉也变了样：山坡上开垦出了数百块种植梯田，天线矗立在山脊上，一闪一闪的。但是，诸如移动电话、出租汽车、菜单上新增的芝士汉堡，等等，这些变化都无关紧要，因为他知道，不管怎么变，这方土地都曾经是最早的原始人类生活过的地方，他们有着茂密的眉毛，走在同一片深沉的山峦间，同样的清风给他们送去雨水的味道和干旱的气息。他在一本旅行指南中读到，直到一九〇〇年，人类才注意到塞伦盖蒂平原上角马和斑马的大迁徙。一百年，在研究古生物的沃德看来，只是弹指一挥间，一百年能带来什么样的变化呢？动物在平原上来回驰骋，它们在教育自己的下一代如何才能永远生存下去。相对于永恒，一百年对它们来说是不是也只是沧海一粟呢？

他睡得很沉，睡得宁静安详，这么多年来他第一次没有梦到有东西紧紧扼着他的喉咙。他坐在旅馆的门廊里喝了点咖啡，出发前还吃了一块烤饼。他原本以为可以轻而易举地找到奈玛父母家的房子——他曾经开着车去过多少次，少说也有五十次吧？但是，道路已经翻新，变得更宽更陡了。他绕过一个本以为熟悉的弯道，但却发现路在本应上坡的地方突然出现一个陡峭的下坡，原先的交叉口变成了现在的种植园门口，到处都是死胡同、岔路、U形转弯。

在山峦里兜兜转转了好几天后，沃德开始逢人就打听奈玛和她的父母，问他们是否知道有什么地方摄影师可以冲印相片。他问了采茶的人、问了导游、问了零售商店的老板。旅馆前台的一个男孩说，他曾经帮游客邮寄过胶卷到达累斯萨拉姆的一个地方去冲印，但都是白人游客。一位老妇人吞吞吐吐地告诉沃德她记得奈玛的父母，但自从他们去世后，再也没有人住在那里了。他给这位老妇人买了午餐，向她详细了解了一下情况。“您还记得他们当时住在哪里吗？您能告诉我开车怎么去那儿吗？”她耸耸肩，茫然地向着山峰挥了挥手，说道：“找到某样东西的唯一方式就是首先要失去它。”

如此长久的等待，到处找了这么多地方，在闷热的租来的车里呆了那么久，沃德没有料到会是这样的结果。他将车停在道路的尽头，沿着小路走向田野，脚后跟磨起了泡，汗水浸透了衬衫，但他明白，这是找到她的必经之路，他必须要走过足够多蜿蜒曲折的山间小径，才能要找到那条与她相交的路，这一次她不会留下脚印了，也不会穿白色的裙子，这一次她不会再故意暴露自己了。

他每天早晨就出发，让自己迷路。他给自己做了一根手杖，买了一把弯刀，对路边用斯瓦希里语写的“小心野牛”，以及“禁止闯入”的警告标志视而不见。他的小腿上都是划痕，前臂布满了蚊虫叮咬留下的肿块，衣服也被撕破了，他索性把外套袖子扯了下来，穿着无袖的外套在丛林中穿梭，仿佛那是一件历经浩劫的背心。

三周徒步寻找后，他发现自己正站在雪松下的一条狭窄小路上，天快黑了，他彻底迷路了。这条路转了好多个弯，他已经分不清哪个是北边，哪个是南边。继续往上走可能会带他走出这片山林，但也可能会越走越深不可测，他没带指南针，也没带地图。一条条藤蔓从树上挂下来，织成了一张张网，让他烦不胜烦。鸟儿隐匿在树冠深处冲着他大声鸣叫，他继续往前走，在这条障碍重重、簇叶丛生的路上跋涉前进。

很快，天就黑了，各种黑夜里的声音萦绕在他周围。他从包里取出照明灯固定在帽子上，周围的树叶上布满了雨水结成的雾气，大颗大颗的水珠落下来，沾湿了他的肩膀，很快他就意识到脚下没路可走了，他用照明灯把每个方向都照了一遍，看到腐烂的木头，一根藤蔓绕着树干蓬勃生长，树枝上挂满了苔藓的长须，一大群蚂蚁在搬家，排成一列纵队快速前行，爬上了一块大木头。

他已经快五十岁了，没有工作，与妻子分离，现在又在坦桑尼亚的山上迷路了。在照明灯微弱的光束中，他看到一粒小水滴滑入一朵红花的花心里，他想到几天之后，它的花瓣就会掉落到地上，然后变皱，逐渐枯萎，最后化作肥料与其他东西融为一体，可能是树皮，也可能是浆果，还可能转化成火蜥蜴的能量，集聚在它强有力的四肢里。他从茎处采下这朵花，用一块印花大手帕小心地将它包起来，放在背包的最上面。

一整晚他都没停下来，摸索着，摇摇晃晃地往前走，时不时摔倒。黎明时，他又回到了前一天晚上到过的地方，他无路可走了。雨水从树冠的缝隙中滴落下来，他已经浑身湿透。他一生所学在这一刻几乎全都变得毫无价值可言。现在他最渴望的就是往前走、找到水源、找到路，他隐约感到自己应该害怕，有一部分理智在告诫他：你不属于这个地方，你会死在这里。

过去的这些年他都在干什么？他的记忆慢慢回溯：皮质桌面的触感、银器敲打着瓷器的响声、带阳台餐馆里的酒水单——想着想着他又想到了他的青春时期：黏土厚厚地沾在手掌上，成功找到嵌在石头里的稀有海百合时的开心劲，在一块板岩上发现鱼椎骨化石时的欢欣鼓舞。他记得曾见过山羊被洪水冲走，向着河堤一个劲嚎叫。难道那个时候，他没有学到任何东西吗？当初他能毫不犹豫地跳下悬崖，可为什么那种无所顾忌的力量和勇气没能一直伴随着他呢？如果他独自死在这片森林中会怎样？他的骨头会变成什么？会慢慢变形，化入尘土，会成为其他生物眼中的不解之谜，等待着有一天从石头中被挖掘出来才能解开谜底吗？他还没有活够，他才刚刚意识到，自己和林中的树木、排队前行的蚂蚁、破土而出的绿色新芽一样，拥有的最宝贵的东西就是生命，这个世界上唯有生命才是万物之源，它就像每天清晨的第一束阳光，推进着每一个生命的进程。

他不愿就这么死去，他也不能死去。直到现在，他才明白应该如何活着。他的内心有一个声音想大声唱出来，大声喊出来：“我迷路啦！彻底迷路啦！”地上的碎石子、树身上粗糙的树皮、重重滴落在树叶上的雨滴、附近的蟾蜍唱着情歌低沉的声音：所有的一切对他来说都异常迷人美好。

一只硕大的白色蛾子，有他手掌那般大，悠闲地飞过来，在藤蔓丛中转了个弯。沃德朝前走去。

一条小路，完全没有路的形状，几乎找不到落脚处，但就是这条狭窄的小路前面似乎有光。那天晚上，沃德跌跌撞撞走过了一片荨麻地，找到了奈玛父母家，房子又矮又小，亮着微弱的灯光，烟囱里冒着青烟，像是童话故事中的小屋。墙壁上爬满了藤蔓，茶田已经荒废，黑黢黢的一片地里长满了叶子花和蓟草。但是，这个地方被人打理得很好：后面有一个蔬菜园，肥大的南瓜懒洋洋地躺在土壤里，玉米高高地耸立着，沉甸甸的穗子垂在茎秆上，玻璃窗上映照出两支蜡烛跳动的火焰，透过窗户，他看见一张巨大的橡木桌子和木制的柜子，厨房的工作台上放着一堆番茄。他叫着奈玛的名字，但没人应答。

在照明灯微弱的灯光中，他看见茶树苗圃从上到下都被涂上厚厚的一层泥，看上去像一个巨大的蚁丘，门上钉着一张标语：暗室。那是奈玛的笔迹。

他放下包坐着，想象着她在里面，将底片从一种化学制剂中取出来，又放到另外一种里面，然后将底片高高举起，固定在一根绳子上晾干。所有那些被抓拍并记录在胶卷中的时刻都凝固了，一座属于她自己的自然历史博物馆在她面前缓缓展开。

没过多久，第一道曙光从树林中升起，他的目光越过交织在一起的藤蔓和蓟草，穿过黑黢黢的种植园里一行行整齐划一、呈弧形伸向远处的田埂，看向太阳第一束光线照到的山峰。他听见她在里面走动的声音，听到鞋子摩擦地面的声音和倾倒液体时发出的含混不清的飞溅声。此时，太阳在地平线上露出了半个脸，沃德想，该怎么开口跟她说话呢？也许当她走出那扇门时，就知道该说什么了，也许会说“非常抱歉”，也可能是“我能理解你”，抑或是“谢谢你给我寄照片”，也许是“我们能相伴看着阳光洒满山峰”。

他把手伸进背包里，取出那朵精美的花，此时它已经变得皱皱巴巴，看上去像一个小铃铛，他小心翼翼地把花放在膝盖上，等待着。

（程群　译）

译后记

安东尼·多尔于2015年凭借其长篇小说《所有我们看不见的光》获得了普利策小说奖，因此名声大噪，他的其余作品也开始为更多读者所熟知。《拾贝壳的人》是安东尼·多尔早期写作的短篇小说处女集，此时多尔已然开始展露其才能，无论是故事情节还是结构都独树一帜、精妙绝伦。

该短篇小说集中的每一个故事都怪诞不经，但每一个故事背后都隐藏着作者对人与自然深深的思考，要一读再读才能窥得其中一二，在这本书中，自然的神秘与人类的渺小得到了完美的演绎。

因此，当接到此次翻译任务时，我既兴奋又紧张。兴奋的是能有幸翻译大师的作品，这对一名译者来说是莫大的荣耀；紧张的是荣耀越大责任也越大，作者细腻的笔触、瑰丽的想象、地道的用语给译者提出了极大的挑战。为确保译文的准确与地道，我通过各种途径查阅了大量资料，理清了诸如各式各样贝壳的外形与特点、不同钓鱼方法的差别、手语的表现方式、甚至鲸鱼的内部构造等诸多细节性的专业知识，以期把最好的译文呈现给大家，不辜负原作者与读者的期待。

整个翻译过程历时半年有余，人员分工明确，从初译到终稿每一个环节都严格把关。担任此次初译工作的一共有五位译者，具体分工如下：

《拾贝壳的人》（*The Shell Collector*）：宋丹丹

《猎人的妻子》（*The Hunter's Wife*）：宋丹丹

《机不可失》（*So Many Chances*）：程群

《阴魂不散的格丽泽尔达》（*For a Long Time This Was Griselda's Story*）：王亚男

《七月四日》（*July Fourth*）：陈亭羽

《守护者》（*The Caretaker*）：王亚男

《一团乱麻》（*A Tangle by the Rapid River*）：卞之韵

《流》（*Mkondo*）：程群

本人对全书进行了终译和终审。在此，我由衷地感谢五位初译者卓越的工作和艰辛的付出，没有她们的精诚合作，这部译著的出版不会如此顺利。

由于译者的水平有限，一定存在诸多不足，欢迎广大读者提出意见和建议。让我们一起领略安东尼·多尔奇特的想象力和深刻的人生哲理。

张锷

翻译学博士

华东师范大学翻译系

2018 年 6 月 11 日